문명

문명

1

베르나르 베르베르 장편소설
전미연 옮김

이 책은 실로 꿰매어 제본하는 정통적인 사철 방식으로 만들어졌습니다.
사철 방식으로 제본된 책은 오랫동안 보관해도 손상되지 않습니다.

내가 여행을 떠날 때마다 고양이 도미노를 맡아 준
이웃 바네사 비통에게.
이 사랑스러운 공주님의 날카로운 발톱과 식탐과
신경질, 무엇보다 병적인 자기애를 받아 주고
참아 준 것에 고마움을 전하며.

인간도 마찬가지니 성급히 일반화하지는 말아라. 설마 그 많은 수의 인간들이 다 실망스럽기야 하겠니. 틀림없이 괜찮은 인간도 섞여 있을 거야.

— 고양이 바스테트의 어머니

항문을 가린 존재는 모두 진실한 감정을 숨기고 싶어 한다고 보아도 무방하다.

— 고양이 피타고라스

진실은 하나의 관점에 불과하다.

— 고양이 바스테트

제1막

지상 낙원

1
글자의 신비

글을 읽을 수만 있다면 얼마나 좋을까.

더 바랄 게 없을 거야. 종이에 촘촘히 박혀 단어가 되고 문장이 되는 해바라기 씨만 한 글자들의 뜻을 알 수 있다면. 줄줄이 이어지는 글자들에 담긴 이야기를 이해할 수 있다면 살맛이 나겠지.

책장을 넘기기만 해도 머릿속에 얼굴이 나타나고 한 번도 가보지 못한 장소가 그림처럼 펼쳐지고 심지어는 목소리와 음악이 들리는 마법을 경험한 인간들이 있대. 상상만 해도 온몸이 짜릿짜릿하지 않아?

완벽하게 글을 읽게 되면, 그다음에는…… 글을 써볼 거야! 모름지기 꿈은 크게 꿔야 하는 법이니까.

허황된 꿈이라고? 두고 봐, 그런 날이 꼭 올 테니까. 당장은 이 두 가지 목표가 요원하다는 거 알아. 일단은 소박하고 겸손한 마음으로 현재 주어진 재능에 만족하며 살아야 한다는 것도. 물론 인정해. 내 능력이 아직 대단치 않다는 걸. 그래서 지금 내 앞에 있는 너희들, 독자가 아닌 청중들에게 한 야옹 한 야옹 이야기를 들려주는 거잖아. 아직은 내 모험담을 글로 써서 너희에게 보여 줄 수 없으니까.

자, 지금부터 귀를 바짝 세우고 수염을 팽팽히 펼쳐. 감각을 활짝 여는 순간 너희 역시 〈세상에 눈뜬〉 소수의 고양이에 속하게 될 거야. 지금부터 듣게 될 이야기는 꼭 너희 새끼들과 친구들한테 전해 줘야 해. 내 이야기가 세상에서 잊히지 않게 하는 책임과 의무가 너희에게 있다는 걸 명심해. 너희는 그렇게 나를 이어 〈고양이 이야기꾼〉이 될 거야. 먼 훗날 너희 중 누군가가 내 이야기를 똑똑히 기억하고 있다가 책으로 써서 후대에 남기게 될지도 모르지.

그런 날이 오길 우리 학수고대하면서 이 말을 가슴에 새기자.

이야기되지 않는 모든 것은 잊힌다.

잊히는 것은 존재하지 않은 것이나 다름없고, 이야기를 한다는 것은 대상에 불멸성을 부여하는 일이야.

이 진리를 나는 인간들의 세상을 통해 깨달았어. 에드

몽 웰즈가 쓴 『상대적이고 절대적인 지식의 백과사전』이 세상으로 향하는 문을 내게 열어 주었지.

2
인간 문자의 역사

기록으로 전해져 내려오는 이야기의 출현은 기원전 17000년경으로 거슬러 올라간다. 당시 프랑스 라스코 동굴에 그려진 벽화에는 사냥과 전투 장면이 묘사돼 있다. 원시인들은 석회암 동굴 벽면에 피를 묻히거나 숯, 꽃가루, 더러는 똥을 섞어 그림을 그렸는데, 이렇게 선조들의 영웅적인 이야기를 후세에 남김으로써 부족의 결속력을 다지려 했을 것이다.

기원전 6000년경 중국에서도 기록의 흔적이 발견된다. 하지만 고대 중국인들은 어떤 장면을 눈에 보이는 그대로 묘사해 의미를 전달하기보다 그림 문자, 즉 표기의 대상을 본떠 만든 상징적인 기호를 활용했다. 가령 선을 몇 개 그어 소라는 동물을 표기하는 식이다.

기원전 3100년경 수메르에서는 더욱 진화된 방식의

표의 문자가 사용되었다. 수메르인들은 여러 개의 그림 문자를 가지고 추상적인 개념을 표현하기 시작했다. 단순히 하나의 동물이나 장소를 표기하는 데 그치지 않고 생각을 전달할 수 있게 된 것이다. 또 수메르인들은 점토에 갈대로 쐐기 모양의 선을 새겨 대상을 표현하는 설형 문자를 만들었는데, 이것 역시 표의 문자의 일종이다.

비슷한 시기인 기원전 3000년경, 이집트에서는 최초의 상형 문자가 탄생한다. 이것 또한 그림 문자가 발전해서 만들어진 단어 문자라고 볼 수 있다.

한참 세월이 흐른 후에야 22개의 글자로 구성된 히브리어 알파벳이 발명되었다. 히브리어 알파벳의 첫 글자는 (고대에 힘의 원천으로 여겨지던) 소의 뿔 달린 머리를 뒤집어 놓은 형상으로, 이것은 훗날 그리스 문자 알파, 라틴 문자 A의 기원이 된다. 지붕이 덮인 집의 모양인 두 번째 글자 베트는 훗날 라틴 문자 B의 기원이, 낙타의 혹을 연상시키는 세 번째 글자 기멜은 라틴 문자 C의 기원이 된다.

『상대적이고 절대적인 지식의 백과사전』제12권

일명『고양이 백과사전』

웰즈 교수의 백과사전을 바탕으로 고양이 피타고라스가 구술

3
나라는 고양이

지금까지 일어난 기상천외한 사건들을 상세히 이야기하기 전에 나, 바스테트가 누구인지부터 알려 줄게.

겉모습부터 말하자면, 지극히 평범해 보이는 세 살짜리 암고양이야. 하얀 털과 검은 털이 적당히 섞인 일명 젖소 무늬 고양이. 콧잔등에는 하트 모양을 뒤집어 놓은 앙증맞은 점이 찍혀 있고 눈동자는 에메랄드빛이 감도는 초록색이야.

외모는 짧게만 이야기하고 성격으로 넘어갈게. 어차피 그게 나라는 존재의 핵심이니까. 내가 누구인지 정의하려면 단점부터 얘기하는 게 좋겠어. 내 입에서 단점이라는 말이 나오니까 놀랐겠지만, 이 세상 어디에도 완전 무결한 고양이는 존재하지 않아. 음, 뭐부터 시작할까? 일단 나는 지나친 완벽주의자야. 평범함을 못 견뎌 자신을 괴롭히는 편이지. 몇 시간씩 구석구석 털을 고를 정도로 청결 강박증도 있어. 난 자기 관리에 소홀한 지저분한 고양이와는 아예 상종을 안 해.

또 어떤 단점이 있더라. 맞아, 거만하다는 지적을 가끔 받아. 내 몸에 밴 우아함을 질투하는 암고양이들이나 나한테 구애했다가 퇴짜 맞은 투박한 수고양이들이 대개 그런 소리를 하지. 앙칼진 성격, 이것도 단점이라면 단점이야. 난 무례한 상대한테는 가차 없이 오른쪽 앞발의 첫 번째 발톱 ― 이게 제일 날카롭거든 ― 을 휘둘러 버려.

그래, 식탐도 조금 있는 편이야. 배가 고프면 참새 한 마리를 앉은자리에서 꿀꺽 삼켜. 살아서 버둥거리는 놈을 통째로 한입에 먹어 치워. 언젠가 새가 목구멍을 올라오려고 꿈틀거려서 깜짝 놀란 적도 있었어.

그리고, 음, 가끔은 스스로 생각해도 잔인하다 싶을 때가 있어. 들쥐를 잡아 배를 가른 다음 내장을 꺼내 실타래처럼 앞발에 돌돌 감으면서 놀거든. 물론 먹지는 않아. 너희도 어릴 때 다들 한 번쯤은 이런 장난을 쳤을 테니 내가 유별난 건 아닐 거야.

물론, 이런 〈사소한 결점들〉을 보완할 수 있는 장점들이 나한테는 아주 많아.

가령 말이야, 가지고 놀다가 상태가 조금 나빠졌지만

딱 먹기 좋을 만큼 미지근한 들쥐를 친한 고양이들한테 선물할 줄 알아. 여전히 심장이 뛰는 쥐를 선물하면서도 당연히 대가 같은 건 바라지 않아.

내 장점이야 일일이 다 꼽을 수가 없지. 뭘 더 애기해 줄까? 그래, 민첩함이라면 날 따라올 고양이가 없어. 난 날아가는 파리도 떨어뜨릴 만큼 날래. 이게 상당한 연습과 훈련 없이 그냥 되는 게 아니야.

유연한 몸에 대해선 말이 필요 없지. 발을 귀 뒤로 치켜들어 항문까지 깔끔하게 핥을 수 있거든.

내게는 흥미로운 특징이 참 많아.

나라는 고양이를 말할 때 활발한 성생활을 빼놓을 수 없으니 그 애기도 좀 할게. 난 수컷 여러 마리를 하룻밤에 상대할 수 있어. 내가 교미 중에 소리를 지르면 그러지 않아도 나를 시샘하는 암고양이들이 부러워서 잠을 설칠 지경이야.

나는 사랑의 파트너를 까다롭게 고르는 편이야. 일단 내 귀를 깨물거나 핥는 수컷은 탈락이야. 귓구멍에 다른 고양이의 혀가 닿기만 해도 온몸에 소름이 끼치거든.

비가 오는 날을 끔찍이 싫어하는 것도 내 특징이야. 털이 젖는 게 싫어 물 근처에는 얼씬도 하지 않지. 이런 내가 한때 세면대에서 강제로 목욕을 당했으니…… 아휴,

생각만 해도 끔찍하네.

그리고 난 독립성이 유달리 강해. 남이 나한테 이래라 저래라하는 걸 참지 못해. 한마디로 〈길들여지길 거부하는〉 고양이지. 주인도 배우자도 사양한다는 게 내 삶의 모토야. 〈목걸이도 목줄도 사양한다〉던 우리 엄마의 영향을 많이 받았어. 물론 엄마에 비하면 나는 철저한 실용주의자야. 필요에 따라 가끔 벼룩 방지용 목걸이는 하거든. 알다시피 피부에 착 달라붙어 발톱으로 솎아 내기도 힘든 성가신 벌레들을 퇴치하려면 다른 방법이 없잖아.

난 호불호가 명확한 성격이라서 상대가 마음에 들지 않으면 잠자리에 오줌을 갈겨 버려. 그래도 여전히 성에 차지 않으면 음식에 오줌을 갈기지. 내 페로몬은 유독 강해서 웬만해선 지워지지 않아. 눈치가 있는 고양이라면 내 행동이 무슨 뜻인지 바로 감을 잡을 거야.

나에 대한 설명은 이걸로 대략 끝난 것 같아. 앗, 아니야. 가장 확실하고 중요한 사실이 하나 빠졌어. 내가 나 자신을 너무도 사랑한다는 것. 누군가는 그러더라, 자기애가 강한 개인들의 서로를 향한 증오 때문에 수많은 비극이 벌어졌다고. 하지만 난 자기애는 이기주의가 아니라 어떤 존재에게나 필요한, 가장 기본적인 생존의 지혜라고 믿어.

이제 대충 짐작하겠지만, 솔직하게 한마디로 요약할게. 내가 생각해도 난 너무 멋진 고양이야.

그러니 다른 고양이들, 특히 수컷들이 관심을 보이는 건 당연지사 아니겠어? 내가 수컷이라도 첫눈에 반했을 거야. 긴말이 필요 없지. 게다가 일련의 사건들을 겪으면서 난 미래에 대한 통찰력과 리더십까지 갖췄어. 더 이상 평범한 집고양이가 아니라 스스로 새로운 세상을 설계하고 꿈꾸게 됐다는 말이야.

난 고양이라는 종의 한계, 그리고 암컷이라는 한계를 스스로 뛰어넘었어.

참, 또 한 가지 나에 대한 핵심적인 정보를 빠뜨렸네. 나는 오래전부터 아주 원대한 계획을 하나 가지고 있어. **세상에 존재하는 모든 종이 서로 소통할 수 있게 만드는 것.**

이 이야기는 하자면 끝이 없을 테니 우선은 최근에 나한테 일어난 사건들부터 말해 줄게.

얼마 전만 해도 난 무료한 하루하루를 보내는 평범한 집고양이였어. 지루하고 반복적인 일상을 살았지. 아침에 느직이 일어나 보면 밥그릇에 내가 좋아하는 훈제 닭고기와 프로방스산 허브가 첨가된 사료가 수북이 쌓여 있고, 옆에는 오목한 접시에 유지방이 20퍼센트 함유된 신선한 유기농 우유가 담겨 있었어. 실내 온도는 쾌적하게 늘 21도로 맞춰져 있고, 소파 옆에는 발톱 긁개가, 위에는 내가 아끼는 벨벳 쿠션이 놓여 있었어. 하루 두어 번 광란의 시간을 위해 캣닙도 항상 준비돼 있었지.

나한테는 나탈리라는 이름을 가진 집사가 있었어. 그녀는 지금도 여전히 내 집사고, 이름도 그대로야. 나탈리는 고양이가 아니라 인간이야. 집 안에서 살지 않는 고양이도 다들 인간을 보거나 만난 적은 있을 거야. 인간이란 존재…… 정수리에만 털이 덮여 있을 뿐 몸에는 털이 거의 없는, 두 발로 걷는 동물. 흠, 이게 인간에 대한 간략한 설명이 될지 모르겠네……

내 인간 집사는 나보다 조금 짙은 초록색 눈을 가졌고, 윤기가 흐르는 풍성한 갈색 털을 길게 길러 빨간 끈으로 묶고 다녀. 인간치고는 키가 작은 편이고 흰 셔츠에 청바지를 즐겨 입어. 발톱은 늘 빨갛게 칠해져 있고 똑같은 색이 칠해진 입술은 반짝반짝 윤이 나지. 내 생각엔 인간들이 피와 비슷해서 빨간색을 좋아하는 것 같아. 정말이지, 그들의 미적 취향은 알면 알수록 독특하다니까.

어느 날 내가 심심하다고 집사가 노란 눈에 흰 털을 가진 앙고라 수컷 한 마리를 집에 데려왔어. 펠릭스라고 불리게 된 이 수컷은 한마디로 매력 빵점이었지만. 펠릭스는 고환 두 개가 없어지고 나서 급격히 침울해지더니, 그

베이지색 땅콩 두 개가 담긴 유리병과 TV 화면 ─ 특히 축구 경기가 나오는 ─ 을 번갈아 쳐다보면서 온종일 먹기만 했어.

믿기지 않겠지만 나는 우리 고양이들의 시중을 드는 인간 집사들을 깔보거나 무시하지 않아. 도리어 불리한 조건을 타고난 그들이 불쌍해. 솔직히 인간에게도 나름 장점이 있어. 알아 갈수록 괜찮은 구석도 발견되고.

물론 그들은 형편없는 외모의 소유자들이야. 우리끼리 하는 얘기지만, 몸에서 특이한 냄새도 나. 우리처럼 긴 꼬리가 없으니까 당연히 평형 감각은 제로야. 어둠 속에서는 전혀 보지 못해. 참 안됐지. 소리를 감지하는 예민한 귀도, 공간을 가늠할 수 있는 수염도, 뺐다 넣었다 할 수 있는 발톱도 없어. 그들은 뒷다리로 뒤뚱뒤뚱 걸어다녀. 게다가 나무토막처럼 뻣뻣한 척추는 몸무게를 감당하기에는 너무 가늘어. 그래서 상당수가 허리 통증을 달고 사는데, 나이가 들수록 점점 심해진다더라. 이러니 어떻게 내가 인간들을 불쌍히 여기지 않을 수 있겠어?

성생활…… 이건 아예 말을 말자……. 이 부분에 특히 관심이 많은 내 눈에 인간들의 성생활은 그야말로 한심하기 짝이 없으니까. 내 집사 나탈리는 좀체 교미를 하는 법이 없어. 가물에 콩 나듯 해도 고작 한 번에 수컷 하나야. 조심스럽기는 또 얼마나 조심스러운지. 도둑질하듯 짧게 끝내고, 오르가슴을 느껴도 시원하게 소리 한 번 지르지 못하고 앞발이 구멍에 낀 쥐처럼 낑낑거리는 신음을 낼 뿐이야.

나탈리가 나처럼 되고 싶다면 몸을 가리는 이상한 습관부터 버려야 할 거야. 나라고 무슨 특별한 방법이 있는 건 아니지만, 그저 꼬리를 위로 치켜세우고 엉덩이를 드러내 나만의 냄새를 풍기는 게 행복한 성생활을 위한 내 비결이랄까. 그러면 열에 아홉은 넘어오게 되어 있어.

이런 답답한 인간들이라고 장점이 전혀 없는 건 아니야. 대부분의 고양이들은 모르겠지만, 항상 실내가 따뜻하고 깨끗한 물이 콸콸 나오는 높고 튼튼한 집을 지은 게 바로 이 답답한 인간들이거든. 우리한테 음식도 갖다 바치지. 솔직히 이 점 하나만으로도 우리 고양이들의 호감을 사기에 충분하지 않아? 인간의 특징 중에 내가 가장 흥미를 느끼는 건 단연코 그들의 손, 우리로 치자면 앞발이야. 그들의 손에는 관절로 연결된 기다란 손가락이 다섯 개 — 네 개가 아니라 다섯 개야! — 붙어 있어. 얼마나 부러운지. 인간들이 그 손으로 우리한테는 아무 쓸모가 없는 수많은 물건을 잡고 유용하게 사용하는 걸 보고 있으면 감탄이 절로 나와. 인간들이 손잡이를 돌려 간단히 문을 여는 걸 본 적 있어? 수시로 방에 갇히다 보니 문 손잡이를 증오하게 된 내게 그 장면은 경이롭기까지 해.

예전에 난 파리라는 이름을 가진 도시에 있는 예쁜 동네 몽마르트르에 살았어. 음식을 대령하고, 사랑받는다는 느낌이 필요할 때마다 쓰다듬으라고 인간 집사를 잘 길들여 놓은 덕에 편히 살았지. 유난히 순하고 복종적인 집사와 함께 살면서 밤이 되면 밖으로 나가 이웃집 지붕을 돌아다니며 동네 수컷들의 경배를 받는 게 내 삶의 전부였어.

그러던 어느 날 내 배가 불러 왔고, 곧 새끼를 여섯 마리 낳았어. 그런데 집사가 남자 친구를 시켜 한 마리만 남기고 다 물에 빠트려 죽였어. 수컷인 안젤로를 살려 둔 건 아마 오렌지 같은 털빛 때문이었을 거야. 녀석은 인간 집사들 사이에 인기가 많은 일명 〈치즈 고양이〉거든. 그 잔인무도한 사건 이후 나는 죽은 자식들의 복수를 다짐하며 인간들을 다 죽여 없애 버리겠다고 이를 갈았지. 그런데 말이야, 내가 행동에 나설 필요조차 없었어. 인간의 최대 포식자는 다름 아닌…… 인간 자신이었으니까.

하루는 바로 내 눈앞에서 알 수 없는 일이 벌어졌어. 집 발코니 난간에 앉아 늘 그렇듯 따분한 시간을 보내고 있는데, 길 건너편 건물 안으로 한 사내가 뭔가를 외치며 뛰어 들어가는 거야. 검은 수염을 기른 사내는 용기를 짜내려는 듯이 똑같은 문장을 반복해 외치고 있었어. 잠시 후 공포에 질린 꼬마 인간들이 울면서 건물 밖으로 뛰쳐나왔어. 침입자는 도망치는 아이들 등 뒤에 불을 뿜는 막대기를 겨냥했어. 막대기에서 불이 뿜어져 나오는 순간 꼬마들이 우르르 넘어지고 바닥에 피가 홍건히 고였어. 시간이 한참 흐르고 나서야 덩치 큰 인간들이 달려오더니, 검은 수염 사내를 붙잡아 어디론가 데려가 버렸어. 나는 영문도 모른 채 그저 흥미진진하게 모든 장면을 지켜봤지.

집에 돌아온 집사가 TV를 켜니까 내가 낮에 본 장면이 나왔어. 그런데 TV에서 눈을 떼지 못하는 그녀의 몸에서 불안한 파동이 발산되고 눈에서는 투명한 액체가 떨어지기 시작했어. 그 액체의 짭짤한 맛을 좋아하는 나는 그녀의 얼굴을 핥아 줬지. 그러고는 그녀의 심장에 몸을 밀착하고 갸르릉 소리를 내서 위로해 줬지. 너희는 갸르릉 소리를 어떤 식으로 내? 나는 보통 30헤르츠에서 시작해서 서서히 25헤르츠로 주파수를 낮춘 다음 효과가 나타날 때까지 계속 소리를 내.

나중에 안 사실이지만, 검은 수염 사내가 저지른 사건은 시작에 불과했어. 그때부터 나는 인간들이 거리에서 서로 죽고 죽이는 모습을 수없이 봐왔어. 대부분 편을 갈라 싸웠는데, (구호 하나를 죽어라 반복해서 외쳐 대는) 수염 달린 사내들과 (수적인 열세에 전투력까지 떨어지는) 수염 없는 사내들이 맞붙었어. 인간들이 살인에 몰두하느라 일상의 의무를 방기하는 사이 수거되지 않은 쓰레기가 거리에 산더미처럼 쌓이고 바퀴벌레와 파리가 들끓기 시작하더니 도시 전체에서 악취가 진동했어. 하지만 수염 달린 무장한 사내들은 아랑곳하지 않고 군청색 제복의 사내들을 공격했고, 심지어는 제복을 입지 않은 인간들과 인간 암컷들에게까지 위해를 가했어.

수염 달린 사내들은 암컷들을 잡으면 돌을 던져 죽이기도 했어. 이 잔인한 관습이 〈투석형〉이라는 이름으로 불린다는 걸 나중에 알게 됐는데, 같은 동족 암컷을 이렇게 증오하는 종이 세상에 존재한다는 사실이 여전히 믿기지 않아.

게다가 알 수 없는 전염병이 돌기 시작하더니 자기들끼리 치고받고 할 때보다 훨씬 많은 인간들이 죽어 나갔어. 인간들은 몰랐지만 나는 죽음의 기운이 도시를 휘감는 걸 봤어. 그들의 자멸을 목격하면서 나는 그 병이 인간 문명 쇠락의 전조라고 느꼈어. 인간들은 함께 살아남기 위해 화해하고 연대하기보다 다르다는 이유로 동족을 죽이고 있었지. 그들은 〈짐승〉으로 변해 있었어.

이렇게 스스로 파멸로 치닫는 인간들과 달리 숫자와 힘을 불려 가는 종이 하나 있다는 걸 우연히 알게 됐어. 인간들이 약해지기만을 기다리면서 세상의 지배자를 꿈꾸는 동물, 너희도 잘 아는 쥐 말이야. 난 쥐가 싫어. 그렇지만 그들의 공격성과 무서운 적응력, 그리고 번식력이 경쟁 관계의 다른 종들을 압도한다는 사실은 인정하지 않을 수가 없어. 나무도 절단할 만큼 날카롭고 긴 앞니의 위력이야 말해 뭐 하겠어.

인간들끼리 죽기 살기로 싸우는 사이 거리의 쓰레기 산은 높아져만 가고 쥐들은 급속도로 번식했어. 당연히 전염병은 무서운 기세로 확산되고 있었지.

이 설치류 동물은 전염병 확산 초기에는 하수구와 지하철이 지나다니는 터널로만 조심스럽게 움직였어. 그런데 인간들의 위세가 약해지자 과감히 지상으로 올라와 거리를 활보하더니 슬슬 인간들에 맞서기까지 했어. 고립된 인간에게 떼로 달려들어 순식간에 해치워 버리는 모습을 한두 번 목격한 게 아니야.

검은 수염 달린 사내가 소동을 일으킨 지 얼마 안 있어 우리 집 건너편에 고양이 한 마리가 새로 이사를 왔어. 연회색 몸통에 파란 눈동자를 가진 샴고양이. 솔직히 처음에는 샴고양이를 별로 좋아하지 않았어. 샴고양이 성격이야 유명하지만, 얼마나 거만하고 도도한지 눈꼴이 시어서 볼 수가 없을 정도였어.

글쎄, 나를 투명 고양이 취급하더라니까. 내가 정확히 자기 시야에 들어가 있는데도 본체만체 발코니 난간에 앉아 거리를 내려다보기만 했어. 너희도 내 입장이 되어 봐. 화가 나겠어, 안 나겠어? 그런데도 그 수컷의 묘한 매력에 끌려 내가 먼저 자존심을 접고 다가갔지.

솔직히 그때까지만 해도 마음에 드는 수컷은 다 내 것으로 만들 자신이 있었어. 어떻게 그러냐고? 간단해. 일단 상대가 몸이 달아오르게 해놓고 나서 무관심한 척 대하는 거야. 이 방법을 쓰면 백전백승, 제아무리 도도하고 냉철한 수컷도 금세 무릎을 꿇게 만들 수 있어.

샴고양이를 꼬시겠다는 일념으로 자신 있는 심리 싸움의 기술을 전부 사용해 봤지만 허사였어. 꼬리를 치켜 세우고 봉긋한 엉덩이를 드러내면서 오묘한 체취를 발산해 봤는데도 통하지 않더라. 내 호르몬이 그의 콧등을 그냥 스쳐 지나가는 게 아닌지 의심이 들 정도로 말이야.

나는 전략적 실패를 깨닫고 인내심을 가지고 결정적 순간이 오기를 기다리기로 했어. 생각보다 기회는 일찍 찾아왔어. 거리에서 개에게 쫓겨 나무 위로 올라가 꼼짝 못 하는 그 샴고양이를 발견한 거야. 이때다 싶어 나무 밑에서 으르렁거리고 있는 개를 다른 곳으로 유인해 그를 구해 줬지. 내가 그의 생명의 은인이 된 거야.

이 사건을 계기로 우리는 자주 만났고, 대화를 통해 서로 가까워졌어. 모든 것은 소통의 문제라는 내 신념이 그에게도 통한다는 걸 한 번 더 확인할 수 있었지. 자신의 이름이 피타고라스라고 소개한 그에게는 다른 고양이들한테 없는 신체적 특징이 하나 있었어. 바로 이마 위에 구멍이 하나 뚫려 있다는 건데, 하도 신기해서 내가 자꾸만 쳐다보니까 피타고라스가 자신의 〈제3의 눈〉이라면서 자세히 설명해 줬어. 인간들이 그의 뇌를 컴퓨터와 연결할 수 있게 만들어 놓은 USB 단자라는 건데, 그게 있으면 인간들의 정보를 한데 모아 놓은 인터넷이라는 곳에 접속할 수 있다고 했어.

피타고라스는 그간 살아온 내력도 소상히 들려줬어. 자기는 인간들이 중독 현상에 관한 실험에 쓰기 위해 키운 실험동물이었대. 같은 처지에 있던 고양이들은 다 정신이 이상해졌는데 자기만 미치지 않고 살아남았다고 했어. 〈우리를 죽이지 못하는 것은 우리를 더욱 강하게 만든다.〉 오래전 어떤 인간이 쓴 책에 나오는 이 구절이 자신을 지켜 주었고, 삶의 신념이 되었다고 했어. 고생 끝

31

에 낙이 온다는 말 들어 봤지? 피타고라스는 실험실을 떠나 소피라는 나이 든 여성 과학자의 집에서 살게 됐어. 자신의 실험동물에게 애정이 생긴 소피가 그를 집으로 데려온 거야.

본래도 똑똑한 피타고라스는 제3의 눈 덕에 방대한 인간의 지식까지 섭렵해 모르는 게 없었어. 그는 자신만의 특이한 신체 부속 기관을 통해 얻은 지식을 나한테 하나씩 가르쳐 주기 시작했어.

꼬마 인간들을 죽인 검은 수염 사내가 광신주의자이고 그의 손에 들려 있던 불을 뿜는 막대기가 기관총이라는 걸 피타고라스가 가르쳐 줬어. 나탈리가 넋을 놓고 쳐다보던 검은색 판의 이름이 텔레비전이라는 것도, 그녀의 눈에서 나오던 액체가 눈물이라는 것도.

지금 인간 세상을 휩쓸고 있는 무서운 병이 이미 중세에 돌았던 〈페스트〉라는 이름의 전염병이라는 것도 피타고라스가 알려 줬어. 쥐들이 위협적인 존재라는 것도, 인간 문명이 와해되는 틈을 타 그들이 세상을 지배하게 될지도 모른다는 것도. 이대로 가면 잡식성에 사회성과 놀라운 적응력, 빠른 진화 능력까지 갖춘 쥐들이 인간뿐 아니라 고양이까지 지배하게 될지도 모른다고 했어.

이렇게 앞날을 내다보는 혜안을 가진 피타고라스에게

도 치명적인 약점이 하나 있었어. 뼛속 깊이 평화주의자인 그는 누구랑 싸울 줄도, 죽일 줄도, 그러니 당연히 누군가를 지켜 줄 수도 없는 고양이었어.

완벽한 고양이가 어디 있을까만, 지금처럼 폭력이 난무하는 세상에 철학이나 논하는 건 아무리 생각해도 바람직하지 않은 것 같아.

아무튼 난리 통에 내 집사가 습격을 당했어. 나탈리의 남자 친구였던 인간이 패거리를 몰고 들이닥쳐 내 동거 고양이었던 펠릭스를 잔인하게 살해했어. 피타고라스의 집사인 소피도 놈들에게 목숨을 잃었어. 내 아들 안젤로는 구사일생으로 살아남았지만 종적을 감췄어. 나는 피타고라스와 함께 실종된 아들을 찾아 나섰어.

안젤로의 흔적을 쫓아 파리 서쪽에 있는 불로뉴숲에 도착해 보니 쥐 떼를 피해 도심을 탈출한 고양이 백여 마리가 모여 있었어. 털이 까맣고 눈이 샛노란 에스메랄다라는 암고양이가 길거리를 헤매는 안젤로를 거둬 아들처럼 돌보다가 거기로 데려가 함께 지내고 있었지. 유명한 가수를 집사로 두었던 탓인지 에스메랄다 역시 노래를 정말 잘 불렀어. 솔직히 질투심도 느꼈지만, 고상하고 정중한 그녀에게 조금씩 호감을 느끼게 되었지.

그 공동체에는 불로뉴숲 서커스단에서 도망친 거대한

고양이가 한 마리 있었어. 한니발이라는 이름의 우람한 고양이였는데, 우리와 같은 고양잇과인 〈사자〉라고 피타고라스가 가르쳐 줬어. 회색 샤르트뢰고양이 볼프강도 거기서 만났어. 그는 프랑스 인간들의 우두머리 격인 대통령과 함께 살다가 대통령궁이 습격을 당하는 바람에 도망쳐 나왔다고 했어.

불로뉴숲의 고양이들은 쥐들의 확산을 저지하기 위해 싸워야 한다는 내 뜻을 받아들였어. 당연히 사자 한니발은 아군이 자랑하는 가장 강력한 무기가 되었지.

숲속의 야영지에서 지내던 소수의 인간 중에 파트리샤라는 이름을 가진 여자 샤먼 — 영혼 대 영혼의 소통이 가능한 존재를 인간들은 이렇게 불러 — 이 있었어. 인간 중에서는 그녀만이 유일하게 나와 직접 소통이 가능했지. 그런데 동물인 나와는 텔레파시를 통해 소통할 수 있는 영험한 능력을 지닌 그녀가 정작 자신의 동족들과는 자유롭게 대화할 수 없었어. 말을 하지 못했거든.

불로뉴숲 공동체는 나탈리 등 몇몇 인간의 도움을 받아 쥐들의 공격을 피할 수 있는 진지를 물색하기 시작했어. 어렵사리 한 곳을 찾았지. 파리에 쥐들의 이동 통로라고 아까 내가 말한 지하도와 하수구, 지하철 터널이 없는 곳이 딱 한 군데 있었어. 시뉴섬이라고, 파리 한가운

데를 흐르는, 인간들이 센강이라고 부르는 물 위에 길쭉한 모양으로 떠 있는 조그마한 땅이야. 장소가 정해지자 인간들이 야영지를 세우기 시작했어. 나는 피타고라스와 함께 고양이들을 이끌고 새 정착지로 이동했지.

그러나 얼마 가지 않아 시뉴섬이 쥐들의 공격에 노출됐어. 고양이와 달리 헤엄에 능한 쥐들이 사방에서 섬을 에워싸고 공격해 오기 시작했어. 드디어 일대 격전이 벌어졌지.

사상자가 속출하면서 전세가 아군에 불리해졌어. 하지만 함락 직전에 내가 기발한 전술을 생각해 냈지. 내 지시에 따라 인간들이 강물에 휘발유를 뿌리고 불을 붙이자 헤엄쳐 오던 쥐들이 혼비백산 도망치기 시작하더라.

화염을 뚫고 헤엄쳐 오던 적군 대부분이 불에 그슬려 강물에 떠다녔지. 우리들은 적을 대파한 후 모처럼 평화로운 시간을 누리면서 새로운 시뉴섬 공동체를 건설할 준비를 해나갔어…….

이후 벌써 여섯 달의 시간이 흘렀다. 모든 것이 계획대로 착착 진행 중인데 피타고라스의 얼굴에는 이유를 알수 없는 그늘이 드리워져 있다.

「좋은 소식과 나쁜 소식이 하나씩 있어.」그가 비장한 표정으로 말문을 연다.

「나쁜 소식부터 들을게.」

「쥐들이 조만간 다시 대대적인 공격을 감행할 듯해. 이번엔 물리치기가 쉽지 않을 것 같아 걱정이야.」

나는 무덤덤한 표정으로 어깨 털을 할짝할짝 핥는다. 고도의 집중력을 발휘하는 중이라는 뜻이다.

「그럼 지금 당장 철통 경계 태세에 돌입하자. 전쟁 준비를 시작하자고.」

「그것만으로는 안 될 것 같아.」

「뭘 어떻게 하자는 건데?」

「나도 아직 생각이 다 정리되진 않았어. 그런데 적과 싸우는 것도 중요하지만 시급한 일이 하나 더 있는 건 확실해. 우리가 가진 지식을 보존할 방법을 찾아야 해. 어쩌면 이게 더 급선무일지도 몰라. 현재로서는 인터넷에 접속해 고양이 선조들의 역사를 알고 있는 고양이가 나뿐이잖아. 만약에 내가 적들의 공격에 죽기라도 해봐. 그러면 이 지식은 흔적도 없이 사라지고 말 거야. 그러니까 잊히기 전에 흔적을 남길 방법을 찾아야지.」

나는 귀를 살짝 털면서 그를 빤히 쳐다본다.

「무슨 얘긴지 조금 더 자세히 말해 봐.」

「인터넷 검색 중에 우연히 에드몽 웰즈라는 이름을 가진 인간 교수의 존재를 알게 됐어. 그는 인간이 가진 방대한 지식을 한데 모아 저장할 방법을 고민하다가 『상대적이고 절대적인 지식의 백과사전 *Encyclopédie du Savoir Relatif et Absolu*』이라는 걸 만들었어. 줄임말로 ESRA라고 부르지. 나는 여기에 착안해서 ESRAC, 다시 말해 『상대적이고 절대적인 고양이 백과사전 *Encyclopédie du Savoir Relatif et Absolu des Chats*』을 만들어야 한다고 생각했어. 고양이종이 보유한 지식을 집대성하는 거지. 내가 말하고 싶은 좋은 소식이 바로 이거야.」

「네가 만들겠다는 〈백과사전〉에는 어떤 내용을 넣을 건데?」

「고양이에 관한 모든 걸 다 넣을 거야. 당연히 내가 너한테 여러 번에 걸쳐 들려주었던 고양이 선조들의 역사가 들어갈 거야. 이 소중한 지식의 보고가 안전하게 보관만 된다면 우리가 죽더라도 훗날 자손들이 발견해서 읽을 수 있겠지. 그러면 우리의 기억은 불멸성을 획득할 거야.」

「너는 종이에 글을 쓸 수 없는데 어떻게 기록을 남긴다는 거야?」

「난 제3의 눈을 통해 인터넷에 접속할 수 있잖아. 마우스—네가 생각하는 그 〈마우스〉가 아니야, 바스테트—

없이도 가상의 키보드 위에 글자를 찍는 건 할 수 있어. 한 글자 한 글자가 모이면 단어가 되고, 문장이 되고, 단락이 될 거야. 내 생각을 분명히 정리하기 위해 컴퓨터에 기록해 나가는 동시에 너한테 야옹 소리로 내용을 말해 줄 생각이야.」

나는 흥미진진한 표정으로 그의 파란 눈을 쳐다본다.

「언제 시작할 생각이야, 피타고라스?」

「당장. 한시가 급해. 예기치 않은 비극이 일어나 내가 가진 지식이 모두 사라질까 봐 두려워.」 나는 그의 눈에서 초조함과 비장함을 동시에 읽는다.

피타고라스는 바로 나탈리한테 컴퓨터와 USB 케이블을 가져다 달라고 하더니, USB 케이블을 제3의 눈에 꽂고 기록을 시작할 준비를 마친다. 나는 그의 입에서 나오는 야옹 소리를 통해 알게 될 지식에 대한 호기심으로 눈을 반짝인다.

「뭐부터 시작할 거야?」

「아무래도 고양이의 위대한 역사부터 간단히 서술하는 게 좋겠지. 도입부에 넣기에 알맞은 내용 아닐까?」

피타고라스가 고양이 선조들의 굴곡진 역사를 들려주기 시작한다.

4

고양이와 인간, 그 공존의 역사

고양이와 인간의 인연은 지금으로부터 약 1만 년 전인 신석기 시대로 거슬러 올라간다. 인간이 농사를 짓고 수확물을 저장하기 시작하자 쥐가 모여들었다. 쥐의 천적인 고양이와 인간이 이해관계에 의해 연대하게 된 것은 자연스러운 일이었다.

하지만 아프리카 야생 고양이(가장 오래된 고양이종의 흔적은 지금의 에티오피아에 남아 있다)가 인간의 집 안으로 들어오게 된 것은 한참이 지난, 지금으로부터 약 5천 년 전 이집트에서였다.

이집트인들은 울음소리를 따서 〈미우〉라고 불렀던 고양이를 인간의 몸에 고양이 머리가 붙은 바스테트 여신의 현신으로 여기며 신성시했다. 신성한 고양이를 죽인 사람은 극형에 처했다. 이집트인들은 죽은 고양이를 미라로 만들어 무덤에 묻고 장례를 치러 주었다.

기원전 525년, 이집트를 침략할 계획을 짜던 페르시아 왕 캄비세스 2세는 이집트인들에게 고양이 숭배 문화가 있다는 사실을 알고 병사들에게 고양이를 잡아 산 채로 방패에 매달라고 명령한다. 그의 예상대로 이집트 병사들은 차마 고양이를 향해 활시위를 당기지 못했고, 결국 속수무책으로 펠루시움(지금의 시디부사이드) 전투에서 패했다. 승리한 페르시아군은 이집트 귀족들을 살해하고 신전을 파괴했으며 고양이를 몰살했다.

이 학살에서 기적적으로 살아남은 고양이들은 훗날 배에 실린 식량과 밧줄을 갉아 먹는 쥐를 잡아 줄 동물이 필요했던 페니키아 상인들과 히브리 상인들의 배를 타고 세계 각지로 흩어지게 된다.

선원들은 항구에 도착하면 항해 중 태어난 새끼 고양이들을 현지 주민에게 팔고 다시 배에 올랐다. 그리스에서는 고양이가 과자나 꽃 못지않게 여자의 마음을 얻을 수 있는 선물로 여겨졌다. 도시뿐만 아니라 시골에서도 고양이는 설치류로부터 곳간을 지켜 주고, 전갈이나 뱀 등의 위험을 물리쳐 줘서 (한때 이 역할을 맡았지만 고약한 냄새 때문에 결국 밀려난 족제비 대신) 귀한 대접을 받았다.

고양이들은 카라반을 따라 동쪽으로도 퍼져 나가 인도에서는 사티 여신으로, 중국에서는 이수 여신으로 숭배를 받았다. 또 일본인들 사이에서는 이치조 천황이 열세 살 생일 선물로 고양이를 받은 것을 계기로 고양이가 큰 인기를 얻게 되었다.

이보다 훨씬 전, 서양에서는 카이사르가 이끄는 로마 군대(지휘관인 카이사르는 아이러니하게도 고양이 공포증을 앓았다)를 따라 고양이가 갈리아와 게르마니아, 브리타니아 땅으로 퍼졌다.

가축화된 고양이의 숫자가 많지 않다 보니 근친 교배가 일어났고 이는 유전적 변이를 유발했다. 인간들은 고양이를 집에 들인 후로 자신들이 좋아하는 신체적 특징, 가령 털이나 눈의 색깔, 모양 등을 선별해 지역별로 특징적인 종을 만들기 시작했다. 이렇게 태어난 대표적인 종이 페르시아고양이, 터키 앙고라고양이, 태국 샴고양이다. 오늘날 고양이는 전 세계에 퍼져 살고 있다.

『상대적이고 절대적인 지식의 백과사전』제12권

5

새로운 섬을 찾아서

〈어떤 문제든 항상 최악의 순간에 최악의 방식으로 일
어난다〉라고 예전에 엄마가 말한 적이 있다.

똑똑한 우리 엄마도 가끔은 이렇게 이치에 어긋나는
말을 했었지. 곰곰이 생각해 보면 문제가 발생할 확률은
최악의 순간이나 최고의 순간이나 똑같다. 단지 힘든 상
황에서 발생할 때 우리가 더 예민하게 반응할 뿐이다.

지난밤, 앞으로 일어날 모든 일을 촉발한 사건이 터졌
을 때 내 상태는 완벽에 가까웠다. 딱 하나, 잠이 오지 않
은 것만 빼고. 초저녁에 먹은 생쥐 때문인지 속이 더부룩
해, 나는 소화도 시킬 겸 산책에 나섰다. 휘영청 밝은 보
름달이 고요히 강둑을 내리비추고 있었다.

문제는 다름 아닌 쥐 떼의 야간 기습이었고, 흔히 있는
일이었다. 사실 〈쥐 떼〉라는 표현도 적절치 않은 게 달랑

쥐 네 마리가, 게다가 덩치도 조막만 한 놈들이 고양이 두 마리를 뒤쫓아 헤엄쳐 오고 있었다.

한마디로 얼마든지 통제 가능한 문제였다.

그런데 평소와 다른 특이점이 발견됐다. 적들이 보통 끈질긴 게 아니었다. 중상을 입은 고양이 둘이 가까스로 강둑에 닿은 뒤에도 쥐들은 (여기서부터는 자신들이 불청객이라는 걸 본능적으로 알 텐데도) 추격을 포기하지 않았다. 선두에 있던 두 놈이 감히 내 섬에 발을 들였다.

이제 다들 파악했겠지만, 나는 덩치가 내 절반도 안 되고 위협적인 송곳니도 없는 동물에게 쩔쩔맬 성격이 아니다. 용맹함을 자랑할 정도는 아니지만 그렇다고 겁쟁이도 아니다. 장난기와 모험심이 넘치는 내게 이런 사건은 전투력을 시험할 수 있는 절호의 기회다.

가소로운 놈들, 상대를 잘못 골랐어.

나는 미리 발톱을 길게 빼고 털을 세워 몸을 부풀린 뒤 소리 없이 적의 상륙 지점으로 가서 기다렸다. 첫 번째 쥐가 강둑으로 올라오는 걸 확인한 즉시, 털이 젖어 동작이 둔한 놈의 약점을 이용해 선제공격. 오른쪽 앞발의 송곳 같은 발톱으로 놈의 목을 그어 숨통을 끊어 놓는다.

이 장면을 목격하고도 줄행랑을 치기는커녕 무모한 상륙을 감행한 두 번째 쥐가 나를 향해 다가왔다. 어라,

내 기세에 전혀 압도당하지 않는 눈치다. 놈이 쥐 특유의 비열함과 비겁함을 발휘해 등 뒤에서 나를 덮친다. 놈의 기다란 앞니가 어깻죽지에 박히는 순간 따끔한 통증이 느껴진다. 하지만 이 정도로 물러설 내가 아니지.

나는 뒷발질로 놈을 차버리고 나서 몇 발짝 물러나 호흡을 가다듬는다. 이빨을 드러내며 놈에게 달려든다. 놈도 이내 흐트러진 자세를 바로잡더니 나를 노려보면서 뾰족한 이빨을 드러낸다. 딱 하는 소리와 함께 이빨이 부딪치면서 육탄전이 시작된다. 놈과 나는 서로 이빨을 깊숙이 박아 넣으려고 안간힘을 쓴다. 입안에 미지근하고 비릿한 피 맛이 감도는 순간, 채찍 같은 놈의 분홍색 꼬리가 내 눈을 후려친다. 나는 흰 털과 검은 털이 섞인 앞발을 적의 가슴팍에 꽂아 벼락같이 그 너머의 장기를 뽑아낸다. 이제 놈에게는 아무 쓸모가 없게 된 심장을.

이 행동을 인간들은 목숨을 살리기 위해 마취를 시켜 놓고 하는 모양이지만, 나는 목숨을 거두기 위해 마취 없이 한다. 아주 큰 차이다.

뒤처져 헤엄치던 쥐 두 마리가 동족들의 운명을 확인하더니 전의를 상실한 채 도망치기 시작한다.

나는 달아나는 적들을 못 본 체하고 적의 심장을 입으로 가져간다. 힘줄이 많은 부위니까 꼭꼭 씹어 먹지 않으면 큰일 나지. 나는 포만감을 느끼며 작게 트림을 한다.

쿨한 것 또한 내 장점이다.

구사일생한 고양이 두 마리가 경외의 눈으로 나를 쳐다본다. 비쩍 마른 몰골에 중상을 입은 모습은 차마 눈 뜨고 볼 수가 없다. 하나는 귀가 찢겨 나가고 콧등에서 피가 줄줄 흐르며 눈 한쪽은 구멍만 남았다. 다른 고양이는 앞발 하나가 사라져 보이지 않고 털이 뭉텅뭉텅 빠진 몸에서 고름이 흐르고 있다.

내가 다급하게 야옹 신호를 보내자 인간 집사 두 명이 달려온다. 인간들이 즉시 응급 처치를 한 뒤 기진맥진한 고양이들에게 음식을 먹인다. 그들이 기운을 차리기 무섭게 내가 묻는다.

「어떻게 된 일이야?」

「쥐들!」 고양이 하나가 여전히 공포에 휩싸인 채 눈을 휘둥그레 뜨고 대답한다.

내가 그걸 몰라서 묻는 게 아니잖아.

「언제? 어디서? 어떻게 됐다는 거야?」

다른 고양이가 조금 더 조리 있게 설명해 준다.

「우린 파리 남쪽에서 오는 길이에요. 인간 집사들이 다 살해당하고 나니 먹을 게 없었어요. 배고픔을 견디다 못해 밖으로 나와 보니 세상은 폐허로 변해 있었죠. 다행히 다른 고양이들을 만나 서로 의지한 덕에 대멸망 속에서도 살아남을 수 있었어요. 그런데…….」

그가 갑자기 말을 끊고 몸서리를 친다. 나는 편안한 표정으로 그가 다시 말을 잇기를 기다려 준다.

「그런데?」

「……쥐 군단이 나타나서 닥치는 대로 죽이기 시작했어요.」

옆에 있던 고양이가 그의 말을 이어받는다.

「그렇게 포악한 놈들은 난생처음 봤어요.」

「그들은 근처에 있는 쥐 떼들을 차례로 설득해 대규모 연합군을 결성했어요. 거대 군단이었죠. 수백, 수천이 아니라 수만 마리의 쥐가 마치 거대한 강물이 흐르듯 일사불란하게 움직였어요. 번뜩이는 새까만 눈들과 날카롭고 새하얀 앞니들이 떠 있는 갈색 물결이 휩쓸고 지나간 자리에는 죽음만 남았죠.」

발그스름한 아침 해가 지평선 위로 솟아오르기 시작한다. 아직 충격에서 벗어나지 못한 두 고양이가 번갈아 말을 쏟아 낸다.

「무서운 조직력을 갖춘 군단이었어요. 서해(鼠海) 전술로 쳐들어오는데, 누구도 당해 낼 재간이 없었죠. 동물들은 물론이고 인간들도 공포에 질려 달아나기에 바빴어요.」

「남쪽에서 올라온 놈들이 지금 서서히 파리로 접근해 오고 있어요.」 다른 고양이가 설명을 거든다.

어느새 다가와 증언을 듣고 있는 피타고라스가 뒷발을 들어 오른쪽 귀를 신경질적으로 긁기 시작한다. 극심한 불안을 느끼고 있다는 뜻이다.

「내 두려움이 현실화됐군. 이제 더 이상 선택의 여지가 없어. 당장 이 섬을 나가야 해.」

나는 당혹감을 억누르기 위해 애써 태연한 척한다.

「전에도 쥐들을 상대해 봤잖아. 거대 군단이었지만 그들은 우리를 제압하지 못했어.」

「한 번 실패했다고 영영 실패하란 법은 없어. 게다가 지금 우리가 있는 시뉴섬은 땅이 좁고 방어에 한계가 있어. 지난번 패배에서 교훈을 얻은 쥐들이 더 효과적인 방법을 찾아 조만간 다시 공격해 올 게 분명해. 그러니 한시바삐 여길 떠나야 해.」 피타고라스가 강경한 어조로 즉각 반박한다.

누구든 아침에 내 심기를 건드리는 건 용납 못 한다. 하지만 나는 감정적으로 대응하지 않고 늘 하던 대로 늘어지게 기지개를 켜고 나서 대수롭지 않은 말투로 묻는다.

「떠난다 치자. 어디로 갈 건데?」

「굳이 멀리 갈 필요 없이 센강에 있는 다른 섬으로 옮기면 될 것 같아. 이미 인터넷에서 후보지를 물색해 뒀어. 인간들이 시테섬이라고 부르는 곳이 있는데, 여기보다 크고 건물도 많아서 방어 진지를 구축하기에 훨씬 유리할 거야.」

이번 역시 그의 판단이 옳다는 걸 알지만 쉽게 동의하는 인상을 주기는 싫다. 내게는 나만의 원칙이 있다고. 나는 괜히 어깃장을 놓고 싶어 이것저것 물어본다.

「거기까지는 어떻게 갈 생각인데? 이 섬으로 연결되는 다리를 우리가 다 없애서 이제 땅을 밟고 갈 방법이 없잖아.」

「배로 가야지.」 그가 대답한다.

「물 위를 지나간다고? 그건 절대 안 돼. 그러다 배가 뒤집히기라도 하면…… 생각만 해도 끔찍해.」

「현재로서는 다른 방법이 없어. 방법을 찾을 시간도 없고.」

나는 콧김을 내뿜으며 오로지 반대를 위한 반대의 근거를 찾기 시작한다. 〈우리가 이 섬을 찾느라 얼마나 고생을 했는데〉부터 〈다른 섬에는 하수구가 있고 지하철이 다니는 통로가 있어서 적에게 더 쉽게 노출될 게 분명해〉

를 거쳐 〈짐은 다 어떻게 옮기려고?〉, 〈난 피곤해서 꼼짝하기 싫어〉까지. 하지만 결국은 그의 계획에 동조하고 만다.

나는 고양이들을 한자리에 불러 모은 뒤 (시뉴섬 전투에서 탁월한 전술가 기질을 발휘한 덕에 획득한) 권위를 이용해 당장 섬을 떠나야 할 이유를 설득한다.

피타고라스는 태양광 패널을 이용해 배터리가 충전되는 스마트폰에 제3의 눈을 접속해 나탈리에게 메시지를 보낸다. 그러자 인간 집사가 즉시 어린 인간들을 데리고 계획을 실행에 옮길 준비에 들어간다.

대멸망 전에 나탈리는 건설 현장에서 일했는데, 다시 말해 인간들이 살 집을 짓는 사람이었다. 그녀가 분주히 움직이는 모습을 멀찌감치 떨어져 바라보면서 나는 경탄을 금치 못한다. 어쩜 저렇게 변했을까. 때때로 날 짜증스럽게 하던 소극성은 온데간데없이 사라지고 진취적인 사람으로 변해 있다. 앞서 예측하고, 상상력을 발휘해 과감한 해결책을 제안하고 있다.

그녀의 주도하에 신속하게 이동 준비가 이루어진다. 어린 인간들이 짐을 꾸리고 쪽배 몇 척을 구해서 식량과 앞으로 필요할지 모를 각종 장비를 싣는다. 몇 시간 만에 준비가 다 끝나고 한니발이 배 한 척에 혼자 올라타자 출발 신호가 떨어진다.

나는 가랑잎 같은 배에 몸을 싣고 두려움 속에 정든 시 뉴섬을 떠난다. 함께 배에 탄 다른 고양이들과 인간들도 불안해하기는 매한가지다.

배가 서서히 앞으로 나아간다. 바로 밑이 강물이라니! 연거푸 심호흡하면서 진정하려 해도 배가 뒤집힐지 모른 다는 공포에서 헤어날 수가 없다. 자꾸 아래쪽으로만 향 하는 시선을 거두며 나는 몸을 소스라뜨린다.

머릿속을 비우자.

삐걱거리는 소리와 함께 선체가 흔들흔들하면 심장이 얼어붙는 느낌이다. 나는 눈을 질끈 감고 입을 앙다문다.

설마 물에 빠져 죽기야 하겠어.

나는 물의 공포를 잊기 위해 집사의 품에 안겨 겨드랑 이에 코를 박는다. 시큼한 체취를 맡고 있으면 왠지 마음 이 편안해진단 말이야. 집사가 자신의 가슴팍에 깊이 얼 굴을 묻은 내 머리와 등을 천천히 쓰다듬어 준다. 불안감 이 눈 녹듯 사라진다. 내 갸르릉 소리가 그녀에게 마법을 걸듯 그녀의 손길도 이렇게 마법을 부리는구나. 이래서 내가 집사와의 소통을 더 간절히 원하는 걸까. 인간과 고 양이, 우리 두 종이 서로 돕고 연대할 방법을 찾고 싶어 서 말이야.

불과 어제까지만 해도 우리 공동체의 요새이자 안식처였던 시뉴섬이 점점 멀어진다.

그 특별했던 곳이 내게 남긴 행복한 추억들이 머리에 떠오른다. 섬에 안착했을 때의 기쁨, 격렬했던 전투, 힘겹게 쟁취한 승리, 그리고 찾아온 평화로운 일상, 새로운 공동체를 향한 희망과 기대. 자유의 여신상이 치켜든 횃불이 시야에서 가물가물 사라지고 있다.

이제 한 시대가 막을 내렸다. 피타고라스의 말대로 우리는 새로운 땅에서 새로운 미래를 다시 일구어야 한다.

내가 탄 쪽배가 센강 위를 흘러간다. 추억도 함께 흘러간다.

강 건너 폐허로 변한 파리의 풍경에서 시선을 떼지 못한 채 우리는 부서진 센강 다리들을 차례로 지나간다. 강변에는 찌그러진 채 방치된 녹슨 자동차들이 즐비하다. 강물만이 여전히 생명력을 간직한 채 유유히 흐르고 있다. 팔뚝만 한 물고기들이 수면을 차고 공중으로 솟구쳐 오르고 인적이 끊긴 강둑에는 개구리 울음소리가 요란하다. 마침내 시테섬이 서서히 시야에 들어온다.

웅장하게 우뚝 솟아오른 건물 하나가 멀리서도 시선을 압도한다. 옆에서 피타고라스가 노트르담 대성당이라고 가르쳐 준다. 뱃전에서 성당을 바라보고 있자니 답답

했던 가슴이 뻥 뚫리며 안도감이 밀려온다. 쥐들의 공격을 더 효과적으로 막아 낼 수 있는 큰 섬으로 옮기기로 한 건 정말 잘한 결정이야.

앞으로 이곳에서 쇠락하는 인간 문명을 대체할 고양이 문명의 기반을 세울 일만 남았다. 희망으로 가슴이 부풀어 오른다.

6

고양이와 인간, 그 공존의 역사 (계속)

비교적 순탄했던 고양이의 삶이 수난을 겪기 시작한 것은 고대부터다.

기원후 391년, 기독교를 로마의 국교로 확립한 테오도시우스 1세는 교황의 요청에 따라 로마 시민들에게 고양이 소유 금지령을 내린다. 야행성에다 왕성하게 교미하는 고양이를 타락과 주술의 상징으로 여겼기 때문이다. 이렇다 보니 기독교 축일에 고양이를 학살하는 일이 벌어지곤 했다. 신실한 기독교인들은 성 요한 축일에 고양이를 잡아 마을 중앙 광장에 설치된 대형 장작더미에 올려 불태워 죽였다.

1347년부터 1352년까지 흑사병이 유럽을 휩쓸 때, (고양이 소유가 금지되지 않았던 유일한 집단인) 유대인 공동체들은 상대적으로 병에 걸린 사람이 적었다. 전염병을 옮기는 쥐를 쫓아 주는 고양이 덕이었다. 하지만 당시에는 아무도 페스트의 감염 경로를 몰랐기 때문에 유대인들은 희생양이 필요했던 광신주의자들의 표적이 되어 많은 수가 목숨을 잃었다.

1484년, 교황 인노첸시오 8세는 고양이가 변장을 하고 지상에 내려온 악마라고 간주해 대대적인 몰살을 지시하는 칙령을 내린다.

영국의 메리 1세는 고양이를 프로테스탄트 이단의 상징으로 간주해 백성들에게 산 채로 불태워 죽이라고 했다. 엘리자베스 1세가 왕위에 오르자 이번에는 고양이가 가톨릭 이단의 상징으로 여겨져 또 한 번 수난을 겪어야 했다.

중세 시대에는 고양이가 사람들의 일상에 다양하게 사용되었다. 스페인에서는 고양이 구이가 고급 요리로 인기를 누렸고, 북유럽에서는 고양이 가죽으로 담요와 쿠션, 외투를 만들기도 했다.

1665년, 또다시 페스트가 유럽 전역을 휩쓸고 지나갔다. 공교롭게도 런던에서 대규모 고양이 박멸이 행해진 뒤였다.

바티칸이 고양이에게 덧씌워진 악마적 이미지를 없앤 것은 이로부터 1백 년도 더 지나서였다. 기독교인들은 마침내 파문에 대한 두려움 없이 고양이를 소유할 수 있게 되었다. 그리고 나서 다시 한참 시간이 흐른 1894년에야 세균학자 알렉상드르 예르생이 쥐벼룩을 숙주 삼아 페스트를 옮기는 균이 존재한다는 사실을 발견한다. 이 균은 그의 이름을 따 훗날 예르시니아 페스티스로 불리게 된다.

2019년 기준으로 고양이는 프랑스인이 가장 선호하는 반려동물(약 1천만 마리라고 알려져 있는데, 이는 개보다 30퍼센트 정도 많은 수에 해당한다)로 꼽힌다. 세계적 대도시인 로마나 예루살렘에서는 길고양이들에게 중성화 수술을 시키지 않고 자유롭게 돌아다니게 해 쥐의 확산을 억제하는 것으로 유명하다. 두 도시에서 1제곱킬로미터당 길고양이의 숫자는 2천 마리에 이르는데, 대신 쥐의 숫자는 극히 적은 것으로 알려져 있다.

『상대적이고 절대적인 지식의 백과사전』제12권

7

희망의 섬

시테섬의 서쪽 기슭이 가까워진다. 어김없이 쥐 수백 마리가 어슬렁거리고 있는 게 보인다.

놈들이 한니발을 발견했을 때는 이미 돌이킬 수 없는 상황이다. 걸어다니는 살상 기계인 사자가 첨벙첨벙 기슭으로 올라가 넋이 나간 쥐들을 향해 앞발을 휘두르기 시작한다. 창날 같은 사자의 발톱이 쥐들의 가슴팍에 꽂힌다. 거대한 뒷발에 쥐들이 장마철 낙과처럼 짓뭉개진다. 무모하게 저항을 시도하던 몇 마리도 날카로운 송곳니에 꼬치처럼 꿰이고 만다. 살아남은 쥐 두 마리가 강 건너 남쪽으로 헤엄쳐 달아나기 시작한다.

「쫓아가서 잡아 올까?」 물을 무서워하지 않는 에스메랄다가 강물에 뛰어들 태세로 소리쳐 묻는다.

「아니, 절대 그러지 마. 저들이 무리한테 돌아가 이 섬

에서 잘못 어슬렁거리다간 큰코다친다는 걸 알려 주게
놔둬. 적진에 공포가 확산되게 만들어야지.」

「우리가 여기로 옮겨 온 사실을 적들이 알게 되는 게
과연 좋을까, 잘 모르겠어.」 피타고라스가 고개를 갸웃거
린다.

섬은 예상대로 황량하고 적막한 폐허다. 한때 인간 문
명이 융성했던 자리는 담쟁이덩굴과 가시덤불에 뒤덮여
흔적만 남아 있다. 사방에 해골이 나뒹굴고 쓰레기 더미
에서 나는 악취가 코를 찌른다. 뼈대만 앙상하게 남은 건
물들의 외벽에 나 있는 음산한 포탄 구멍이 대멸망 이전
에 벌어졌을 내전의 격렬함을 짐작하게 한다.

인간들은 짐을 풀기 무섭게 팔을 걷어붙이고 대청소
에 나서서 섬을 요새화된 진지로 바꾸기 시작한다. 내 집
사 나탈리는 전문가답게 조직적으로 일을 진두지휘한다.
어린 인간들을 시켜 주변 공사장에서 폭약을 구해 오더
니 센강 변으로 이어지는 다리를 모두 폭파한다. 인간들
은 관절로 연결된 손가락과 마주 보는 엄지가 달린 손으
로 하수구 구멍을 막고 지하철 통로에 시멘트 벽돌로 벽
을 쌓는다. 그러고 나서는 섬 전체를 빙 둘러 1미터 높이
의 방어벽을 세운다. 모자란 벽돌은 주택들의 담장을 부
숴 충당한다.

식량 준비도 체계적으로 이루어진다. 어린 인간들에게는 낚시로 신선한 먹거리를 구해 오는 임무가 주어진다. 뱀장어, 잉어, 곤들매기, 고양이와 물고기를 합친 재미있는 이름을 가진 메기[1]가 낚싯바늘에 달려 올라온다. 내가 세상에서 제일 좋아하는 음식이 캐비아인데, 그 철갑상어가 센강에서 잡힌다는 사실이 정말 신기하다.

나는 편안히 그늘에 앉아 일하는 인간들을 지켜본다. 나탈리가 다른 인간들에게 쉴 새 없이 뭔가를 지시하고 있다.

어쩌다 내가 집사와 지금의 인연을 맺게 됐을까?

어린 인간들을 데리고 벽돌로 방어벽을 쌓느라 구슬땀을 흘리는 그녀에게서 인간 특유의 아름다움이 느껴진다. 빨간 끈으로 묶은 풍성한 머리털, 새하얀 피부, 멋대가리 없이 삐쭉 위로 솟았지만 자꾸 보면 우아하다고 할 수도 있는 몸통 선. 그래, 인간도 아름다운 구석이 전혀 없는 건 아니야.

그녀가 몸을 돌려 나를 바라본다. 흘러내리는 머리카락을 쓸어 올리면서 다정하게 눈을 깜빡인다. 나는 무심한 하품으로 응답해 주고 나서 앞다리를 쭉 뻗으며 몸을

---

1 메기는 프랑스어로 〈*poisson-chat*〉인데, 직역하면 물고기-고양이이다. 이하 모든 주는 옮긴이의 주이다.

늘인다. 내가 인간을 좀 알지. 저런다고 너무 격의 없이 대해 주면 안 돼. 적당한 거리를 유지하는 편이 나아. 자칫하다간 역할을 바꿔 주인 노릇을 하겠다고 덤빌지도 모르니까! 인간을 집에 데리고 살다가 너무 친해져서 〈주인〉이라고 부르는 고양이가 어디 한둘이어야. 나는 절대 그렇게는 못 해. 인간이 우리를 받들어 모셔야지, 그 반대는 말이 안 돼. 암, 그렇고말고.

나는 집사들을 감독하고 공사 진척 상황을 살피러 나선다. 새로운 진지를 구축하기 위한 준비가 차질 없이 이루어지는 현장을 확인하고 돌아오는 길에 피타고라스와 마주친다. 그는 인터넷을 통해 공부한 시테섬의 지리를 설명해 준다.

「섬에 있는 중요한 장소들을 서쪽에서 동쪽으로 차례로 말해 줄 테니 들어 봐. 베르갈랑 광장, 도핀 광장, 법원, 검찰청, 경찰청, 오텔디외 병원, 대성당, 그리고 섬 끄트머리에 있는 요한 23세 광장과 일드프랑스 광장.」

병원이라는 말을 듣는 순간 인간을 살려야 하는 곳에 시체들만 즐비한 지금의 상황이 아이러니하다는 생각이 든다.

진지 구축 현장과 조금 떨어진 곳에서 어린 인간들이 섬을 뒤져 구한 채소 통조림들을 분류해 정리하고 있다.

그래, 인간들은 채소도 식탁에 올려야 한다는 걸 내가 깜빡하고 있었네.

피타고라스가 시테섬의 꽃이라 할 수 있는 노트르담 대성당을 구경시켜 주겠다고 제안한다. 몽마르트르에 있는 사크레쾨르 대성당을 참 좋아했던 나는 기꺼운 마음으로 그를 따라나선다. 고풍스럽고 웅장한 성당의 외관에 나는 넋을 잃는다. 인간의 가장 위대한 성취는 바로 이런 건축물이 아닐까. 피타고라스가 내 마음을 읽고 다가와 성당에 관한 일화를 들려준다.

「노트르담 대성당은 2019년 4월 화재로 완전히 소실될 뻔했는데, 다행히 지금 네가 보는 모습으로 성공적으로 복원됐어. 대멸망기에 무수한 건축물과 유적이 파괴되었지만 이 성당만은 기적적으로 살아남았어. 마치 2019년 화재가 액땜이 된 것처럼 말이야.」

우리는 거대한 출입문을 지나 성당 안으로 들어간다. 스테인드글라스 채광창을 통해 은은한 빛이 투과되어 들어온다. 나는 피타고라스에게 묻는다.

「성당이 뭐 하는 곳이라고 했더라? 전에 네가 얘기해 준 적이 있는데.」

「인간들이 와서 기도하는 장소야.」

「기도? 그거 종교랑 관련이 있는 거 맞지?」

「그래 맞아. 인간들이 신에게 이런저런 부탁을 하는 거야.」

「가령 어떤 부탁?」

「가리지 않고 아무거나 다. 좋아하는 상대방의 마음을 얻게 해달라, 대학 입학시험을 잘 보게 해달라, 심지어 운전면허 시험에 붙게 해달라고도 해. 아이를 갖고 싶어서, 복권에 당첨돼 부자가 되고 싶어서 기도하는 인간도 있지. 심지어는 경쟁자의 실패나 적의 죽음을 바라고 기도하는 인간들도 있어.」

「그런 기도가 다 통해?」

「복불복이야. 하지만 인간들 대다수는 자신의 기도가 얼마나 간절한지, 자신이 신과 얼마나 가까운지에 달렸다고 믿고 있지.」

피타고라스가 계단을 앞장서서 올라가더니 오르간 앞에 선다. 그가 폴짝 뛰어올라 건반 하나를 앞발로 누르는 순간 성당 안에 웅장한 소리가 울려 퍼진다.

「이 오르간은 전기로 움직이는데, 아직 전기가 끊기지 않아 다행이야.」

「전기가 끊기지 않았다는 게 믿어지지 않아. 그런 일이 어떻게 가능해?」

「오늘날 원자력 발전소는 컴퓨터 시스템으로 운영되

기 때문에 인간 없이도 얼마든지 가동할 수 있어. 그래서 여전히 도시에 전기가 공급되고 있는 거야.」

내가 조심스럽게 건반 위에 오른쪽 앞발을 올리자 높고 맑은 소리가 울려 나온다. 털이 흐르르 떨리며 기분 좋은 진동을 한다. 피타고라스와 내가 나란히 건반 위를 걷기 시작하자 성당 안이 아름답고 입체적인 화음으로 채워진다. 피타고라스가 우리 작품에 〈고양이를 위한 교향곡 제1번〉이라는 제목을 붙이자고 제안한다.

지칠 때까지 건반 위를 활주하다 내려와 빨간색 버튼이 있는 방에 이르자 피타고라스가 의미심장한 눈빛을 건네며 말한다.

「혹시라도 비상사태가 발생하면 이 버튼을 눌러야 해. 그러면 성당의 종들이 일제히 울리기 시작할 거야.」

피타고라스는 더 이상 설명해 주지 않고 다시 앞장서서 걷는다. 그를 뒤따라 탑으로 올라가자 배[梨]처럼 생긴 커다란 회색 구조물들이 눈에 들어온다.

「이 종들은 아주 멀리서도 들릴 만큼 큰 소리를 내. 떠나갈 듯이 말이야.」

「내 야옹 고함 소리보다 더 크게?」

내 말을 들은 체 만 체 피타고라스가 다시 발을 옮긴다. 우리는 비좁은 계단을 통해 성당 북쪽 탑의 꼭대기로 올라간다. 아래를 내려다보는 순간 아찔하다. 나는 피타고라스가 〈이무깃돌〉이라고 부르는 돌출부에 자리를 잡고 앉는다. 개의 몸에 개구리 머리를 붙여 놓은 듯한 조각상이 혀를 쏙 내민 채 인상을 찌푸리고 있다.

이 임시 전망대에서는 강 건너 파리 시내의 전경이 한눈에 들어온다. 부서지고 무너진 고층 건물들이 잡초로 뒤덮여 있다. 가슴이 찌릿하다.

생존한 인간들이 저녁을 짓는지 굴뚝 위로 이따금 연기가 피어오른다. 재빠르게 움직이다 사라지는 실루엣들도 간간이 포착된다. 쓰레기 더미를 뒤지러 밖으로 나온 걸까.

멀리서 비명인지 뭔지 알 수 없는 날카로운 소리가 들려올 때마다 온몸의 털이 곤두선다. 하지만 대멸망기의 공포에서 벗어나 안전한 곳에 안착했다는 생각에 묘한 안도감도 든다.

「마침내 내가 와야 할 곳에 와 있다는 느낌이 들어.」

내 말을 들은 샴고양이의 입에서 알쏭달쏭한 말이 튀어나온다.

「그런 곳을 인간들은 〈파라다이스〉라는 이름으로 부르지. 페르시아어에서 온 이 단어는 원래는 안전한 담장에 둘러싸인 정원을 가리키는 말이었어.」

이집트에 쳐들어와 고양이들을 죽인 캄비세스를 떠올리면 페르시아라는 말만 들어도 몸서리가 쳐지지만, 파라다이스라는 단어는 왠지 모를 기대에 부풀게 한다.

또다시 귀를 찢는 소리가 들려온다. 이번은 인간이 지르는 비명이 분명하다. 갑자기 내가 고양이라는 사실이 행복하고 자랑스럽게 느껴진다.

「이 섬에서 우리 새로운 세계를 다시 건설하자. 미래는 우리들의 것이야.」 내가 비장한 목소리로 말한다.

「쥐들도 똑같은 생각을 하고 있을지 몰라.」

「하지만 그들은 세상의 진화를 위한 건설적인 계획을 구상하기보다 자신들의 생존과 정복에만 몰두할 뿐이야.」

「꼭 그렇게 단언할 순 없지. 쥐들이 모두 같은 생각을 하는 건 아닐 수도 있고. 그들 중에도 은밀하게 미래를 계획하는 자가 있을 거야…….」

「무슨 근거로 그렇게 말해?」

「절대 적을 과소평가해선 안 돼, 바스테트.」

「설마 쥐가 세상의 주인이 될 수도 있다는 얘기를 하는 건 아니겠지?」

「불가능할 것도 없지.」

「그건…… 너무…….」

「너무 뭐?」

나는 적당한 단어를 고르다 찾지 못하고 툭 내뱉는다.

「너무 가혹하잖아.」

「어쩌면 그게 진화의 방향인지도 몰라. 갈수록 가혹한 세계가 되는 거.」

「우리가 반드시 성공해야 해.」 나는 눈을 부릅뜨고 결연한 표정을 짓는다.

「그러기 위해선 우리가 뛰어난 적응력과 지치지 않는 에너지를 발휘해야 해.」

「너랑 내가 힘을 합치면 못 할 게 없어. 우리 둘이서 공동체 식구들을 안전하게 지키고 새로운 세계로 인도할 수 있어. 난 자신 있어.」

호언장담은 했지만 불안은 여전히 마음 한편에 남아 있다. 나는 조각상에 등을 대고 누운 채 귀를 납작하게 눕히고 뒷발을 탁탁 차면서 (잠시, 진짜로 아주 잠시) 복종 자세로 피타고라스를 올려다본다.

우리는 가장 꼭대기에 있는 이무깃돌 위에서 어정쩡하고 불안한 자세로 사랑을 나눈다. 어머, 이러다 떨어져 죽으면 어떡하지.

나는 쾌락의 절정에 이르러 섬이 떠나가라 소리를 지른다. 나는 이제 이 섬의 주인이다.

8
시테섬

이 섬에 최초로 살았던 인간들은 갈리아인의 부류인 파리시족인데, 이들은 기원전 250년경부터 여기서 살았다. 파리라는 지명도 이 부족의 이름에서 유래했다. 파리시족은 짚으로 덮은 오두막에 살면서 센강에서 물고기를 잡고 주변 늪지에서 사냥을 했다. 그들은 나무 방벽을 높이 쌓아 적의 공격으로부터 섬을 지켰다.

기원전 52년에 갈리아를 침략한 로마인들은 시테섬의 이름을 루테티아로 바꾸고 유피테르 신에게 봉헌하는 신전을 건립했다. 약 1천5백 명에 이르던 갈리아인들은 이때부터 로마의 지배하에 놓였다. 루테티아인들은 외세의 침략에 대비해 돌로 성벽을 쌓고 섬 남동쪽에 항구를 만들었다.

기원후 451년, 아틸라가 이끄는 훈족이 침략해 왔을

때, 인근에 살던 갈리아인들까지 섬으로 불러들여 함께 방벽 뒤에서 공격을 막아 낸 루테티아인들은 더 높고 튼튼한 성벽을 쌓기 시작해 폭 2미터, 높이 최대 30미터에 이르는 성벽을 완성했다.

508년, 클로비스 1세가 루테티아에 왕궁을 세운다. 그는 기독교로 개종한 다음 유피테르 신전을 허물고 지금의 노트르담 대성당 자리에 성당을 지었다.

845년, 861년, 877년, 세 차례에 걸쳐 시테섬은 바이킹의 공격을 받아 불타고 약탈당한다. 그리고 885년 시그프레드가 지휘하는 4만 명의 바이킹 군사가 7백 척의 배에 나눠 타고 또다시 파리를 공격해 왔을 때, 외드 백작이 나서 협상을 벌인 끝에 공물을 주는 대가로 그들을 돌려보냈다. 외드 백작은 이 공을 인정받아 프랑스의 왕이 되었다.

1163년 모리스 드 쉴리 주교의 지휘하에 파리 노트르담 대성당의 공사가 시작되었다. 국왕 필리프 오귀스트는 시테섬의 출입을 통제할 수 있도록 양쪽 기슭에 성벽을 세웠다.

이후 시테섬은 본격적으로 수도 파리의 중심지로서의 면모를 갖추기 시작했다. 상업적 교류를 활성화하기 위해 석교들이 생겨나고 지금의 도핀 광장 위치에는 대규모 시장이 들어섰다.

『상대적이고 절대적인 지식의 백과사전』 제12권

9

시테섬에서의 일상

「넌 절정에 이를 때 너무 크게 소리를 지르는 게 문제야.」 피타고라스가 말한다. 「나탈리가 방금 스마트폰으로, 네가 교성을 지르는 바람에 섬 식구들이 다 잠에서 깼다고 불평하는 메시지를 보내 왔어.」

나 원 참! 다른 건 참아도 내 성생활에 대해 누가 이러쿵저러쿵 훈계하는 건 용납 못 해. 나는 내 방식으로 살거니까. 마음에 안 든다고? 더군다나 인간 집사들이? 콧방귀도 안 나오네.

「나탈리는 내가 사랑을 나누는 게 싫은 모양이야. 집사가 좋은 사람이라는 건 알지만 가끔 너무 편협한 구석이 있어. 게다가 우리 고양이들을 지금도 여전히 동물 인형쯤으로 여긴다니까. 그러니까 펠릭스의 고환을 없애버렸지. 기억나지? 인간들은 우리가 자유롭고 독립적인 존재라는 걸 인정하기 싫은 거야. 자신들과 대등해질 수 있다는 걸 받아들이기 싫은 거라고. 질투하는 거야.」

나는 멀리 떨어져 있는 집사에게 내 생각을 전하기 위해 정신을 집중한다.

〈불쌍한 나탈리, 당신 잘못은 아니야. 종을 잘못 골라 태어났을 뿐이지. 당신은 곧 사라질 낡은 세계의 일원이에요. 그걸 인정하고 당신이 장식용 반려동물쯤으로 여겼던 우리들이 당신, 인간들을 대체할 것이라는 사실을 받아들여요.〉

그녀는 멀뚱한 표정으로 나를 쳐다볼 뿐 아무 반응이 없다. 이번에도 소통에 실패했다. 피타고라스처럼 내가 집사와 대화하는 날이 오려면 아직 멀었다.

나는 조급함을 달래려고 심호흡을 하다가 집사 곁에 있는 파트리샤를 발견한다. 그래, 지금 당장 집사와 소통이 불가능하다면 파트리샤를 통해 메시지를 전해 보자. 이미 몇 번 소통에 성공한 적이 있는 파트리샤에게 다가가 얘기를 나누고 싶다는 신호를 보내자 그녀가 메시지를 받아들일 자세를 취한다.

〈파트리샤, 당신은 나와 직접 소통에 성공한 유일한 인간이에요. 나탈리한테 내 뜻을 분명히 전해 줘요. 나는 내 자유 의지대로 행동한다고, 집사의 의견은 알 바 아니

70

라고. 그렇게만 말하면 알아들을 거예요.〉

섬 식구 중 유일한 샤먼인 파트리샤가 메시지를 이해하길 바랐지만, 그녀는 고개를 가로저으며 내 이마 털을 위로 쓸어 줄 뿐이다.

파트리샤가 텔레파시 능력을 상실한 걸까. 아니면 내가 그녀의 영혼에 도달하는 능력을 상실한 걸까.

나는 착잡한 마음으로 섬을 산책한다.

시간이 지나도 소통에 진척이 없어. 내가 인간들과 소통하는 능력을 완전히 상실한 것 같은 느낌도 들어.

안타깝지만 당분간은 피타고라스를 거쳐 나탈리와 얘기하는 수밖에 없겠어. 제3의 눈을 가진 그가 지금으로선 우리 두 문명을 잇는 유일한 다리니까.

또 하루가 저물고 있다. 시뉴섬을 떠날 때의 망설임과 두려움은 하늘이 내린 이곳 시테섬에 도착한 순간부터 서서히 확신과 희망으로 바뀌고 있다. 부상을 당한 고양이 일곱 마리가 피난처를 찾아 섬 북쪽으로 접근해 왔다. 페스트에서 살아남은 어린 인간 세 명도 우리 공동체에 관한 소문을 듣고 먼 길을 찾아왔다고 했다. 그래, 관절이 있는 손가락 다섯 개와 마주 보는 엄지를 가진 노동력은 많으면 많을수록 좋지.

사람들이 쪽배를 타고 나가 이들을 실어 데려왔다. 섬

이 워낙 넓어 피난민을 받아들이는 것은 아무 문제가 되지 않았다. 다음 날도 그다음 날도 망명 행렬은 끊이지 않았다. 섬이 정비될수록 더 많은 생존자가 공동체의 일원이 되고 싶다며 찾아왔다. 불과 1주일 만에 섬의 식구는 고양이 천여 마리와 인간 백여 명으로 늘어났다.

아직 애티를 완전히 벗지 못한 아들 안젤로는 미래 세대에 헌신하는 에스메랄다의 가르침을 받으며 스무 마리의 다른 청소년들과 함께 생활하고 있다.

나는 소위 말하는 〈모성 본능〉이 부족해 자식을 내 진화의 걸림돌로 여긴다. 자식은 눈에 넣어도 아프지 않다는 말, 솔직히 이해가 안 된다. 그러니 나 대신 고역을 자청한 에스메랄다의 존재는 하늘의 뜻인지도 모르겠다.

며칠 전에 청소년 무리를 방문했다가 에스메랄다의 지도하에 또래들과 개구리 몸을 가르면서 노는 안젤로를 봤는데, 행복해 보였다. 몸속 장기의 위치를 배울 수 있는 생체 해부는 교육적 효과에다 재미까지 있어 어미 고양이라면 다들 자식과 한 번씩은 하는 놀이다. 양서류야말로 실습 대상으로 최고다.

이제 안젤로한테서 제법 성묘(成猫) 티가 난다. 어쭈, 벌써 저보다 몸집이 작은 또래들을 휘두르며 우두머리 행세를 하려 드네.

녀석을 잘 지켜봐야겠어, 저러다 곧 어미랑…… 맞먹으려 들겠는걸!

나는 피타고라스에게 두 발 달린 친구들과의 화합과 파라다이스 공동체의 미래를 축복하기 위해 파티를 열자고 제안한다.

공동체 식구가 모두 한자리에 모이자 뜻밖에도 나탈리가 오르간으로 다가가 연주를 하기 시작한다.

「요한 제바스티안 바흐가 작곡한 〈토카타와 푸가〉야.」 샴고양이가 전문가인 양 가르쳐 준다.

화려한 음이 성당 안으로 퍼지자 나는 흥이 나서 오르간으로 뛰어 올라간다. 집사의 열 손가락이 마치 거미 두 마리처럼 건반 위를 통통 튀고 있다.

예전에 몽마르트르에서 마리아 칼라스가 부르는 벨리니의 「정결한 여신」, 그리고 비발디의 「봄」을 들었을 때처럼 가슴이 찡 울리고 꼬리 끝까지 짜릿한 전율이 퍼져 나간다. 음악은 몸에도 감동의 흔적을 새겨 놓는 걸까.

생경한 희열이 가슴을 꽉 메운다. 집사가 이렇게 멋진 인간인 줄은 미처 몰랐는걸. 나는 영감에 사로잡혀 야옹 야옹거리면서 건반 위를 걸어다닌다. 고양이와 인간을 위한 최초의 협주곡을 만들어야지.

그런데 나탈리가 인상을 찌푸리며 연주를 중단하더니

나를 안아 바닥에 내려놓고 머리를 쓰다듬는다. 허, 기분 나쁘네. 연주를 못 하게 하려는 거야? 아직도 날 동물 인형 취급한다는 증거지. 내가 작은 사자라는 걸 모르는 모양이군.

나는 바닥에 떨어진 자존심을 주워 고양이들이 모여 있는 곳으로 간다. 우리는 몽마르트르 길고양이들 사이에서 유행하는 노래를 부르기 시작한다. 흥, 인간들은 절대 따라 부르지 못할걸.

어린 인간들이 성당 뜰에서 따로 모닥불을 피워 놓고 신나는 음악에 맞춰 춤을 추고 있다. 암컷과 수컷 인간들이 뒤섞여 몸을 흔들거리자 고양이들도 뒷다리로 서서 서투르게 그들을 흉내 낸다.

볼프강이 춤추는 고양이들을 구경하고 있는 내게 다가와 말을 건다.

「개인적으로 난 인간의 예술 중에 음악이나 춤보다는 미식이 더 대단하다고 느껴.」

샤르트뢰고양이가 회색 털을 할짝할짝 핥으며 잠시 뜸을 들이더니, 〈샴페인〉이라는 게 있는데 마셔 보지 않겠냐고 제안한다. 인간들의 음료 중 단연 최고라며 호기심을 부채질한다.

「지난번에 캐비아를 먹었을 때 정말 맛있었지? 캐비아

가 먹는 것 중 최고라면 샴페인은 마시는 것 중 최고야. 캐비아와 샴페인은 동급이라고 보면 돼.」

어느새 곁에 다가와 대화를 듣고 있던 피타고라스가 나탈리에게 샴페인을 한 병 구해 달라고 부탁한다. 집사가 어디론가 사라지더니 폐허가 된 고급 아파트에서 찾았다면서 노르스름한 액체가 든 병을 들고 와 건넨다. 나는 볼프강의 말만 믿고 샴페인을 한 모금 꿀꺽 목으로 넘긴다. 캑캑. 영락없는 오줌 색깔에 맛은 또 왜 이래? 입천장과 목구멍에서 알싸한 거품이 탁탁 터진다. 아이고, 머리가 빙빙 도네! 웩웩거리는 나를 볼프강이 재미있다는 듯이 쳐다본다.

「계속 마셔. 더 마셔야 맛을 제대로 음미할 수 있어. 양이 충분하지 않아서 맛이 없다고 느끼는 거야.」

이상한 논리인 줄 알면서 몇 모금 더 목으로 넘겨본다. 하지만 볼프강이 말한 섬세한 맛이 느껴지기는커녕 다리에 힘이 풀리고 현기증이 날 뿐이다. 내 정신에 구멍이 뚫려 버린 게 아닐까.

비틀거리는 내 어깨에 발을 얹으며 볼프강이 걱정스럽게 묻는다. 「괜찮아?」

「아니, 전혀 괜찮지 않아. 머리에 금이 간 것 같아.」

「기분은 좋지?」

「아니, 정신을 더 이상 통제할 수 없는 느낌이야. 캣닙과 달리 이건 머리를 콕콕 찌르는 것 같아. 내 생각을 내 마음대로 할 수 없으니 기분 나빠. 이런 독약은 앞으로 다시는 안 마실 거야.」

볼프강이 딱하다는 듯이 혀를 찬다.

「양이 충분치 않아서 그렇다니까. 다시 마셔 봐, 더 과감하게. 홀짝거리지 말고 한 번에 다 마셔. 내 집사였던 대통령은 그렇게 해야 힘차게 하루를 시작할 수 있다고 했어. 이건 우두머리들이 마시는 음료야. 이걸 마셔야 우두머리의 생각을 하게 되는 거야.」

나는 객설을 귓등으로 흘리며 몸을 일으킨다. 다시 구역질이 솟는다. 어서 물을 마실 곳을 찾아 몸과 정신을 어지럽히는 이 요사한 물질을 씻어 내려야겠어.

10

고양이와 인간의 차이점

고양이와 인간은 세계를 지각하는 방식이 같지 않다.

식사부터 살펴 보자면, 고양이는 허기를 느껴야 음식을 먹지만 인간은 시간을 정해 놓고 하루에 세 끼를 먹는다. 배가 고파야 먹는 고양이는 하루에 열 끼를 먹기도, 끼니를 거를 수도 있다. 하지만 인간은 배가 고프지 않아도 삼시 세끼를 먹는다. 고양이는 배가 차면 더 먹지 않는 반면, 인간은 배가 불러도 습관처럼 계속 먹는다. 짜고 달고 기름진 음식을 먹을 때 뇌에서 포만감과 무관한 기쁨을 느끼기 때문이다. 음식의 모양이나 색깔, 심지어 값어치도 식욕을 불러일으키는 요소다. 한마디로 인간은 몸에 꼭 필요하지 않아도 음식을 먹는다.

인간과 고양이는 활동하는 시간대도 무척 다르다. 인간은 주로 낮에 활동하고 밤에 휴식을 취하는 반면, 고양이는 아무 때나 원하는 시간에 활동하다가 피로가 느껴지면 휴식을 취한다.

이렇듯 고양이는 몸의 필요에 귀를 기울이면서 몸과 일체를 이루는 삶을 사는 반면, 인간은 신체 리듬과 일치하지 않는 피곤한 삶을 살다 보니 수시로 병을 얻는다.

감각 면에서도 고양이와 인간은 커다란 차이를 보인다.

인간은 고양이에 비해 지각할 수 있는 음역이 제한적이다. 고양이는 5만 헤르츠의 초음파까지 탐지해 낼 수 있는데 인간의 가청 진동수는 2만 헤르츠에 그친다.

후각도 고양이가 인간보다 40배나 발달되어 있다. 고양이의 후각 수용 세포 수가 2억 개에 이르는 데 반해 인간은 5백만 개 정도이다.

시각을 비교하자면, 인간의 시야는 180도로 좁지만 고양이의 시야는 280도에 이른다. 게다가 고양이는 어둠 속에서도 사물을 분간할 수 있다. 고양이에게는 인간한테 없는 눈꺼풀이 하나 더 있다. 〈순막〉이라고 불리는 이 눈꺼풀은 눈 안쪽 모서리에서부터 옆으로 늘어나는 얇고 투명한 근육질 막으로, 직사광선을 걸러 눈이 부시지 않게 해주는 기능을 한다.

고양이는 인간한테 없는 야콥슨 기관이라는 감각 기

관도 가지고 있다. 냄새를 맡을 때 윗입술이 올라가면서 앞니 뒤쪽 입천장에 있는 두 개의 작은 관이 열리는데, 이 관을 통해 야콥슨 기관으로 냄새가 전달된다.

또 고양이한테 달린 수염은 공기 중의 아주 미세한 진동까지 잡아낸다. 이런 수염이 없는 인간은 청각과 시각에만 의존하기 때문에 세상의 미묘한 움직임을 포착하는 것이 불가능하다.

『상대적이고 절대적인 지식의 백과사전』제12권

11
숙취

다른 고양이들 사정은 모르지만 샴페인이 나와 궁합이 맞지 않는 건 확실하다. 그러지 않고서야 이렇게 머리가 지끈거리고 배 속이 부글거릴 리가 있나. 인간들의 음악과 미식이 결합하면 이렇게 뇌와 소화 기관에 부작용이 발생하는 모양이다. 목이 타서 한밤중에 잠이 깼다.

나는 몸을 뒤척이다 결국 다시 잠들기를 포기한다. 집사한테 몸을 꼭 붙이고(이러고 있으면 마치 집사가 보온 물주머니처럼 느껴진다) 누워 있던 오르간 연주자의 방에서 나와 계단을 내려가 성당 앞뜰로 나간다.

시원하게 오줌을 눠 미심쩍은 액체를 배출하고 나니 기분이 한결 좋아진다.

나는 경쾌한 발걸음으로 시테섬 산책에 나선다. 모두가 잠든 야심한 시각이다 보니 괴괴한 적막감마저 흐른다. 요새 같은 섬을 걷고 있다는 사실이 새삼 안도감을 준다. 우리 고양이들이 여기서 〈인류 이후〉를 준비할 수 있다는 건 얼마나 행운인가.

불현듯 인간이 직립 보행을 하고 옷을 입는 걸 다른 각도에서 바라볼 수도 있겠다는 생각이 든다. 얼마 전까지만 해도 그게 인간의 약점이라고 여겼는데, 어쩌면 그것이 인간이 이룩한 모든 위업의 출발점이었는지도 모른다는 해괴망측한 생각이 든다.

나는 속이 타는 듯한 갈증을 달래기 위해 물을 찾아 주위를 두리번거린다. 어휴, 빨리 씻어 내리지 않으면 큰일 나겠어. 나는 급수대가 있는 걸 눈여겨 봐두었던 지하철역으로 발걸음을 옮긴다.

지하철역 계단을 따라 내려가자 예상대로 급수대가 나타난다. 손잡이를 누르자(이런 거야 식은 죽 먹기지!) 물이 솟아오른다.

물을 다 마시자, 정신없이 물을 들이켤 때는 들리지 않았던 소리가 갑자기 들린다. 한밤중에 나는 이 거슬리는 소리의 진원지를 파악하기 위해 귀의 각도를 이리저리 틀어 본다. 돌을 긁어 대는 소리 같은데. 정체불명의 소리가 끊어졌다 이어지기를 반복한다. 에스컬레이터 아래쪽에서 올라오는 게 분명해.

나는 발끝으로 계단을 내려가 인간 집사들이 지하철 승강장에서 올라오는 통로를 벽돌로 막아 놓은 곳 앞에 이른다. 뭔가 뾰족하고 단단한 물체가 벽돌을 긁는 소리가 분명히 들리긴 들린다. 박박 하며 신경을 후벼 파는 이 단속적인 소리의 정체는 뭘까?

나는 말꼬리를 올려 벽 너머로 소리를 지른다. 야아오옹?

「누구 있어요?」

갑자기 소리가 멈춘다. 내가 가만히 있자 다시 소리가 이어진다. 내가 다시 묻는다.

「내 야옹 들려요?」

벽 너머에서 누군가, 아니면 뭔가가 벽을 긁고 있는 건 분명하다. 녹슨 관에서 물이 떨어지는 소리일지도 모른다고 잠시 생각했지만, 내가 야옹거리는 순간 소리가 끊기는 걸 보니 그 가능성은 아주 희박하다.

혹시 환기구로 딸려 들어온 참새가 빠져나오려고 발버둥을 치고 있나.

「거기 누구예요?」

벽에 귀를 바짝 붙인 채로 너머에 있는 생명체의 정체를 파악하기 위해 정신을 모으고 있는데 갑자기 벽이 앞으로 무너져 내린다.

쏟아진 벽돌 더미 뒤에서 시커먼 쥐들이, 그것도 수백 마리가 튀어나온다.

나는 반사적으로 몸을 솟구쳐 천장에 발톱을 걸고 매달린다.

바로 밑으로 밀집 대형을 형성한 쥐들이 지나간다. 그들은 내게 눈길도 주지 않고 통로를 지나 우르르 지상으로 올라간다.

쥐들이 이빨로 벽돌을 갉는 소리였어. 그게 소음의 정체였어.

나는 즉시 대성당으로 달려간다. 북쪽 탑의 계단을 뛰어 올라가 피타고라스가 비상종을 울릴 때 쓰라고 말한 빨간색 버튼을 누른다.

첨탑의 종들이 요란한 소리를 내며 울리기 시작한다.

파라다이스 식구들이 종소리에 잠이 깨 우왕좌왕한다. 이번에도 내 신속한 판단 덕에 모두가 산 거야. 나는 아래를 내려다보며 목이 터져라 외친다.

「쥐들이다! 쥐들이 나타났다!」

쥐 떼는 벌써 섬 전역으로 흩어지고 있다.

놈들이 우리 파라다이스를 장악하게 놔둬선 안 돼!

나는 다시 아래를 향해 고함을 친다.

「누가 가서 얼른 한니발을 데려와!」

고양이 몇이 황급히 사자를 찾으러 뛰어가는 모습이 보인다. 잠자는 사자의 털끝을 건드리지 말라는 말이 있는데, 잠에 관한 한 사자는 우리 고양이와도 비교가 안 될 만큼 극도로 예민하게 반응한다. 덩치 때문에 소화 시간이 길어서 그런 건지 어쩐지 모르겠지만, 하여튼 휴식 중인 사자를 깨우는 건 포탄을 안고 불구덩이로 뛰어드는 것만큼 위험한 일이다. 마지못해 일어난 한니발에게 어느 쥐가 처음으로 걸릴지…… 쯧쯧, 아무리 적이지만 가엾은 생각이 든다. 예상대로 한니발이 짜증을 내면서 눈앞의 쥐들을 향해 섬이 떠나갈 듯 포효한다. 달려들던 쥐들은 그 자리에 얼어붙고 만다. 날카로운 사자의 발톱이 바람 소리를 내며 공중에서 춤을 춘다. 그가 입을 쩍 벌리더니 풀을 뜯어 먹듯 쥐들을 해치운다. 이빨을 드러내며 달려들던 쥐들이 찢기고 베이고 으깨져 공중으로 날아오른다.

달려온 고양이 응원군은 한바탕의 놀라운 경이를 그저 뒤에서 바라볼 뿐이다.

결투(라고 부르기도 민망한) 몇 분 만에 쥐 사체들, 형체가 없어진 몸뚱이들이 바닥에 즐비하다.

내가 위엄 있게 말한다. 「여기는 감히 쥐들이 넘볼 곳이 아니라는 걸 놈들한테 똑똑히 알려 줘, 한니발.」

뒤늦게 도착한 인간들은 사자에게 실수로 한 방 얻어 맞거나 쥐들과 접촉해 페스트에 감염될까 봐 가까이 다가오지 못한다. 가까스로 살아남은 쥐들이 벌써 강기슭으로 퇴각하기 시작한다.

고양이들이 재빨리 퇴로를 차단하고 패잔병들과 싸움을 벌이는 걸 보고 내가 소리를 지른다.

「다 죽이지는 말고 포로로 잡아!」

눈 깜짝할 사이에 도망치던 쥐들이 다 바닥에 쓰러지고 한 놈만 살아 고양이들에게 포위되어 있다.

아이고, 나는 동족들을 말려서 적의 목숨을 살려 놓고 소리를 지른다.

「생각 좀 하고 행동해! 놈을 살려 놔야 적군에 관한 정보를 입수하지. 이 쥐가 죽는 순간 귀한 정보도 사라진단 말이야.」

내 덕분에 목숨을 보전한 포로가 공포에 몸을 떨고 있다. 잿빛 털에 새까만 눈, 길고 뾰족한 흰 앞니가 도드라져 보이는 우람한 쥐다. 놈이 이빨을 딱딱거리는 소리가 들린다. 그 심정 이해해, 얼마나 무서웠을까. 지금까진 사자라는 존재가 있는 줄도 몰랐을 테니까. 나보다 덩치가 열 배 큰 쥐가 눈앞에 나타나면 나도 저렇게 벌벌 떨거야.

그건 그렇고, 이놈과 어떻게 소통을 하지? 쥐의 언어를 모르는 내가 직접 하는 건 어차피 불가능해. 차선책은 파트리샤밖에 없다. 인간 샤먼이 가부좌를 틀고 앉아 약초를 입안에 넣더니 이내 트랜스 상태에 들어간다. 똑같은 약초를 강제로 먹이자 포로도 금세 그녀처럼 조용해진다. 잠든 것처럼 보이는 그들의 눈꺼풀이 달싹거리고 입이 실룩실룩 움직인다. 침묵의 소통이 일어난다는 증거.

파트리샤가 한참 만에 눈을 뜨더니 종이에 뭔가를 적어 나탈리에게 건넨다. 나탈리가 피타고라스에게, 피타고라스가 다시 고양이들을 위해 정보를 번역해 알려 준다.

시뉴섬 전투에서 대패하고 파리 남서쪽으로 퇴각했던 쥐 군단은 패배의 원인을 분석하고 책임자를 추궁했다. 그들은 쥐 군단이 수적으로 우세하고 수영을 할 수 있어 전투에 유리한데도 불구하고 전투에서 패한 것은 지휘관의 무능함 때문이라는 결론을 내렸다.

쥐들의 왕 캄비세스는 소명 기회를 얻었지만 무리를 설득하지는 못했다. 무리는 시뉴섬 전투 패배의 책임이 전적으로 캄비세스에게 있다고 판단해 그의 지휘권을 박탈했다.

포로는 쥐들이 캄비세스의 머리를 열어 산 채로 골을 꺼내 먹었다고 전했다. 이걸 봐도 쥐와 고양이는 다르다.

우리는 적의 기운을 빼앗아 오기 위해 적을 잡아먹는데, 쥐들은 우두머리의 골을 먹어 그의 지혜를 물려받으려 하는 모양이다. 어쨌든, 처형 의식이 끝나자 캄비세스의 후계자 자리를 노리는 힘센 수컷들 사이에 결투가 벌어졌다. 강한 자만이 지도자가 될 수 있다는 쥐들 세계의 질서 때문이다.

전사들은 마지막 한 마리가 남을 때까지 죽음의 대결을 이어 갔다. 최고의 우두머리를 뽑기 위해서라면 용맹한 전사들을 희생시키는 대가도 마다하지 않는 것이 쥐라는 집단의 속성이다.

결국 한 마리가 모두를 물리치고 살아남았다.

놀랍게도 그는 기골이 장대한 쥐도 근육이 울뚝불뚝한 쥐도 아니었다. 남보다 앞니가 길거나 뾰족하지도, 발톱이 날카롭지도 않았다. 도리어 그는 겉으로 보기에는 우리가 흔히 생각하는 우두머리와 거리가 먼 보통 크기의 쥐였다. 별다른 특징 없이 하얀 털에 눈이 새빨간 쥐. 그런데 포로는 그가 신화적인 과거를 지닌 동물이라고 설명했다.

그 흰 쥐는 인간들 곁에서 온갖 실험을 당하며 끔찍한 삶을 살았으나 결국 살아남았다고, 오히려 그로 인해 강한 생존력과 무서운 적응력을 갖추었다고 했다.

포로는 새 지휘관이 직관과 냉정을 갖추었다며 칭송했다. 그는 불리한 체격 조건을 상대의 허를 찌르는 공격으로 상쇄하는 용맹한 전사라고 했다. 상대보다 한발 앞서 전광석화같이 달려드는 게 그의 무패 비결이라고 했다.

평범함 속에 비범함을 감추고 있는 자신들의 새 지휘관은 왕으로 등극한 뒤 처음 행한 연설에서 인간들을 향한 무한한 적개심을 드러냈다고 포로는 전했다. 자신에게 고통을 가한 인간들을 모두 죽여 버리겠다고, 그들이 존재했었다는 사실조차 잊히게 만들겠노라 공언했다고 전했다. 그는 같은 동물이지만 자존감 없이 인간의 노예로 살고 있는 개와 고양이도 적으로 여기고 있다고 포로는 말했다. 시뉴섬 전투에 참전했던 인간들과 고양이들을 극형에 처해 수치스러운 패배의 기억을 씻겠다고 그가 말했다는 대목에서는 포로가 목청을 높였다. 그렇게 해서 다시는 인간과 고양이가 감히 쥐에게 도전하지 못하게 하겠다고.

포로는 새 지휘관의 이마 꼭대기에 특이한 구멍이 하나 있는데, 이 구멍을 통해 그가 인간들의 컴퓨터에 접속해 방대한 지식을 갖게 됐다고 말했다.

젠장, 놈도 제3의 눈을 가졌구나!

인류의 역사를 섭렵한 그 흰 쥐가 닮고 싶은 인간 역사 속 인물을 하나 골라 자신의 이름으로 삼았다고 포로는 전했다.

〈티무르.〉

티무르는 왕위에 오른 즉시 흩어져 있는 세력들을 규합해 거대한 단일 군대를 만들었으며, 이 군단은 현재 파리 서쪽에 위치한 거대한 저택에 머물고 있다고 포로는 말했다. 티무르 왕이 곧 대대적인 공격을 개시할 것이라며 포로는 눈을 부릅떴다.

자신은 동태를 살피기 위해 파견된 척후병일 뿐, 조만간 티무르 왕이 이끄는 대규모 병력이 당도해 섬을 초토화할 것이라고 말한 뒤 포로는 기괴한 웃음소리를 냈다.

그의 이야기에 몰입하느라 잠시 방심한 사이 포로는 순식간에 우리 눈앞에서 사라졌다. 쫓아갈 새도 없이 종탑 꼭대기로 올라가더니 허공으로 몸을 날린다. 나는 어이없는 광경에 할 말을 잃는다.

「왜 저런 짓을 하는 거지?」

「극단주의자들의 전형적인 행동이야. 더 이상의 정보를 노출하지 않으려고 목숨을 끊는 거야.」 포로가 떨어진 성당 앞뜰을 바라보며 피타고라스가 대답한다.

「진즉에 할 수도 있었는데 왜 하필 지금이야?」

「티무르가 이끄는 쥐 군단이 곧 쳐들어온다는 메시지를 우리에게 전해야 했으니까. 공포를 심어 놓는 게 저자의 목적이었으니까.」

샴고양이의 귀 끝이 미세하게 떨리기 시작한다. 그가 초조하다는 증거다.

피타고라스가 급히 나탈리의 방 쪽으로 향하는 걸 보고 나도 뒤따라간다. 그가 앞발로 능숙하게 USB 케이블을 집어 자신의 제3의 눈과 연결한다. 인터넷에 접속하려는 것이다. 한참 동안 눈을 감고 정신을 집중하던 그가 케이블을 빼고 눈을 뜨면서 코끝을 찡그린다.

내가 조심스럽게 다가가 묻는다.

「뭐야?」

방금 뇌 속에 입력된 정보를 지워 버리고 싶은 듯이 그가 몸을 퍼들거린다.

「티무르라는 이름을 가진 인간이 누구였는지 방금 알았어.」

12

티무르

티무르는 중세 정복자 중 유난히 잔인했던 인물로 유명하다. 일각에서는 그를 〈역사 속 사고(事故)〉라고 부르기도 한다.

티무르는 1336년 현재 우즈베키스탄에 해당하는 케시라는 곳에서 난산 끝에 태어났다고 전해진다. 어머니의 배 속에서 나온 갓난아기의 손에 피가 잔뜩 묻어 있었다는 탄생 일화에서 그의 잔혹함의 기원을 찾는 이들도 있다.

그의 아버지는 이슬람교로 개종한 몽골 부족의 족장이었다. 전해져 오는 이야기에 따르면 티무르의 아버지가 아들의 출생 소식을 알리러 지역의 샤이흐[2]를 찾아갔는데, 마침 코란을 읽고 있던 샤이흐는 〈요동친다〉는 뜻

2   부족의 원로나 현인을 뜻하는 말.

의 타마루라는 단어에서 독경을 멈추었다. 그걸 들은 티무르의 아버지는 아들의 이름을 몽골어로 〈철〉을 뜻하는 티무르라고 지었다. 훗날 전투에서 입은 부상 때문에 다리를 절게 되자 그의 이름에 〈절름발이〉를 뜻하는 형용사 랑이 붙여져 티무리 랑, 즉 절름발이 티무르라고 불리게 된다.

티무르는 열여섯 살이 되자 군대에 들어간다. 그의 지휘관이었던 카자간은 인근 몽골 부족에서 명성이 높은 장수였다. 그는 청년 티무르에게 정치학을 가르치고, 계급의 사다리를 오르려면 이중성과 배반, 암살, 음모가 반드시 필요하다는 것을 머리에 각인시킨다.

30대가 된 티무르는 사마르칸트 공략을 위해 매부인 후세인과 손을 잡지만, 정벌 후 권력을 독식하기 위해 그를 죽인다. 그는 새로운 수도에 오래 머물지 않고 곧장 다시 대군을 일으켜 정복에 나선다. 이후 30여 년 동안 파괴와 학살, 약탈을 일삼으며 무수히 많은 사람들을 잔인하게 고문하고 처형한다.

그가 고용한 공식 역사가들에 따르면, 티무르는 축제를 즐기듯 전투에 참여했다고 한다. 그는 차분하게 전략을 구상하는 지략가보다는 분노를 조절하지 못하는 변덕스러운 지휘관이었다. 황소 머리 모양의 몽둥이가 그가 가지고 다닌 무기였는데, 이 몽둥이에는 피가 덕지덕지 말라붙어 있었다고 한다.

칭기즈 칸의 몽골 제국을 복원하겠다는 야망을 품었던 티무르는 더욱 광대한 이슬람 제국을 건설하고자 했으며, 자신은 칸이 아닌 술탄으로 불리고 싶어 했다.

그는 지금의 이란, 이라크, 조지아 등에 해당하는 광활한 지역을 정복했다. 이어 1380년대에는 칭기즈 칸의 직계 후손이 통치하던 킵차크한국 정벌에 나섰다.

정벌에 성공한 그는 여세를 몰아 아스트라한을 공략하고 모스크바와 크리미아반도에도 진출했다. 그의 발길이 닿는 곳마다 패배자들은 잔인한 방식으로 처형되곤 했다. 티무르는 사람들을 충격으로 몰아넣을 끔찍한 형벌을 새로 고안하느라 애를 썼다고 한다.

1387년 이스파한에 당도해서는 도시로 진입하는 길목에 처형한 포로 7만 명의 머리를 피라미드처럼 쌓아 올려 반란을 제압했다.

1398년에 인도를 공격해 델리를 함락시킨 후 10만 명에 이르는 포로를 처형하고 나서 그는 이렇게 말했다고 전해진다. 〈내 마음 같아선 이들에게 이런 끔찍한 시련을 면해 주고 싶었지만, 신께서 다른 결정을 내렸다.〉

또 바그다드를 침공했을 때 그는 병사들에게 길을 가

다 마주치는 사람의 목을 잘라 가져오라고 명령했다. 이렇게 해서 9만 명의 머리가 모이자 총 120개의 머리 탑을 쌓게 했다. 그러고 나서는 다시 정벌을 나서기에 앞서 바그다드를 초토화해 버렸다.

1402년 티무르는 앙카라에서 오스만 제국의 술탄 바예지드 1세와 맞닥뜨리게 된다. 바예지드 1세는 침략과 잔인한 처형에 관한 한 티무르 못지않게 악명을 떨치는 사람이었다. 그는 불가리아와 세르비아, 그리스를 침략해 기독교인들을 몰살한 적이 있었다. 두 군주가 만 하루 동안 계속된 앙카라 전투에서 맞붙었는데, 이 한 번의 전투에서 셀 수 없이 많은 사망자가 발생했다. 어둠이 내리면서 결국 티무르 쪽으로 승기가 기울었다. 승장 티무르는 바예지드 1세를 포로로 잡아 가두었고, 바예지드 1세는 적들의 연회를 지켜보면서 원통하게 죽었다고 한다.

『상대적이고 절대적인 지식의 백과사전』제12권

13

파라다이스의 평화로운 나날들

동녘 하늘에 찬란한 아침 햇살이 쏟아진다. 적들의 야간 기습 공격으로 위기에 처했던 시테섬은 다시 평온한 일상으로 돌아온다.

인간 집사들은 지하철 승강장에서 올라오는 통로를 다시 막은 뒤 부서진 은행 건물에서 방화문을 떼어다 붙인다. 복잡한 비밀번호를 입력해야 열 수 있는 전자식 잠금장치를 설치해 침입에 대비한다.

이후로도 많은 고양이와 인간이 헤엄을 쳐 시테섬으로 건너왔다. 파라다이스는 순식간에 고양이 3천 마리와 인간 5백 명으로 이루어진 대규모 공동체가 되었다. 시련을 겪으며 한층 결속력이 강화된 우리 공동체 식구들은 일체감과 자부심을 느끼며 살고 있다.

긴장감도 풀 겸 공동체의 화합도 도모할 겸 합창단을

만들어 보자는 에스메랄다의 제안에 따라 성당 내부의 독특한 음향을 활용하는 야옹 합창단이 구성된다.

그녀가 세 그룹으로 나뉜 합창 단원들에게 하나의 노래를 약간의 시차를 두고 부르게 하자 풍성하고 조화로운 울림이 성당 안을 그득 채운다. 이런 형식을 돌림노래라고 한다고 피타고라스가 가르쳐 준다.

신기한 마음에 나도 단원들 사이에 끼어 함께 야옹곡을 부른다. 고양이와 인간의 목소리가 어우러져 하나의 조화로운 소리를 낸다는 게 신기하기만 하다. 피타고라스는 이 집단적인 소리의 진동을 〈에그레고르〉라고 부르면서, 더 나아가 정신의 에그레고르, 다시 말해 집단적인 정신의 기운도 상상해 볼 수 있다면서 아련한 표정을 짓는다.

도통 무슨 말인지 이해가 가지 않지만 나는 더 이상 묻지 않고 피타고라스에게 각각의 전문가가 교육을 맡는 배움터를 만들자고 제안한다. 우리는 즉석에서 뜻을 모은다.

한니발은 고양이들에게 포효의 기술을 가르치는 수업을 맡는다. 소리를 배에서부터 끌어 올린 다음 흉곽을 울림판처럼 이용해 크고 우렁찬 소리를 내보내는 게 비결이라고 그는 강조한다.

사자는 전투의 기술도 전수해 준다. 칼을 뽑듯이 발톱을 뽑는 방법, 적의 목덜미를 벼락같이 물어 피가 솟구치게 하는 방법을 설명하는 그에게 청중의 눈과 귀가 쏠린다.

강의를 경청하던 피타고라스가 한니발식 무술을 〈캣권도〉라고 부르면 어떠냐고 말한다. 고양이들의 무술.

맨 앞줄에 앉아 사자의 설명에 푹 빠져 있던 안젤로가 열띤 표정으로 말한다.

「엄마, 드디어 찾았어요. 내 길을 찾았다고요.」

「말해 보렴.」

「내가 가야 할 길은…… 폭력이에요.」

얘가 자다가 봉창 두드리는 소릴 하네. 신세대를 보고 있으면 조마조마하다니까.

「말 같지 않은 소리 좀 그만해.」

「그렇지 않아요, 엄마. 한니발 덕분에 나한테 어떤 재능이 있는지 깨달았어요. 나는 싸우는 걸 좋아해요. 우두머리 기질도 있어요.」

보란 듯이 크게 하악질을 하는 아들에게 내가 짜증을 내면서 야단을 친다.

「있잖니, 안젤로, 우두머리는 되고 싶다고 되는 게 아니야. 일방적 결정 사항이 아니란 말이야. 다른 고양이들이 네가 그 자리에 어울리는 자격을 갖췄다고 인정해야 가능해. 그래야 너를 우두머리로 추대하는 거야.」

「내가 힘이 세 보이지 않아요? 엄마 눈에는 내가 우두머리 자격이 없는 것 같아요?」

안젤로가 눈을 부릅뜨고 캣권도 동작을 해 보인다.

「엄마는 너를 사랑해. 그래서 하는 말인데, 넌 겸손함부터 갖춰야 할 것 같구나. 날 보렴. 내가 존경받는 이유는 힘을 과시해서가 아니야. 상대를 싸움으로 제압하려 드는 순간 너는 약한 고양이가 되는 거야.」

「하지만 엄마, 폭력 없이는 싸움에서 이길 수 없어요.」

「폭력은 멍청이들의 최종 무기란다.」

「난 생각이 달라요. 오히려 폭력이야말로 내가 옳음을 모두에게 설득할 수 있는 최고의 방법이라고 믿어요.」

콱 한 대 쥐어박고 싶네. 이게 다 에스메랄다가 오냐오냐 키운 탓이야. 앞으로는 내가 자식 교육에 두 발을 걸어 붙어야겠어. 이 철없는 놈을 그대로 놔두면 큰일 나겠어. 하지만 지금은 다른 시급한 일이 더 많으니 조금 더 참는 수밖에.

나는 내가 맡은 배움터를 찾은 고양이 수강생들 앞에 선다. 안젤로 때문에 심란해진 마음을 가라앉히고 나서 대부분 암컷인 어린 고양이들에게 갸르릉테라피의 기술을 설명한다.

「일단 아픈 대상의 몸에서 발산되는 부정적인 파동이 무엇인지 확인하는 것부터 시작해야 해요. 그러고 나서 그것을 상쇄할 수 있는 정반대 진동을 내보내는 거죠.」

간략한 이론 설명을 마치고 나서 나는 마침 자주 배가 아프다는 수강생을 실습 대상으로 삼아 갸르릉테라피를 보여 준다. 나는 주파수 19헤르츠에서 갸르릉을 시작해 점차 높여 간다. 변비로 고생하는 수강생이 한결 편안해진 얼굴로 장이 뻥 뚫린 것 같다고 말하는 걸 보니 이번 치료의 최적 주파수는 24헤르츠가 분명하다.

「다들 봤다시피 전혀 복잡하고 까다로운 게 아니에요.」

나는 파트리샤가 있는 쪽으로 발걸음을 옮긴다. 명상을 배우러 온 인간들과 고양이들이 호기심 어린 표정으로 모여 있다.

솔직히 나는 낮잠만 한 명상이 없다고 믿지만 그래도 인간 샤먼의 강의를 경청한다. 파트리샤는 우리에게 뒷다리를 가부좌로 틀고 앉아 척추를 최대한 꼿꼿이 펴라고 말한다. 이것이야말로 자기 생각을 관찰할 수 있는 최적의 자세라고 수화를 통해 설명한다.

절대 명상 도중 잠이 들면 안 된다고, 그러면 효과가

없다고 덧붙인다. 홋, 내 명상은 항상 조는 것으로 끝나는데. 고양이는 누구나 그렇지만 나는 유독 잠자는 걸 좋아한다. 꿈꾸는 건 그보다 더 좋아한다.

나는 여러 배움터를 기웃거리다 피타고라스의 교실에 도착한다. 인간 지식을 전수하는 일을 맡은 그의 기하학 강의가 한창이다. 그 유명한 피타고라스의 정리라는 걸 설명하는데 도통 무슨 말인지…… 빗변의 제곱이 어쩌고 저쩌고…… 도저히 내 뇌로 감당할 수 있는 정보가 아니다. 내가 알아들을 수 없는 얘기를 한참 지껄이던 그가 과거에 자신의 동명 인간이 관심을 가졌던 주제라면서 〈환생〉 이야기를 꺼낸다. 이 말에 나도 모르게 수염이 바르르 떨리고 귀가 바짝 선다. 고양이들은 아홉 번의 생을 산다고 하는데, 한 생을 마치고 죽을 때마다 전혀 다른 고양이로 태어난다고 피타고라스가 말한다.

그의 환생 이론대로라면 내가 죽으면 다시 태어나고, 그랬다가 다시 죽으면 또다시 태어난다는 얘기다. 그것도 여러 번. 그렇다면 지금 나는 아홉 번 중 몇 번째 생을 살고 있는 걸까.

문득 내 존재의 역사가 생각보다 오래되었을지도 모른다는 생각이 든다. 설령 내가 죽는다고 해도 정말로 죽는 게 아닌 거야. 내 영혼은 다른 장소에서 다른 형태로 다시 태어날 테니까.

피타고라스의 강의는 〈퇴행 최면〉이라는 흥미진진한 주제로 계속 이어진다. 그는 우리 각자가 잊고 있는 전생들을 오로지 정신의 힘으로 시각화할 수 있다고 설명하고 나서 함께 체험해 보자고 제안한다. 그 말에 솔깃해져 나도 퇴행 최면을 시도해 보았지만 내 눈앞에는 아무것도 나타나지 않는다. 하는 수 없지. 어차피 난 환생을 별로 믿지도 않으니까. 나는 손에 잡히는 구체적인 게 훨씬 좋아.

나는 피타고라스와 대화를 나눌 생각에 강의가 끝나기를 기다린다. 내가 유독 그와의 대화를 즐기는 건 그의 풍부한 어휘력 때문이다. 그에겐 내가 명명할 수 없었던 추상적이고 미묘한 감정들의 실체를 설명해 주고 이름을 붙이는 재주가 있다. 덕분에 나는 내가 느끼는 감정의 오묘한 결을 포착하고 머릿속에서 맴돌기만 하던 생각을 명료하게 표현할 수 있게 됐다.

한마디로 말의 힘을 발견한 것이다! 예를 들어, 〈향수(鄕愁)〉라는 단어가 주는 아릿한 느낌. 이 단어는 지금이 과거와 같지 않음을 안타까워하는 그리움의 표현이다. 〈조화〉, 이것은 모든 게 제자리에 있을 때 느껴지는 균형의 느낌, 그 안정감을 지칭한다. 〈구식〉이라는 단어는 발전의 속도에서 뒤처진 무언가를 지칭하는데, 왠지 이 단어를 떠올릴 때마다 이유를 알 수 없는 조바심이 든다. 〈신경증〉이라는 난해한 단어, 하지만 이것은 사실 누구나 느낄 수 있는 평범한 감정을 가리킨다. 상처 때문에 현실을 있는 그대로 바라보지 못하는 상태를 말하니까.

이 귀한 단어들은 마치 나의 정신을 위한 달콤한 과자와도 같다. 의식의 확장을 위해 필요한 도구이자 무기가 된다.

한때 인간 우두머리의 고양이였던 볼프강이 나무 밑에서 매너 강의를 하고 있다. 그는 발을 더럽히지 않고 쥐를 먹는 방법을 보여 준다. 그는 음식을 너무 급하게 먹거나 시끄러운 소리를 내면서 먹으면 안 된다고 조언한 뒤, 고양이도 인간처럼 에티켓을 실천해야 한다고 목청을 높인다.

그는 우리가 먹는 사료라고 해서 다 똑같지 않다면서 미식의 중요성을 강조한다. 사료의 냄새와 어금니로 씹을 때 바삭하는 느낌, 그리고 입안에서 부서져 녹을 때의 맛으로 고급 사료인지 싸구려인지 판단할 수 있다고 설명한다. 아, 배우고 때때로 익히니 어찌 즐겁지 아니한가.

어둑어둑 땅거미가 내리자 인간의 축구와 비슷해 내가 〈캣볼〉이라고 이름 붙인 경기를 하기 위해 고양이들이 모여든다. 네모지게 생긴 막다른 골목에서 열한 마리씩 팀을 나눠 공을 찬다. 사실 우리가 공이라고 부르는 건 미리 잡아 놓은 생쥐를 말하는데, 살아 움직인다는 게 축구공과의 큰 차이다. 어쨌든 이 게임은 생쥐를 상대방의 골문으로 몰아서 득점하는 것이 원리다.

이 게임을 아직 모르는 고양이가 있다면 즉시 해보길 권한다. 참, 게임을 제대로 하려면 생쥐 공을 수시로 바꿔 줘야 한다는 걸 명심하길. 기진맥진한 생쥐로는 점수가 나지 않으니까 말이다.

또 한 가지 규칙은 득점한 쪽에 생쥐를 먹을 권리가 주어진다는 것이다. 그러면 당연히 진 쪽에서 새로 생쥐 공을 구해 와야 한다.

이렇게 낮에는 배우고 밤에는 놀면서 시테섬의 하루하루가 지나간다. 파라다이스의 일원이 되고 싶어 하는 인간과 고양이가 늘어난다는 사실이 공동체의 자긍심을 드높여 준다.

인간들은 각자 살 곳을 정해 아늑한 공간으로 꾸미느라 바쁘다. 나는 안젤로, 나탈리와 함께 성당 오르간 연주자의 방에서 지내고 있다.

피타고라스와 나탈리는 얼마 전부터 컴퓨터에 재능이 있는 어린 인간들을 모아 인간과 고양이의 소통 방법을 연구하더니, 조그만 장치를 하나 개발해 피타고라스의 제3의 눈에 끼운다. 파동을 이용한 커뮤니케이션 방식이라고 피타고라스가 내게 설명해 준다. 인간 언어와 고양이 언어 간의 번역 프로그램도 성공리에 개발되었다.

피타고라스가 고양이 언어로 야옹거리면 제3의 눈에 장착된 장치가 그것을 인간의 언어로 변환해 나탈리에게 보낸다. 마이크 달린 이어폰을 낀 나탈리가 인간 언어로 대답을 하면 그것이 다시 고양이 언어로 변환돼 피타고라스에게 동시에 전해지는 원리다. 크기가 딱 고양이 눈만 한, 이 검은색 초소형 번역 장치는 감광판을 이용해 충전된다.

이 기계 덕분에 피타고라스와 나탈리는 같은 종에 속하는 것처럼 자유로운 대화가 가능해졌다.

왠지 소외된 기분으로 이무깃돌에 앉아 시테섬을 내려다보고 있는 내 앞에 피타고라스가 나타난다.

「네가 부러워! 나도 너처럼 집사와 대화를 하고 싶어!」

갑자기 센 바람이 불어 내 희고 검은 털을 부드럽게 쓸면서 지나간다. 나의 섬이 한눈에 들어온다. 시테섬의 나무들은 어느새 붉은 단풍으로 물들어 있다. 나는 향수에 젖어 소리를 낸다. 야옹.

「시간이 쏜살같이 지나갔어.」

「지나간 시간은 흔적을 남겼어. 하루가 모여 일주일이 되고 일주일이 모여 한 달이 됐지. 이제 가을의 끝자락이야. 곧 겨울이 시작되고 추위가 찾아올 거야.」

「우린 대단한 일을 해냈어. 너와 나, 우리 둘이서.」

「우리한테는 더 멋진 미래가 남아 있어, 바스테트. 기대해.」

「난 그 티무르라는 쥐에 대한 생각을 머리에서 떨칠 수가 없어. 두려워. 우리가 애써 완성해 놓은 파라다이스를 그 쥐 한 마리가 망쳐 버리면 어떡해? 대규모 군대를 앞세워 쳐들어오면 어떻게 하냐고?」

피타고라스가 머리를 세게 턴다. 마치 〈두려움이 위험을 피하게 해주진 않아〉라는 말을 외치는 것처럼.

14

티무르 (계속)

티무르는 학살과 약탈을 통해 대제국을 건설했지만 세련미와 고급스러운 취향을 가진 사람으로 인정받고 싶어 했다. 그는 호사스러운 의복을 즐겨 입고 전투에 나갈 때조차 성장을 하고 보석을 걸치곤 했다.

스스로 미적 감각이 있다고 자신했던 그는 다마스쿠스를 침공해 주민을 학살하면서도 예술가는 살려 주었다. 그는 자신이 정복한 지역에서 최고의 건축가와 조각가, 화가, 보석 세공사, 재단사 들을 사마르칸트로 데려와 건축물을 세우고 예술을 꽃피우게 했다. 토벌한 천년 고도에서 가지고 온 예술품과 귀한 문화재는 그의 무훈을 상징하는 도시인 사마르칸트를 아름답게 꾸미는 데 쓰였다. 인도산 보석과 이란, 시리아, 러시아, 중국에서 온 그림과 조각들이 사마르칸트에 모였다.

유목민 기질이 강했던 그는 정복한 도시들을 통치하는 데는 큰 흥미를 느끼지 못했다.

복수를 두려워했던 그는 멸문지화를 일삼았고, 침략지마다 우물에 독을 풀고 시체를 던져 넣어 물을 마실 수 없게 만들었으며, 관개 시설을 모두 파괴했다. 경작지에 소금을 뿌려 농사를 지을 수 없게 만들기도 했다. 티무르 원정대의 발길이 닿는 땅은 그렇게 황폐하게 변했다.

티무르는 또 다른 침략을 준비하던 중 가벼운 감기를 앓다가 결국 치명적인 병으로 악화되어 1405년 세상을 떠났다.

그의 사망 후 제국의 통치권을 놓고 18명의 자식들 간에 권력 다툼이 벌어졌고, 티무르 제국은 결국 무너지고 말았다.

티무르가 광활한 영토를 정벌하는 과정에서 죽인 사람은 도합 1천7백만 명으로, 이는 3억5천만 명으로 알려진 당시 세계 전체 인구의 약 5퍼센트에 해당하는 어마어마한 숫자였다.

『상대적이고 절대적인 지식의 백과사전』제12권

15
호시절은 가고

〈걱정 없는 기간이 오래 지속되면 큰 불행이 조만간 닥치게 되어 있단다.〉 엄마가 입에 달고 살았던 말이다.

햇살이 따갑고 바람이 많은 늦가을의 오후. 노트르담 대성당의 종들이 약속이나 한 듯 일제히 울리기 시작한다.

비상사태. 내가 아닌데 누가 무슨 일로 종을 울렸을까? 저번처럼 쥐들이 지하에서 올라와 공격을 개시했나 하고 주변을 휘둘러보니 그건 아닌 모양이다.

나는 황급히 성당으로 달려가 망루 역할을 하는 이무깃돌에서 밑을 내려다본다. 섬 전체가 한눈에 들어온다. 비상종이 울릴 만큼 사태가 급박함을 확인한다.

센강 양안에 쥐들이 운집해 있다. 몇백 마리 정도가 아니라, 족히 수만은 넘을 것 같은 대군이다.

피타고라스가 헐레벌떡 올라와 강둑의 상황을 살피더니 말한다.

「저들이 당장 공격해 오지는 않을 거야.」

「어떻게 그렇게 확신하지?」

「놈들의 우두머리가 생각이 있다면 지난번 특공대 투입에서 교훈을 얻었겠지. 그때 기습 공격을 한 건 아마 우리의 반응 속도와 방어 능력을 시험하기 위해서였을 거야. 그때 실패했으니 이번에는 전략을 바꾼 거야. 인간들의 군사 용어로 말하면 〈포위〉를 하겠다는 거지.」

「포위라고?」

「적이 스스로 무너질 때까지 기다리는 전략을 말해. 저들은 식량 보급을 차단하고 굶주린 우리가 제 발로 나가 항복할 때까지 아무것도 하지 않고 기다릴 거야. 시간이 자신들 편이라 믿고 우리의 인내심과 배고픔을 시험할 속셈이지.」

「그런 거라면 걱정하지 않아도 되겠네. 센강에 물고기가 지천이니 굶어 죽을 일은 없잖아.」

샴고양이가 대답 대신 오른쪽 귀를 틀어 강 동쪽을 가리킨다. 전에 없던 물막이 시설이 눈에 들어온다.

「나도 오늘 아침에야 발견했어. 쥐들이 나뭇조각을 날라 저렇게 댐처럼 쌓아 놓았더라고.」

「저런다고 막을 순 없지. 센강이 보통 큰 강이 아닌데.」

「자세히 보면 내 말뜻을 이해할 거야.」

하, 또 잘난 척이야. 나는 마지못해 그가 가리키는 쪽을 내려다본다. 쥐 떼가 그물 같은 모양을 만들면서 강물에 떠 있는 게 보인다.

「놈들이 물막이 위에서 기다리다 잠수해 상류의 물고기들을 모조리 잡아 버리고 있어. 우리 쪽으로 헤엄쳐 내려오지 못하게 말이야. 식량 보급원을 원천 차단하겠다는 거지.」

「그럼 우리가 하류 쪽으로 내려가 잡으면 되지.」

「불가능해.」

피타고라스가 다른 쪽 귀로 반대 방향을 가리킨다. 서쪽에도 쥐들이 똑같은 물막이 시설을 설치해 놓은 게 보인다.

나는 그제야 포위의 위험성을 깨닫는다. 이를 어쩐다. 낙관주의자인 내 눈에도 앞으로 전개될 상황이 만만치 않아 보인다. 피타고라스의 표정이 급격히 어두워진다.

「시간은 저들 편이야. 적들은 시간이 가기만을 기다릴 거야.」

「우리의 방어력도 결코 만만치는 않아. 병력도 적지 않고.」

「외부에서 저 포위망을 뚫어 줄 지원군이 필요한데, 현재로선 우리를 도울 인간도 고양이도 없어.」

나는 입을 크게 벌리고 하악 소리를 연발한다. 다 때려 부수고 싶은 충동을 간신히 억누르고 있다는 뜻이다.

나는 뜬금없이 사랑을 나누자고 하는 피타고라스에게 면박을 주고 성당을 나선다. 꼼짝없이 파라다이스에 갇힌 신세가 됐다고 생각하니 답답하다 못해 속이 뉘엿거리기까지 한다.

파트리샤의 강의를 떠올리면서 명상에 도전해 보기로 마음먹는다. 가까스로 뒷다리를 포개고 앉은 다음 꼬리를 뒤로 빼 바닥에 붙이고 등을 꼿꼿이 편다. 숨을 크게 들이마셨다 내뱉는다.

아무리 해도 안 돼. 나중에 다른 고양이들한테 얘기해 줘야겠어. 샴페인처럼 명상도 인간을 위한 것이지 고양이를 위한 게 아니라고 말이야.

하늘가에 붉은 노을이 번지는 모습을 보고 있자니 왠지 착잡하고 씁쓸하다. 우리들의 아름다운 시절은 이제 끝인 걸까. 파라다이스의 평화와 안정이 곧 깨지고 마는 걸까.

어디서 나타났는지 안젤로가 다가와 갸르릉거리며 애교를 부린다. 어미를 위로할 줄 아는 기특한 녀석.

착한 안젤로. 어쩌다 내가 너를 이 모험에 끌어들였을까. 우리 모자의 앞날은 어떻게 되는 걸까.

나는 암울한 세상을 살게 될지도 모르는 아들 앞에서 내가 물질적 안락과 평화를 두루 누린 운 좋은 세대였다는 얘기를 차마 할 수 없다.

「쥐들을 몽땅 죽여 버릴 거죠?」또 철없는 소리.

「아니, 그러기엔 숫자가 너무 많아. 그냥 싸워서는 도저히 우리가 이길 방법이 없어.」

「걱정하지 마세요, 내가 캣권도로 몇백 마리는 간단히 죽일 수 있으니까.」

「저들 군대는 몇백이 아니라 몇만이란다. 너 혼자 다 상대할 수 없어.」

「부탁이에요, 엄마. 나가서 싸우게 허락해 줘요!」

「가서 잠이나 자렴.」

안젤로가 나를 똑바로 바라보고 말한다.

「있잖아요, 나중에 내가 커서 우두머리가 되면 절대 비겁하게 행동하진 않을 거예요.」

「알았으니까 그만 가서 자도록 해.」

얼마의 시간이 걸려야 젊음은 지혜를 획득할 수 있을까? 물론 나도 폭력에 무조건 반대하는 건 아니다. 효용이 있는 경우라면 마다할 이유가 없다. 하지만 지금 행동하는 건 곧 자살 행위다. 근시안인 젊은 고양이들은 당장의 쾌락과 눈앞의 목표밖에 생각하지 못해. 쥐들을 죽일 생각만 하는 안젤로처럼 말이야. 멀리 보지 못하는 거지. 이 세대는 폭력에 뒤따르는 장기적인 대가를 계산하지 못한다. 나는 결국 평화만이 답이라고 생각한다. 나는 실용적인 평화주의자다.

나탈리가 다가오더니 나를 안고 머리를 쓰다듬어 준다. 그녀의 몸에서도 불안감이 발산되고 있다. 나는 까끌까끌한 혀로 집사의 턱을 핥아 주고 나서 시큼한 체취가 나는 겨드랑이에 코를 박는다. 금세 마음이 편안해진다. 이러다 이 냄새에 중독되는 거 아닌지 몰라.

나는 고민 끝에 공동체 구성원들의 의견을 들어 보기로 한다.

나는 성당 앞뜰로 나가 근처에 있는 고양이들을 최대한 많이 불러 모으라고 지시한다. 고양이들이 하나둘씩 성당으로 들어와 성가대 자리와 회랑 사이에 자리를 잡는다.

인간을 빼놓고 고양이만 부른 이유는, 사태의 긴박함 때문에 나탈리와 파트리샤의 번역을 거칠 시간이 없는 데다 솔직히 말하면 인간들의 몸 냄새가 진지한 생각에 방해가 되기 때문이다.

시뉴섬 전투에 참전했던 집고양이와 길고양이 스무 마리 정도가 심각한 얼굴로 제일 앞줄에 앉아 있다. 우리가 힘들게 만들고 지킨 이 파라다이스의 소중함을 누구보다 잘 아는 이들이다.

멀뚱멀뚱 서로를 쳐다보기만 할 뿐 아무도 입을 열지 않아 늘 그렇듯 내가 비장한 목소리로 포문을 연다.

「내 말을 들으면 다들 놀라겠지만, 지금으로선 솔직히 나도 뾰족한 해결책이 없어요.」

「포위망을 뚫어 보면 어떨까.」 돌파력이 뛰어난 에스메랄다다운 제안이다.

「좋아요, 멋진 생각이에요!」 안젤로가 맞장구를 친다. 「우리가 먼저 놈들을 공격해서 다 죽여 없애요!」

녀석아, 입 좀 다물어. 아이고, 이 녀석은 부르지 말라고 할걸.

반대한다는 뜻으로 내가 고개를 저으면서 깊은 한숨을 내쉰다. 같은 말을 되풀이하기 싫은 내 마음을 읽고 볼프강이 대신 대답한다.

「적들의 숫자가 너무 많아서 불가능해.」

「우리가 할 수 있는 다른 선택이 뭐가 있을까? 도망쳐야 하나?」 피타고라스가 강둑을 건너다보며 체념한 어조로 말한다.

「도망을 가면 어디로 가?」 내가 즉시 되묻는다. 「센강 양안에서 적들이 우리를 감시하고 있고 강 상류와 하류가 모두 봉쇄됐어. 요새화된 이 시테섬을 나가는 즉시 저들의 공격 대상이 되고 말 거야. 쥐들이 지금처럼 저렇게 강둑에 머물러 있다는 건 전면전을 벌일 방법을 찾지 못했다는 뜻이야. 우리의 방어 체계와 방벽의 위력을 알기 때문이지. 하지만 우리가 여길 빠져나가기 위해 물에 뭔가를 띄우는 순간 놈들은 즉각 공격해 올 거야.」

「협상은 방법이 될 수 없을까?」 뼛속까지 평화주의자인 피타고라스는 이번에도 대결을 피하고 싶은 눈치다.

「기습 공격을 감행해 보자.」 윤기가 흐르는 검은 털에 박힌 노란 눈동자를 반짝이며 에스메랄다가 거듭 공격적인 대응을 제안한다.

「좋아요. 한 놈도 살려 두지 않을 거야!」 다시 기가 살아난 안젤로가 뒷다리로 일어서서 소리친다.

나는 여러 고양이의 제안을 모두 경청하고 나서 내 생각을 밝힌다.

「고심 끝에 내가 내린 결론은, 지금 우리로선 차선을 선택할 수밖에 없다는 거예요. 밤에 은밀히 누군가를 내보내 지원군을 찾아보기로 해요. 지원군이 우리를 포위하고 있는 적들을 밖에서 다시 포위하게 만드는 방법밖에 없어요.」

잠시 침묵이 흐르더니 웅성거리는 소리가 들리기 시작한다. 좌중이 내 제안의 타당성을 생각한다는 의미니, 일단은 긍정적인 반응이다.

내가 구체적인 실행 방안 없이 이렇게 운부터 뗀 건 지금이야말로 적극적인 행동을 취해야 할 때라고 판단해서다. 적에게, 심지어 아군에게도 절대 주도권을 빼앗기지 않겠다는 내 원칙에서 나온 결정이다.

물론 이런 내 방식을 관철하기 위해서는 넘어야 할 큰 장애물이 하나 있다. 이런 상황에서 치명적으로 작용하는 고양이라는 종의 약점, 바로 독립성이다. 고양이는 원래가 복종을 싫어하고 위계를 거부하는 동물이다. 각자가 제 잘난 맛에 사는 게 우리 종의 특징이다. 이런 집단에 어떤 의사 결정을 강제하는 일은 불가능에 가깝다. 나는 도박을 하는 심정으로 좌중을 향해 말한다.

「야간 특공대를 파견합시다! 반드시 성공할 거예요.」

뾰족한 대안도, 자기 확신도 없는 고양이들이 결국에는 내 제안을 받아들인다.

이날 밤 당장 특공대원 여섯 마리가 칠흑 같은 어둠을 이용해 섬을 떠난다. 조심성과 민첩성, 수영 실력을 기준으로 내가 직접 선발한 정예 요원들이 별빛에 의지해 센강을 헤엄쳐 건너간다. (안젤로한테는 현실을 자각시켜 줘야 했다. 〈넌 아직 너무 어리고 경험도 부족해. 캣권도 가 네 목숨을 구해 줄 수 있다고 믿는다면 착각이란다. 엄마 말 듣고 조용히 입 다물고 있으렴.〉)

지금까진 모든 게 순조롭다.

나는 노트르담 대성당의 종탑 꼭대기로 올라가 작전 전개 상황을 지켜본다. 어둠 속에서도 사물을 포착할 수 있는 눈과, 인간의 레이더처럼 주변의 움직임을 정확히 감지하는 수염 덕분에 대원들의 상황을 파악할 수 있다.

강둑으로 올라간 특공대원들이 적 보초의 눈에 띄지 않고 적진을 지나간다.

휴.

요원들이 잠들어 있는 쥐들을 조용히 비켜 지나간다. 아무 소리도 들리지 않는 것으로 보아 특공대가 적의 포위선을 무사히 통과한 것 같다.

가슴을 졸이며 작전을 지켜보다 막 자리에서 일어나려는데 피타고라스가 곁에 와 앉는다.

「일단 첫 단계는 성공적이야. 지금부터는 대원들이 충분한 병력을 제때 데려올 수 있는지 기다려 봐야지.」

나는 한쪽 발을 귀 뒤로 치켜들고 할짝할짝 배를 핥는다. 초조함의 반증이라는 걸 잘 아는 피타고라스가 벼룩을 잡겠다며 내 등을 긁어 준다. 이렇게 암컷 마음을 읽을 줄 아는 센스 있는 수컷도 흔치 않을 거야. 이래서 내가 피타고라스를 좋아하지.

시원한 느낌이 갑자기 흥분으로 바뀐다. 내가 사랑을 나누자고 하자 그가 기다렸다는 듯이 응한다. 나는 C 플랫(내가 늘 이 음으로 육체적 쾌락을 표현한다고 피타고라스가 얘기해 준 적이 있다)으로 섬이 떠나가라 교성을 지른다.

「그만해!」 피타고라스가 애원하듯이 말한다.

「아니, 계속해.」

내가 대답하자 그가 소리를 꽥 지른다. 「아니, 너무 큰 소리로 야옹거리지 말라고! 쥐들이 깨면 어쩌려고 그래!」

아뿔싸. 미처 그 생각을 못 했네!

나는 조심성 없이 행동한 나 자신에게 짜증이 나서 몸을 빼고 피타고라스의 코를 한 대 톡 친다. 특공대한테 무슨 불상사라도 생기면 다 그의 탓이라는 걸 각인시키기 위해서.

나는 피타고라스에게 혼자 있고 싶다고 말하고는 방으로 돌아온다. 집사는 세상모르고 곯아떨어져 있다. 나는 집사의 몸에 올라가 발톱을 뺐다 넣었다 하면서 배를 꾹꾹 밟는다. 긴장이 조금씩 풀리기 시작한다.

내 애정 표현이라고 받아들인 나탈리가 눈을 게슴츠레 뜨고 나를 쓰다듬는다.

자기가 아니라 내 긴장을 풀기 위해 이런다는 걸 모르네, 자기가 나한테는 인형 같은 존재라는 걸 어떻게 가르쳐 줘야 하나……

나는 25헤르츠에 맞춰 갸르릉 소리를 낸다.

「바스테트……?」 그녀가 비몽사몽 (내가 이해하는 유일한 인간의 단어인) 내 이름을 부른다.

나는 모순적인 감정들이 뒤죽박죽 섞인 하루를 보낸 탓에 잠이 오지 않는데도 억지로 잠을 청한다.

내가 내는 갸르릉 소리에 긴장이 풀린 것도 잠시, 다시 불안한 생각이 엄습해 온다.

적진을 통과한 여섯 정예 요원이 제때 응원군을 데려와 우리를 포위에서 풀어 줘야 할 텐데.

16

알레시아 포위

기원전 1세기, 경쟁자인 폼페이우스를 제거하고 권력을 독점하고 싶었던 로마의 집정관 율리우스 카이사르는 로마 시민들에게 자신을 각인시킬 방법을 고민했다.

그러던 그는 기원전 58년 어머니에게 받은 돈으로 사병을 조직해 (이때까지 로마와 원만한 관계를 유지하고 있던) 갈리아를 평정하기 위해 길을 떠난다.

그의 정적인 폼페이우스는 갈리아인들에게 이 전쟁은 로마 공화국이 아닌 한 개인이 일으켰으며 원로원에서는 절대 이 침략을 승인하지 않았다고 알렸다. 사실이야 어떻든 갈리아인들은 남동쪽에서 쳐들어오는 로마인들의 공격을 막아 내야 했다.

뛰어난 외교술과 지략의 소유자였던 카이사르는 갈리아 부족들 간에 갈등을 조장해 내분을 일으킨다. 그는 승리를 거듭하며 진격해 갈리아의 전 영토와 브리타니아의 섬들을 정복하는 데 성공하고, 심지어는 라인강을 건너 게르마니아까지 공략한다.

그런데 기원전 52년, 아르베르니족 족장 베르킨게토릭스가 군대를 일으켜 카이사르의 원정에 제동을 건다. 그는 참호전에 대비하여 갈리아인이 만든 게르고비아 진지를 포위한 카이사르의 군대를 격파하기에 이른다.

이 기세를 몰아 베르킨게토릭스는 여러 전투에서 연이어 로마군에 패배를 안긴다. 하지만 승기는 그리 오래 가지 않았다. 이 젊은 갈리아 사령관은 로마군에게 쫓기다 8만 명의 군사를 이끌고 오늘날의 부르고뉴프랑슈콩테 지방에 해당하는 알레시아로 몸을 피한다.

당시 7만 명의 군사를 보유하고 있던 율리우스 카이사르는 아군이 수적 열세라는 사실을 깨닫고 전면전 대신 장기 포위 작전을 펼치기로 한다. 그는 알레시아를 빙 둘러싸 35킬로미터에 이르는 진지를 구축했다. 너비 4.5미터, 깊이 4.5미터에 이르는 구덩이를 파고 높이 3.5미터에 이르는 방벽을 세운 다음, 방벽 위에 약 25미터 간격으로 망루를 설치하고 궁수들을 배치했다.

구덩이 앞에는 뾰족한 철심을 꽂은 말뚝을 박고, 그 앞에 1미터 깊이의 V자형 구덩이를 다시 한 겹 파서 조금 작은 말뚝들을 박아 넣게 했다. 그리고 나서는 구덩이를 가시덤불로 덮어 적진에서 달려오는 말들이 넘어져 말뚝에 박히게 만들었다. 카이사르의 포위망 구축은 여기서 끝나지 않았다. 그는 이중으로 진지를 만들었다. 첫 번째 방어벽이 포위된 요새에서 베르킨게토릭스의 군대가 돌격해 나올 것에 대비해 만들어졌다면, 두 번째 방어벽은 언젠가 당도할 갈리아 응원군의 공격을 막기 위해 만든 것이었다.

포위는 여섯 달 동안 이어졌다. 결국 식량이 떨어진 갈리아인들이 노약자부터 밖으로 내보내기 시작했다. 하지만 카이사르는 이들을 받아 주지 않고 방어벽 사이에서 굶어 죽게 내버려 두었다.

카이사르의 예상대로 갈리아 응원군이 도착했다. 베르킨게토릭스의 사촌인 베르카시벨라우누스가 이끄는 25만 대군이 알레시아에 당도해 두 차례 로마군의 방어선을 뚫기 위한 공격을 시도했으나 모두 실패로 돌아갔다. 그러자 베르카시벨라우누스는 (월식이 일어난) 9월 26일, 기마 군단을 이끌고 다시 야간 기습 공격을 감행했다. 초반에는 갈리아 군대가 승기를 잡는 듯 보였으나 로마군이 배후를 공격하면서 다시 전세는 역전되었다. 치열한 공방전 끝에 결국 로마군이 승리를 거두었다.

다음 날, 베르킨게토릭스는 포로들의 목숨을 살려 달라는 조건을 내걸고 로마군에 투항했다. 갈리아 포로들은 목숨을 부지한 대신 알레시아 전투에 참전한 로마 군인들의 노예가 되었다.

로마로 끌려온 베르킨게토릭스는 카이사르의 개선식에서 전차에 몸이 묶인 채 로마인들의 앞에 섰다. 그는 얼마 지나지 않아 감옥에서 처형당했다.

갈리아 원정 자체도 카이사르의 업적이지만 이 전쟁에 대해 그가 기술한 『갈리아 전쟁기』도 그의 큰 업적 중 하나다. 로마인들은 야만의 땅에서 펼쳐지는 모험담을 읽으며 전율을 느꼈다. 특히 알레시아 포위에 이르러서는 스릴이 절정에 달했다.

세월이 많이 흘렀지만, 카이사르의 『갈리아 전쟁기』는 지금도 당시의 전쟁을 기록한 유일한 사료로 남아 있다. 갈리아 역사가들의 기록이 전혀 없다 보니 오늘날 우리에게 알려진 역사는 문명 세계를 대표하는 영웅 카이사르가 야만과 싸워 이겼다는 카이사르 본인의 버전이 전부이다.

『상대적이고 절대적인 지식의 백과사전』 제12권

17
기발한 아이디어

밤에 나는 이상한 꿈을 꾼다. 눈이 새빨간 흰 쥐와 사랑을 나누고 있다. 내가 먼저 엉덩이를 드러내 쥐들의 왕을 꼬셨다. 교미가 끝나자 그가 내게 말한다.

「당신과 내가 손을 잡으면 세상을 지배할 수 있어. 우린 싸우지 말고 힘을 합쳐야 해.」

내가 다시 그를 유혹하자 이종(異種) 간의 교미가 또 한 번 일어난다.

나는 그가 잠에 곯아떨어진 틈을 타 날카로운 발톱으로 그의 머리를 연다. 아직 살아 있는 골을 꺼내 씹으면서 내가 말한다.

「고양이든 쥐든 수컷들은 하나같이 한심하기 짝이 없어. 어차피 너희들은 암컷들의 손아귀에 있어.」

나는 골을 깨끗이 비운 머리통에 우유를 담아 들이켠

다. 흰 그릇에 흰 우유라, 완벽하군.

요란한 종소리에 나는 깜짝 놀라 잠이 깬다. 급히 이무 깃돌로 뛰어 올라가 아래를 내려다본다.

비상사태다.

아침 해가 주홍빛을 뿌리기 시작한 강기슭에서 특공대 여섯 마리의 시체가 발견됐다. 그들은 모두 널빤지 두 개를 T자 모양으로 만든 틀에 묶여 있다. 뒷다리는 가지런히 모여 있고 앞다리는 위로 들려 있다. 전신에 이빨 자국이 빼곡하다. 한두 마리는 아직 숨이 끊어지지 않은 건지 미세한 경련을 일으키기도 한다.

아, 이 일을 어떡한다.

기분 나쁜 소름이 내 몸을 훑고 지나간다.

온갖 생각이 머릿속에서 복잡하게 뒤얽힌다. 일단, 작전이 실패했다는 것은 당분간 응원군이 도착할 가능성이 사라졌다는 의미다. 우려했던 식량 부족도 곧 현실화될 것이다. 그리고 또 한 가지, 사소하지만 나에게는 치명적인 점인데, 이번 작전을 주도한 내가 공동체의 신뢰를 잃을 게 뻔하다.

나는 급히 성당 앞뜰로 내려가 긴급회의를 소집한다. 피타고라스가 〈비상 내각〉이라고 명명한 현자들의 회의체가 구성된다.

지혜와 용맹성을 겸비한 고양이 열두 마리가 피타고라스가 성단(聖壇)이라고 부르는 성당 안쪽 큰 테이블 위에서 회의를 시작한다.

　좌장인 내가 위엄이 넘치는 목소리로 말문을 연다.

　「우리한테는 두 가지 선택이 있었어요. 그 하나가 응원군을 데려오는 거였죠. 보다시피 결과가 만족스럽지 않네요. 다른 선택은 무작정 기다리는 거였어요. 굶어 죽을 각오를 하고 말이죠. 볼프강, 앞으로 우리가 얼마나 더 버틸 수 있을까?」

　「지금 나한테 물었어? 그걸 왜 나한테 물어?」 볼프강이 뜨악한 표정으로 나를 쳐다본다.

　「먹는 게 네 최대 관심사라는 걸 아니까. 그러니 편하게 의견을 말해 봐.」

　「물고기 공급이 끊긴 상태에서 현재 식량으로? 음, 한 달 정도. 하지만 겨울이 다가오는 것도 감안해야지. 추워지면 더 많은 음식이 필요하니까.」

　모두의 얼굴에 긴장감이 역력하다. 에스메랄다가 앞발을 들어 발언권을 요청한다.

　「상류 쪽 물막이를 공격해 없앱시다.」

　「어떻게 말이야?」

　「인간 집사들한테 불을 지르라고 하면 되지. 나뭇조각

을 붙여 만든 것이니 불이 잘 붙을 거야.」

「그렇지 않아, 젖은 나무에 쉽게 불이 붙을 리 없어.」 피타고라스가 끼어든다.

「휘발유를 부으면 되지. 지난번 시뉴섬 전투에서 이미 효과가 입증된 작전이잖아.」에스메랄다가 주장을 굽히지 않는다.

「아마 휘발유가 바닥났을걸.」볼프강이 안타까운 표정을 짓는다.

「놈들을 다 죽여 없애요!」안젤로가 난데없이 나타나 끼어든다.

「죄송해요, 철없는 애가 하는 소리니 이해들 하세요.」 내가 좌중을 향해 정중히 사과한다.

「해결책이 있을 것도 같은데.」생각에 잠겨 있던 피타고라스가 조심스럽게 말문을 연다.

그 말을 들으니 조금은 안심이 된다.

「그런데 절대 간단한 해결책은 아니야. 회의장에 오기 전에 인간들이 우리와 유사한 상황에 처한 적이 있었는지 인터넷을 검색해 알아봤어. 생각보다 정말 많았더라고. 그리스인들에 의한 트로이 포위, 로마인들에 의한 알레시아 포위, 터키인들에 의한 콘스탄티노플 포위, 로마인들에 의한 마사다 포위, 몽골인들에 의한 빈 포위 등

등……. 어차피 지금 다 열거하기는 불가능하니까 내가 특별히 관심 있게 살펴본 한 가지만 얘기할게.」

지식을 과시하는 저 말투는 어째 시간이 지나도 익숙해지지 않고 여전히 짜증스럽기만 할까.

「1870년에 프로이센 군대가 파리를 포위한 적이 있었어.」

인간 역사를 모르는 고양이들이 이 말을 이해할 리 없다. 나 역시 모르는 소리지만 잠자코 그를 쳐다본다.

「다른 고양이들한테 그 얘기 좀 들려줘.」

피타고라스가 특유의 선생 같은 태도로 설명을 시작한다.

「그러니까, 1870년에 프로이센, 다시 말해 독일이 프랑스를 침공해 수도 파리를 포위한 적이 있었습니다.」

「우리가 지금 있는 곳에서 벌어진 일이라고.」 내가 아는 척하며 일부러 한마디 덧붙인다.

「맞아. 아니, 더 정확히는 파리 전역이 포위됐습니다. 그때 포위된 사람들이 지원군을 요청하기 위해 외부와 접촉할 방법을 고민하다 찾아낸 방법이…… 하늘로 빠져나가는 거였어요.」

「새처럼 날아서 말이야?」 에스메랄다가 샛노란 눈을 동그랗게 뜬다.

「바로 그거야. 새처럼 날아서. 당시 프랑스인들의 우두머리였던 레옹 강베타는 하늘을 날아서 파리를 빠져나가는 데 성공했습니다. 그는 적진의 머리 위를 날아가 저항 세력을 규합하게 됩니다.」

「그게 어떻게 가능해?」 볼프강이 믿을 수 없다는 표정을 짓는다.

「……〈열기구〉를 타고.」

「뭐?」 에스메랄다가 의아한 표정으로 묻는다.

「간단히 설명하자면 날개가 없어도 날 수 있게 해주는 대단한 기구야.」

제3의 눈이 있는 자리가 가려운지 피타고라스가 발톱으로 이마를 긁으면서 설명을 덧붙인다.

「그 기구의 작동 원리는 이렇습니다. 원래 더운 공기는 위로 올라가죠. 이 아주 단순한 원리를 이용해 풍선에 더운 공기를 불어 넣어 하늘로 띄우는 거예요. 그러면 풍선에 달린 바구니에 탄 사람이나 물건도 같이 하늘로 날아오르게 됩니다.」

가끔은 피타고라스가 내 앞에서 멋지게 보이려고 황당무계한 소리를 한다는 의심이 들기도 하지만 이번에는 아이디어가 제법 구체적으로 느껴진다. 하지만 나는 내가 아닌 그가 주목을 받는 게 싫어서 일단 말을 자르고

본다.

「더운 공기가 위로 떠오르는 거야 너무나 당연하지. 그런데, 그 열기구라는 건 어떻게 생겼어?」

「펼치면 집 한 채 크기는 족히 되는 커다란 천이야. 이 천에다 더운 공기를 불어넣어 부풀리면 공중으로 떠오르면서 밑에 매달린 바구니를 같이 하늘로 끌고 올라가는 거야.」

「지붕보다도 더 높이 올라갈 수 있어?」 에스메랄다가 꿈꾸는 듯한 표정이 되어 묻는다.

「구름보다 높이 갈 수도 있어.」

나는 중간에 말을 자르고 끼어든다. 「네가 직접 그 기구를 만들 생각이야?」

「아니, 손이 없으면 불가능해. 하지만 인간 집사들은 만들 수 있을 거야. 인터넷에 제작 방법이 나와 있으니까.」

나는 수긍이 간다는 뜻으로 고개를 끄덕인다.

「지금까지 나온 여러 제안 중에 이게 제일 나아 보여. 〈우리들의〉 열기구를 제작하는 일은 피타고라스 네가 내 집사 나탈리한테 시키면 될 것 같아. 현장 건축가 출신이니까 제작 공정을 효율적으로 지휘할 수 있을 거야.」

「그 기구를 타고 적진을 통과하는 데 성공한다 치자,

그다음엔 뭘 어떻게 할 건데?」여전히 확신이 서지 않는 듯 에스메랄다가 묻는다.

「봉쇄를 뚫어 줄 응원군을 찾아 데려와야지. 그들과 함께 쥐 군단을 격파해야지.」

됐어, 이제야 내 본연의 카리스마를 되찾았어. 존경을 부르는 권위를 말이야.

나는 단호하게 임시 내각 회의의 종료를 선언한다. 야옹. 〈더 이상 낭비할 시간이 없으니 각자에게 주어진 일을 시작하라〉는 메시지다.

피타고라스가 나탈리에게 내각의 결정 사항을 알리자 그녀가 인간들을 불러 모아 오텔디외 병원 뜰에 작업장을 만들고 열기구 제작에 들어간다.

그들은 병상에서 걷어 온 시트 50장을 아래위가 뾰족하고 중간은 볼록하게 잘라 일일이 꿰매 붙인다. 뒤집힌 튤립 모양이 완성되자 표면에 끈적끈적한 왁스를 칠해 방수 처리를 한다. 어디서 욕조를 하나 구해 오더니 가장자리에 구멍을 뚫어 밧줄을 끼운다. 밧줄이 단단히 묶였는지 여러 번 확인하더니 이번에는 밧줄 다른 쪽 끝을 튤립 모양 천과 연결한다.

이제 열기구의 엔진에 해당하는 가장 핵심적인 부분을 제작할 차례다. 인간들이 가까운 경찰청 건물로 가서 가스통 하나와 공구를 들고 와 버너를 만들기 시작한다. 가스통에 파이프를 연결하고, 이 파이프에 다시 토치를 연결하더니 불꽃이 나팔꽃 모양으로 퍼지게 토치 끝에 샤워기 꼭지를 붙인다. 완성된 엔진을 바라보더니 피타고라스가 화구(火口)가 만들어졌다며 흡족한 표정을 짓는다.

3일간의 공정 끝에 드디어 하늘을 나는 열기구가 우리 앞에 모습을 드러낸다.

나는 시테섬을 통치하는 12묘 내각 회의를 다시 소집한다. 마지막 희망인 열기구 작전의 실행을 논의하기 위해서다.

「이번 작전엔 누가 가지?」 에스메랄다가 중요한 질문을 꺼낸다.

「나!」 볼프강이 앞발을 번쩍 들어 올린다.

「내가 가야지!」 호기심에 회의를 참관하러 온 사자 한니발이 으르렁거린다.

내가 뒷다리로 벌떡 일어나 좌중을 향해 하악, 소리를 지른다. 참석자들이 내 아우라에 압도당해 조용히 내 입만 쳐다본다.

「인간 한 명과 고양이 두 마리를 작전에 투입하는 게 가장 이상적이에요. 인간이 가야 하는 건 열기구를 조작하거나 혹시 손을 사용할 일이 생길 때를 대비해서예요. 작전 수행은 당연히 동승하는 고양이 둘이 맡게 될 거예요. 탑승할 인간은 이미 정해 놨어요. 나탈리예요. 내가 집사로 겪어 봐서 상황 대처 능력이 뛰어나다는 걸 알죠. 고양이는…… 일단 피타고라스는 가야 해요. 나탈리와 소통하려면 제3의 눈이 있는 고양이가 필요하니까.」

「나머지 고양이는 누구야?」에스메랄다가 묻는다.

그걸 꼭 말해 줘야 알아?

「흠…… 나야.」내가 그녀의 눈을 똑바로 응시하면서 대답한다.

「나는 왜 안 돼?」한니발이 갈기를 흔들며 화를 낸다. 「사자라고 차별하는 거야?」

「말하기 뭣하지만 몸이 너무 육중해서 안 돼요. 게다가 우리와 연합할 상대를 찾아야 하는데, 그쪽이 당신 덩치를 보고 지레 겁을 먹으면 곤란하잖아요. 또 한 가지, 이런 절체절명의 위기에는 신속한 의사 결정이 가능한 고양이가 필요해요. 그래서 내가 가겠다는 거예요. 자랑 같지만, 솔직히 우리 모험의 시작부터 지금까지 성공의 중심에는 항상 내가 있었죠. 우연인지 필연인지 내가 참가하지 않은 작전은 모두 실패로 끝났어요. 적들에게 죽임을 당해 강에 버려진 여섯 대원의 경우가 바로 그런

예죠.」

「그 특공 작전!? 그건 네 아이디어였잖아!」눈치 없는 에스메랄다가 또 끼어든다.

「그랬지. 작전은 성공하지 못했어. 내가 그 작전에 직접 참여하지 않아서야. 만약 내가 갔더라면 다른 대원들은 아직 살아 있었을 거야.」나는 뻔뻔한 태도를 유지하며 의견을 개진한다. 「그러니까 작전의 성공을 바란다면 반드시 내가 가야 해.」

이런 말이 어떻게 들릴지 모르겠지만, 나는 틀리더라도 끝까지 내 의견을 관철하는 타입이다. 그러다 보니 더러는 거짓말도 하고 내가 하지 않은 말을 했다고 우기기도 한다. 이게 잘못됐다고? 난 그렇게 생각하지 않는다. 뻔뻔함이 없으면 아예 정치를 할 생각을 말아야지. 피타고라스한테 듣기로도 꼭 똑똑한 인간 우두머리들이 백성들한테 칭송받는 건 아니라고 했다. 도리어 모순적인 인간들이 백성들의 존경을 한 몸에 받는다더라. 그런 인간들은 자기가 틀린 줄 알면서도 눈도 깜짝 안 하고 선동가들을 시켜 자신을 미화시킬 방법을 찾아낸다더라.

「네 결정에 동의 못 해.」볼프강이 어리숙한 말투로 다시 자기주장을 고집한다. 「바스테트, 우리 모두가 너한테 많은 빚을 지고 있는 건 사실이야. 하지만 그게 네가 모든 작전에 참여해야 하는 이유가 될 순 없어. 이번엔 내가 꼭 가고 싶어. 하늘을 나는 멋진 경험을 해보고 싶단 말이야. 오래전부터 새처럼 날아 보는 게 소원이었어.」

슬슬 짜증이 치밀어 오르네.

나는 좌중을 향해 호통을 친다.

「여러분 의견 따윈 안중에 없어요. 내 결정은 바뀌지 않는다고요.」

「우리가 열둘이니까 투표로 결정하면 될 것 같은데.」

볼프강이 내 눈치를 보면서 조심스럽게 제안한다.

「난 투표가 꼭 최선의 선택을 위한 방법이라고는 생각하지 않아요. 투표를 거치면 어정쩡한 합의에 도달할 뿐이죠. 난 투표보다는 계몽된 독재를 선호해요. 물론 계몽은 내가 해요. 여러분은 내 말을 경청하고, 그 말에 따르기만 하면 돼요. 실패해도 책임은 오롯이 내가 져요. 반대로 성공한다면, 내가 옳았고 반대자들은 틀렸다는 걸 한 번 더 입증해 보이는 셈이죠.」

다들 어이없어 하면서도 확신에 찬 내게 차마 반기를 들지는 못한다. 머뭇거리는 모습을 보여선 안 돼. 저돌적으로 돌파해야 원하는 결과를 얻을 수 있어. 저들은 사실 나 같은 독재 스타일을 좋아해. 이런 역할에 나만큼 뛰어난 암컷이 또 있을까. 내가 조금 비아냥거리는 말투로 대하기만 해도 저들은 자신들의 한심함을 자각하고 쩔쩔 매지.

나는 토론의 여지를 주면 안 된다고 판단해 즉시 낮고 단호한 목소리로 말끝을 단다.

「내가 피타고라스, 나탈리와 같이 가요. 이 이야기는 그만 끝내죠.」

안하무묘라고 욕먹어도 어쩔 수 없어. 그래야 효율적인 의사 결정이 가능하니까. 약한 자들은 원래 갈등과 분쟁을 싫어하지. 게으르기 때문에 반박보다는 복종을 선택해. 앞으로 나는 지금처럼 내 방식의 계몽된 독재를 확립해 나갈 거야. 우리 공동체의 이익과 행복을 위해서 말이야.

나는 귀를 바짝 세우고 수염을 떨면서 송곳니를 살짝 드러낸다. 좌중을 하나씩 뚫어지게 쳐다보자 한니발이 가장 먼저 고집을 꺾는다. 볼프강은 슬그머니 눈을 내리깐다. 에스메랄다는 고개만 가로저을 뿐 아무 말도 하지 않는다.

여전히 분위기 파악을 못 한 안젤로가 끼어든다.

「나는 가도 되죠?」

「애들한테는 너무 위험한 일이야.」

「엄마, 난 이제 애가 아닌걸요.」

「그래, 그렇지. 하지만 아직은 어리고 너무 혈기왕성해서 일을 그르칠지도 몰라.」

「나는 누구보다 힘이 세요. 포효 소리도 누구 못지않게 크다고요. 가서 쥐들을 다 잡아 죽여 없앨 거예요! 내가 가서 모조리 죽여 버리고 싶어요!」

안젤로가 발악하듯이 하악하악 크게 소리를 낸다. 나는 실없는 짓을 못 본 척하고 12묘 비상 내각을 향해 다시 몸을 튼다. 엄숙한 목소리로 다시 한번 묻는다.

「다른 반대 의견 있어요?」

차마 아무도 내 결정에 토를 달지 못한다. 나는 누가 마음을 바꾸기 전에 서둘러 결론을 내린다.

「우리가 이번에도 합의를 통해 공동체의 이익을 위한 최선의 결정을 내리게 된 것을 기쁘게 생각해요. 지금부터 파라다이스의 운명이 걸린 작전에 돌입하기 위한 마무리 준비를 합시다.」

이번에도 내가 멋지게 해냈어.

저들한테 손이 달렸으면 일어나서 박수라도 쳤을 텐데, 아쉽네.

18

열기구의 역사

새처럼 하늘을 나는 것은 인간의 오랜 꿈이었다. 이 꿈을 현실화하는 데 가장 먼저 기여한 사람은 몽골피에 형제였다.[3]

그들은 생테티엔 인근 도시 아노네에서 제지업을 크게 하던 사업가 피에르 몽골피에의 자식으로 태어났다.

피에르 몽골피에의 열여섯 자식 중 열두째였던 조제프 몽골피에는 말썽꾸러기에 열등생이었지만 자연을 관찰하길 좋아하고 물리학에 관심이 많았다. 그는 역시 학교 공부보다 과학 실험에 더 흥미를 느낀 열다섯째, 동생 에티엔에게 큰 영향을 끼쳤다.

어느 날 조제프는 우연히 벽난로에 종이 한 장을 던져

3 열기구를 뜻하는 프랑스어는 이 기구를 발명한 몽골피에 형제의 이름에서 딴 〈montgolfière〉이다.

넣었다가 그것이 공중으로 떠오르는 것을 보았다. 그는 동생 에티엔과 함께 이 발견을 과학적으로 뒷받침할 다양한 실험을 하기 시작했다.

형제는 얼마 지나지 않아 아노네 주민들을 불러 놓고 실험을 진행했다. 그들은 양털과 짚을 태워 나오는 열기를 종이로 만든 1미터 크기의 입방체에 불어 넣어 부풀렸다. 그러자 이 입방체는 약 30미터 높이까지 날아올랐다.

과학에 지대한 관심을 가지고 있던 루이 16세가 이 소문을 전해 듣고는 두 눈으로 직접 확인하기 위해 형제를 궁으로 불렀다. 몽골피에 형제는 이렇게 1783년 9월 19일, 베르사유 궁전에서 왕과 대신들이 지켜보는 가운데 역사적인 실험을 하게 되었다. 그들은 이 시연을 위해 양 끝이 뾰족하고 가운데는 볼록하게 자른 천 24장을 이어 붙인 다음 종이를 덧대 높이 24미터, 부피 1천 제곱미터에 이르는 거대한 기낭을 제작했다. 몽골피에 형제가 이 실험에서 시도한 또 한 가지 혁신은 등나무 바구니에 승객을 태우는 것이었다. 양 한 마리와 수탉 한 마리, 오리 한 마리를 태운 열기구는 5백 미터 상공을 올라가 8분 동안 3.5킬로미터를 비행하는 데 성공했다. (양에게 깔려 부리가 부러진 수탉을 제외하면) 탑승한 모든 동물이

건강하게 살아서 지상에 착륙했다.

왕은 이 기구를 한 단계 더 발전시켜 다음에는 인간을 태울 수 있도록 실험을 계속해 나가라고 형제를 격려했다. 몽골피에 형제는 실험이 잘못되어도 문제가 생기지 않게 사형수를 기구에 태울 생각을 했다. 하지만 장프랑수아 필라트르 드 로지에라는 젊은 모험가가 자신이 꼭 하늘을 나는 최초의 인간이 되고 싶다면서 열성적으로 참여 의사를 밝혀 왔다. 그는 왕과 대신들을 직접 설득해 허락을 받아 냈다.

1783년 10월, 인간이 탑승한 열기구를 띄우는 최초의 실험이 파리 교외의 포부르 생탕투안에서 이루어졌다. 처음에는 밧줄로 기구를 땅에 묶어 놓은 상태에서 제한적 비행이 시도되었다. 같은 해 11월 21일, 필라트르 드 로지에는 아를랑드 후작과 함께 완전한 열기구 비행에 나선다. 그가 탄 열기구는 파리 서쪽의 포르트 드 라 뮈에트를 출발해 고도 1천 미터까지 올라간 다음 남동풍을 타고 뷔토카이유까지 날아갔다. 버너에서 나온 재가 종이 기낭에 옮겨붙어 불이 나는 바람에 착륙을 해야 했지만, 이날 열기구는 25분 동안 9킬로미터 거리를 주파하기에 이르렀다.

이 공로를 인정받아 몽골피에 형제는 기사 작위를 받

았다. 〈우리는 끝내 별에 닿을 것이다〉가 형제의 모토
였다.

『상대적이고 절대적인 지식의 백과사전』제12권

19
비행

〈해도 그만이고 안 해도 그만인 일이라면 하는 쪽을 택하렴. 했을 때 생기는 최악의 결과라 해봐야 그걸 하지 말았어야 하는 이유를 깨닫는 거니까.〉 적극적인 삶의 철학을 가지고 있던 엄마가 입버릇처럼 하던 말이다.

나는 엄마 말대로 하는 쪽을 선택했다.

일단 기상 상황은 좋다.

우리는 비행을 위해 시테섬 경찰청 뜰에 모여 있다.

쥐 보초병들이 나무 꼭대기에서 우리 쪽 동정을 살피는 걸 확인하고, 담장이 높아 밖에서 잘 보이지 않는 이 경찰청 건물을 출발 장소로 택한 것이다.

피타고라스와 나는 플라스틱 욕조로 만든 바구니에 탑승한다. 나탈리가 미리 갖다 놓은 작은 의자 세 개가 눈에 들어온다. 하나에는 가스통이 올려져 있고, 하나는 나탈리가 앉는 용도, 마지막 하나는 피타고라스와 내가 올라서서 밖을 내다보는 용도이다. 급히 고도를 올려야 할 경우를 위해 열기구 옆구리에는 모래주머니들이 달려 있다.

어차피 가지고 갈 식량은 없고, 대신 집사가 들고 탄 묵직한 공구 가방이 바구니 한쪽을 차지하고 있다. 쌍안경과 나침반을 비롯해 칼과 망치 등등 각종 도구와 장비가 그 안에 들어 있다. 인간들이 기낭에 불이 붙지 않게 살짝 들어 올려 주자 나탈리가 화구에 불을 붙인다. 노란 불꽃이 일어난다.

더운 공기가 들어가자 기낭이 서서히 부풀어 오른다. 거대한 공처럼 생긴 열기구의 지붕이 펼쳐지기 시작한다. 어느 순간 바구니가 위로 당겨지는 느낌이 온다. 하지만 우리는 아직 땅에 머물러 있다. 비상 상황에 대비해 땅에 말뚝을 박고 밧줄로 열기구를 묶어 놓았기 때문이다. 풍선이 완전히 부풀자 밧줄이 팽팽해지면서 욕조가 흔들흔들 들썩들썩한다. 이제 기구는 오로지 밧줄의 힘으로 지상과 연결돼 있을 뿐이다.

파라다이스의 고양이들이 모두 나와서 긴장한 얼굴로 우리를 지켜보고 있다. 안젤로는 파트리샤의 어깨 위에, 볼프강과 에스메랄다는 나무 위에 올라가 있다.

「쥐들을 다 죽이고 와요, 엄마!」 철없는 아들이 소리를 지른다.

「응원군과 식량을 꼭 구해 올게!」

「무엇보다 살아서 돌아와야 해!」 에스메랄다가 걱정스러운 표정으로 야옹거린다.

「우리를 버리면 안 돼. 우리 운명은 너희 손에 달렸어!」 볼프강이 덧붙인다.

「아무 걱정하지 말아요, 엄마. 엄마가 죽더라도 뒷일은 내가 책임질게요.」

한심한 무리가 지긋지긋해 나는 얼른 출발 신호를 보낸다.

피타고라스가 메시지를 전하자 나탈리가 칼로 밧줄을 끊는다. 열기구가 두둥실 떠오른다.

불안한 표정으로 우리를 올려다보고 있는 파트리샤가 눈에 들어온다. 그녀 옆에 다른 인간들도 여럿 서 있다. 저들의 감정은 도무지 읽을 길이 없어. 우리처럼 꼬리를 치켜세우지도 귀를 옴찍거리지도 않으니 속을 알 수가 있어야지. 게다가 천으로 몸을 덮어 냄새까지 가리니. 감정에 관한 한 저들은 신비주의자들이야.

어쩌면 자기들끼리도 서로의 감정을 모르는 채 살아가고 있는지도 모른다는 생각이 든다.

나는 더 잘 내려다보기 위해 집사의 어깨 위로 올라가 앉는다. 피타고라스는 어지럽다면서 의자 밑으로 들어가 몸을 웅크린다.

지난번에 나랑 노트르담 대성당 이무깃돌에서 사랑을 나눌 때는 멀쩡하더니 왜 갑자기 어지럽다는 거지? 땅과의 연결이 완전히 끊겨서 그런가? 그래, 그럴 수 있어.

물론 나도 완벽하진 않아서 몇 가지 공포를 느낀다. 물을 끔찍이 무서워하고 어쭙잖은 짓은 딱 질색이며 지저분한 것은 참지 못한다. 하지만 허공이 무섭다는 느낌은 한 번도 가져 본 적이 없다.

열기구가 순식간에 대성당 꼭대기를 지나 하늘로 날아오른다. 어린 인간들이 종탑의 종을 울려 우리를 배웅해 준다. 강 건너 보초병 쥐들이 뒤늦게 우리를 발견하고 어리둥절한 표정으로 올려다본다.

높이 올라갈수록 시테섬은 점점 작아져 어느 순간에는 반짝이는 파란 물에 떠 있는 회색 아몬드처럼 보인다.

상공에서 내려다보니 파라다이스가 인간의 눈을 닮은 것도 같다.

「어떤 고양이도 우리처럼 높이 올라온 적은 없었어!」 나는 감격해 소리를 지른다.

여전히 욕조 구석에 엎드린 채로 피타고라스가 작게

대답한다.

「없긴 왜 없어. 1963년에 인간들이 고양이 펠리세트를 로켓에 태워 우주로 보냈다고.」

「그건 그렇지만, 펠리세트는 지금 우리처럼 밖을 내다볼 순 없었잖아.」

아니지, 나처럼 말이야.

시야가 확 트이자 강둑과 센강 물막이 위에 포진한 쥐 군단의 거무스름한 대열이 눈에 띈다. 예상보다 훨씬 큰 규모의 대군이다.

고도가 계속 높아진다.

나는 피타고라스에게 잘난 체하고 싶은 마음에 보란 듯이 욕조 가장자리로 뛰어올라 발톱을 밧줄에 걸고 불안한 자세로 선다. 아찔한 풍경이 발아래 펼쳐진다. 이렇게 하늘을 나는 기구를 발명한 인간들이 대단한 건 인정해야 해.

버너에서 나오는 열이 전달되는 파이프가 바로 위로 지나가는 정수리 쪽이 후끈후끈하다. 반면 다리 아래쪽은 얼음장처럼 차갑다. 높이 올라갈수록 기온은 낮아진다는 사실을 나는 몸으로 깨닫는다.

나탈리가 다가와 다정하게 내 머리를 쓰다듬어 준다. 착한 인간, 이번에 진짜 멋지게 해냈어.

언젠가 집사와 직접 대화할 수 있게 되면 꼭 감사의 마음을 전하고 싶어.

내가 그녀의 어깨 위로 뛰어오르자 집사가 내 목 밑 털을 쓸어 올려 준다. 나는 기분이 좋아져 그녀의 귀에 대고 야옹거린다. 계속해.

집사가 인간의 언어로 뭐라고 이야기하는데, 내가 알아들을 수 있는 건 여전히 내 이름 〈바스테트〉뿐이다.

나처럼 좋은 주인을 만나 행복하고 고맙다는 뜻이겠지. 나 같은 고양이 주인이 어디 흔해야 말이지.

인간 집사를 교육한다고 발톱으로 할퀴는 고양이가 한둘이 아니라는데 나 같은 순한 주인을 만났으니 보통 행운이 아닐 것이다.

그런데 어쩐 일인지 그녀의 손끝에 긴장감이 배어 있다. 어라, 내가 싫어하는 담배까지 입에 무네.

다른 건 참아도 담배 연기는 도저히 못 참겠어. 연기 속 독성 물질이 털에 묻으면 잘 빠지지도 않고 털을 고를 때마다 혀끝이 얼마나 아린지 몰라.

지금은 어차피 의사 전달이 불가능하니까 자리를 피하는 수밖에 없다. 나는 슬쩍 바닥으로 뛰어내려 반대편으로 걸어가 발돋움을 하고 다시 아래를 내려다본다.

고공에서 내려다보니 인간들이 세운 건축물들이 작은

점처럼 땅에 찍혀 있다.

나는 아직도 의자 밑에서 몸을 말고 있는 피타고라스에게 말을 건다.

「우린 지금 어디로 가고 있어?」

「이건 열기구지 비행선이 아니야. 이착륙만 가능하지 방향 조정은 불가능해.」

설마, 농담이겠지. 아니, 틀림없이 농담일 거야.

「목적지를 선택할 수 없다는 말이야? 그걸 왜 지금에 와서 말해!」

「그렇게 됐어, 더 일찍 알려 주지 못해서 미안해.」

당연히 미안해해야지. 그걸 알았더라면 여기 타고 있지 않았을 거야.

「아, 그래? 그러면 어떤 방법으로 쥐들의 포위망을 우회해 지나갈 거야?」

「우리한테 유리하게 바람이 불 때까지 기다리는 수밖에 없어. 그게 언제가 될지, 바람의 방향과 세기가 어떨지는 알 수 없지만 말이야. 지금으로서 우리가 할 수 있는 일은 공기의 흐름을 읽으면서 그 흐름 속에 있는 것뿐이야.」

「그 공기의 흐름이라는 거, 어떻게 읽을 수 있는데?」

「날아다니는 먼지, 새들과 구름의 움직임을 유심히 관

찰하면 돼. 간단히 말해 우리 눈높이에 떠 있는 모든 것의 움직임을 살펴보는 거야.」

「그걸 네가 할 수 있다고?」

「아니, 나탈리가 알아. 이미 남쪽은 쥐 군단에 점령당했으니까 북쪽으로 방향을 잡는 게 좋겠어. 거기 가서 우리 편이 되어 함께 쥐들에 맞서 싸울 세력을 규합하자.」

피타고라스의 말을 듣고 보니 공기의 흐름이 느껴지는 것도 같다. 열기구가 서서히 구름 속으로 들어간다. 우리는 갑자기 두꺼운 수증기층에 갇힌다. 한 치 앞도 보이지 않는다. 여기가 어딘지 고도가 얼마인지도 알 수 없다.

손을 뻗으면 폭신한 구름이 만져질 것 같다는 상상을 하는 사이 어느새 안개가 걷히고 새로운 풍경이 윤곽을 드러낸다. 거대한 숲. 도시의 빌딩 숲에 익숙한 나는 초록의 향연을 마주하는 순간 가슴이 울렁울렁한다. 풀과 나무뿐. 자동차나 빌딩도 보이지 않고 인공적으로 만든 길도, 밤이면 켜지는 가로등도 없어. 여긴 잿빛이 아니라 초록과 단풍의 세상이야.

바람이 느껴지며 기구가 조금 움직이는가 싶더니 갑자기 강풍이 불기 시작한다. 바구니가 요동치자 나탈리가 중심을 잃고 의자에 주저앉다 밑에 있던 피타고라스를 발로 살짝 밟는다. 샴고양이가 낑낑 신음 소리를 낸다.

나는 미동도 없이 그대로 욕조 가장자리에 서서 아래를 내려다본다. 바람에 내 기다란 수염이 휘청휘청하고, 희고 검은 털이 누웠다 일어났다 한다. 아, 새처럼 하늘을 나는 이 환상적인 기분이라니.

머리가 산발이 된 집사가 벌떡 일어나더니 난간을 부여잡고 밖으로 웩웩 토하기 시작한다. 이때야말로 대화를 위한 절호의 기회라고 판단하고 내가 피타고라스에게 부탁한다.

「집사와 얘기를 나누고 싶은데, 통역 좀 해줄래?」

여전히 몸을 웅크린 채 꼬리를 말아 넣고 있는 피타고라스가 고개를 끄덕인다.

「이 원정대의 일원이 되는 용기를 내줘서 고맙다고 전해 줘.」

피타고라스가 야옹거리는 소리를 듣더니 집사가 인간의 언어로 뭔가를 대답한다. 그러자 바로 피타고라스가 통역을 해준다.

「네가 정말 대단한 고양이라고 생각한대.」

「칭찬해 줘서 고맙다고 전해 줘. 그리고 걱정하지 말라는 얘기도 해줘. 인간 문명은 붕괴했지만 우리 고양이들이 바통을 이어받아 지구를 지배할 테니 염려하지 말라고.」

「네 집사가 〈너희 고양이들〉이 인간 문명을 대체하기 위해서는 세 가지 개념이 필요하대.」

첫째, 사랑.

둘째, 유머.

셋째, 예술.

잠시 생각에 잠겼다가 내가 대답한다.

「사랑에 대해선, 내가 전문가라고 전해. 횟수도 방법도 내가 더 나은 것 같다고.」

「그런 게 아니래, 그녀가 말하는 사랑은 교미 행위만을 뜻하는 게 아니래. 그녀의 표현을 그대로 옮기자면, 감정이 개입되는 마음의 상태를 말해.」

「나는 그녀와 생각이 다르다고 전해. 감정을 느끼며 사랑을 나누는 건 우리 고양이들이고, 인간이야말로 생식을 위한 동물적 행위를 하는 것뿐이라고.」

「나탈리는 그 반대라고 주장하고 있어. 내 생각엔 너와 너희 집사가 사용하는 〈감정〉이라는 단어의 의미가 다른 것 같아. 너희 집사가 자기가 말하는 감정은 아주 미묘하고 강렬한 마음의 상태를 뜻한대.」

자기가 뭔데 나한테 진정한 사랑의 의미를 가르치려 들어? 하여튼 인간들의 자만심과 오만함은 상상을 초월

할 정도야. 대멸망을 겪고도 여전히 자기들이 세상의 기준이 되는 종이라고 착각하고 있으니 할 말이 없네.

피타고라스가 계속 나탈리의 말을 통역해 준다.

「인간이 느끼는 위대한 사랑 — 위대하다는 표현을 강조하고 있어 — 은 상대방과 자기 자신이 동일체가 된 것처럼 느끼는 감정의 상태를 의미한대. 그것은 연민을 포함하는 감정이래. 감정을 공유하는 순간 상대방에 대한 이해가 깊어지게 된대.」

하늘에 떠서 집사랑 이렇게 철학적 대화를 나누는 날이 올 줄이야. 나는 통역을 거쳐야 하는 소통에 불편함을 느끼면서도 계속해서 내 생각을 말한다.

「두 번째인 유머 말이야, 나도 어디서 들어 보긴 했는데, 한 번 더 설명해 줄 수 있냐고 물어봐 줄래?」

「설명하기가 참 어렵대. 뭐랄까, 일시적으로 정신의 균형이 깨지는 상태라고 할 수 있대. 탁 놓아 버리는 상태. 이때 뇌에서 무슨 일이 벌어지면서 긴장이 풀리고 순간적으로 호흡이 가빠지는데, 인간한테서만 관찰되는 이런 현상을 〈웃음〉이라고 부른대.」

나는 지금까지 웃음인 줄 모르고 웃었던 적이 없는지 곰곰이 생각해 본다. 두 길동무가 여전히 멀미로 맥을 못추는 동안, 그걸 보며 의기양양해진 내가 이번에는 나만의 예술론을 펼친다.

「음악과 미식에 대해서는 나도 꽤 안다고 집사한테 전해. 마리아 칼라스와 비발디, 바흐를 좋아하고 캐비아를 즐기는 정도면 보통 교양은 아니지 않아?」

「나탈리에 따르면, 진정한 예술을 접하는 순간 우리는 엑스터시를 경험하게 된대. 이때의 느낌은 단순히 쾌락 정도가 아니래. 너는 아직 상상도 못 하겠지만 일종의 계시를 받는 느낌이 든다는 거야.」

「솔직히 난 아직 그런 예술적 엑스터시를 경험한 적은 없어…….」

「아직 네 영혼을 울릴 만한 예술을 만나지 못해서 그런 거니까 실망하지 말래. 그리고 음악과 미식이 예술의 전부가 아니라고 꼭 말해 달래. 회화나 조각, 무용도 있고 향수, 패션, 원예 등도 하나의 예술적 표현 형태가 될 수 있대. 네가 이런 예술의 개념을 구체적으로 이해하는 날이 오길 바란대. 또 네가 진정으로 인간 문명을 계승할 고양이 문명을 확립하고 싶다면 예술의 위력을 깨달아 그것을 강력한 무기로 삼아야 한대. 어떤 종이 세상을 지배하는 방법은 그 종이 가진 힘이나 지능이 아니라 자신의 한계를 끊임없이 뛰어넘으면서 미(美)를 창조하는 능력이라고, 이 점을 강조해 달래.」

피타고라스의 통역이 끝나자 나탈리의 스마트폰에서 음악 소리가 흘러나온다.

「네가 바흐의 토카타를 좋아하기에 내가 같은 음악가의 곡을 하나 더 틀어 달라고 부탁했어. 이 곡은 일명 〈G선상의 아리아〉인데, 지금 우리 상황에 잘 어울리는 것 같아.」

인간의 음악을 들을 때마다 신기한 느낌이 든다. 처음에는 그저 귀에 거슬리는 소음으로 들릴 뿐인데 계속 듣다 보면 어느 순간 음악의 문장들이 들리고, 나중에는 반복되는 주제들을 통한 소리의 진화, 그리고 그걸 통해 음악가가 말하려는 이야기가 귀에 들린다.

요한 제바스티안 바흐의 「G선상의 아리아」, 아름다운 선율이야. 지금 인간 집사와 내 수컷과 함께 열기구를 타고 하늘을 날면서 듣는 이 멋진 음악의 감동은 결코 잊지 못할 거야.

나는 높은 고도의 깨끗한 공기를 폐 깊숙이 빨아들이면서 발아래 펼쳐지는 대자연을 감상한다. 갑자기 전지전능한 영혼이 된 듯한 착각도 든다.

나탈리가 하강을 시작하자고 말하더니 가스 유입을 조절하는 버튼을 눌러 화구에서 나오는 불의 세기를 낮춘다. 서서히 고도가 낮아지자 비릿한 이끼 냄새와 알싸한 꽃향기가 코끝에 스친다. 흠, 바흐의 음악과 완벽히 어울리는 이 자연의 냄새.

발밑에 펼쳐지는 거대한 숲과 울긋불긋한 들판에 비하면 한때 내 모험의 무대였던 불로뉴숲과 뱅센숲은 조그만 공원에 불과하다는 생각마저 든다. 인간이 손대지 않은 초록빛 세상이 끝없이 펼쳐져 있다.

나탈리가 고도를 안정시키더니 나침반을 꺼내고 스마트폰의 GPS를 켜 우리가 와 있는 곳의 위치를 확인한다. 열기구는 옆바람을 받으며 미끄러지듯이 하늘을 순항한다.

내가 뒷발로 서서 밑으로 빠르게 지나가는 풍광에서 눈을 떼지 못하고 있을 때 반가운 손님이 날아와 욕조 바구니에 앉는다. 잿빛 비둘기 한 마리가 빠르게 머리를 움직여 왼쪽 눈과 오른쪽 눈으로 번갈아 우리를 관찰한다.

구구거리는 소리에 뭔가 의미심장한 메시지가 깃든 것 같아 정신 대 정신의 소통을 시도해 보기로 한다.

〈안녕하세요, 비둘기 씨. 만나서 반가워요. 잠시 지나가는 길이니까 당신의 영역인 하늘을 침범했다고 오해하진 말아요.〉

구구거림이 요란해지면서 살짝 호전성이 느껴진다. 나는 고개를 앞뒤로 까딱거리는 비둘기의 생각을 넘겨짚는다.

〈대체 인간과 고양이들이 뭐 하는 거죠? 여긴 당신들 영역이 아니니 썩 나가요.〉

나는 자초지종을 설명하려고 다시 소통을 시도한다.

〈그런 게 아니에요. 미안하지만 다른 방법이 없어요. 쥐들을 피해 도망치는 중이거든요.〉

이런, 내 텔레파시가 통하지 않는 모양이다. 비둘기가 날개를 퍼드덕거리고 머리를 사방으로 흔들면서 위협적인 소리를 낸다. 목울대가 연신 부풀어 올랐다 가라앉았다 하는 게 아무리 봐도 단단히 화가 난 것 같다.

비둘기 몇 마리가 더 가세하더니 바구니가 떠나가라 소란을 피우기 시작한다.

나탈리가 불안한 표정으로 비둘기들을 쳐다본다. 아, 종간 소통이 이렇게 어렵단 말인가. 갑자기 비둘기 한 마리가 다가와 그녀의 머리 위에 끈적끈적한 초록색 똥을 찍 갈긴다.

혹시 화학적 소통을 시도하는 건가?

사실이야 어떻든 내 집사의 머리털에 실례를 하는 건 묵과할 수 없지. 내가 재빨리 발톱을 꺼내 앞발로 펀치를 날리자 피가 튀면서 잿빛 깃털들이 공중으로 퍼져 오른다.

다른 비둘기들이 순식간에 하늘로 날아오르더니 내 머리 위를 선회하면서 뾰족한 부리로 공격 태세를 갖춘다. 나는 또 한 번 발톱을 꺼내 앞발을 휘두른다. 비둘기 세 마리가 아래로 떨어지면서도 끝까지 고약한 똥을 발사하며 저항한다.

변태가 아니고서야 어떻게 똥을 무기로 삼을 생각을 하지?

비둘기 떼가 우르르 바구니를 향해 돌진해 온다. 내 몸이 앞으로 휘청하게 해서 추락하게 만들려는 작전이다. 하지만 내가 누군가, 완벽에 가까운 균형 감각의 소유자 아닌가. 나는 생각 없이 사정거리에 들어와 있는 비둘기 두 마리를 전광석화처럼 저세상으로 보내 버린다.

「비둘기 고기를 점심으로 먹게 생겼네.」

가까스로 용기를 내 의자 위로 올라온 피타고라스가 맞장구를 치는 대신 고개를 들어 하늘을 가리킨다. 망할 놈의 비둘기 한 마리가 딱따구리처럼 기낭에 발톱을 걸고 매달려 있는 게 보인다.

제발, 그건 안 돼, 비둘기야.

녀석이 들은 체 만 체 부리로 천을 쪼아 대자 쉬익 하는 날카로운 소리와 함께 하얗고 뜨거운 바람이 풍선 밖으로 빠져나온다. 어디서 나타났는지 비둘기 열댓 마리가 가세해 기낭에 구멍을 내고 있다.

내가 야옹 소리로 겁을 줘도 도망가기는커녕 머리를 까딱까딱하며 한층 무서운 기세로 풍선을 쪼아 댄다.

힘이 빠져 기낭에 달라붙어 있는 몇 마리를 제외하고는 대부분이 쉬지 않고 부리를 놀리고 있다. 한 놈이 신호를 보내자 여러 마리가 동시에 한 곳을 집중적으로 쪼아대기 시작한다. 구멍이 점점 커지고 있다.

겁이 난 나탈리가 다시 화력을 높여 고도 상승을 시도해 보지만 이미 너무 늦었다. 열기구가 빠른 속도로 땅으로 떨어지고 있다.

집사가 바구니의 무게를 줄이기 위해 손에 잡히는 대로 밖으로 내던지기 시작한다. 의자 세 개와 가스통까지 버렸지만 기구는 더 빠른 속도로 떨어진다. 의기양양해진 비둘기들이 우리를 따라 내려오면서 조롱하듯 구구거린다.

이대로 추락이구나.

역시 하늘은 고양이들이 있을 곳이 아니야.

나는 그대로 떨어지느니 뛰어내리는 쪽을 택한다. 지면에 닿기 전 몇 번 회전하느냐에 따라, 그 횟수가 홀수냐 짝수냐에 따라 낙하의 성공과 실패가 결정된다. 나는 바구니 밖으로 몸을 날린다. 잠시 공중에 떠 있다 낙하하는 순간 숫자를 센다. 1······ 2······.

꼭 홀수여야 하는데······.

20

높은 곳에서 떨어진 고양이가
네 발로 착지하는 이유

고양이는 높은 곳에서 떨어지는 순간 본능적으로 몸을 아주 넓게 펼친다.

그렇게 함으로써 최대한 큰 양력을 발생시켜 낙하 속도가 시속 1백 킬로미터를 넘지 못하게 만드는 것이다. 날다람쥐가 움직이는 원리와 비슷하다고 보면 된다.

고양이의 모든 신체 부위는 안전한 낙하에 제각각 다른 역할을 한다. 꼬리는 낙하 시에 완벽한 자세를 잡게 해준다. 귀는 낙하의 경로와 방향에 대한 정보를 제공해 최적의 낙하 지점을 설정하게 도와준다. 수염은 지면과의 거리가 얼마인지 지속해서 알려 주는 역할을 한다.

유연하게 비틀어지는 척추는 골반이 머리와 일직선을 유지한 채 떨어지게 해준다. 고양이 평형 감각의 비결인 것이다.

고양이는 지면에 닿기 직전 네 다리를 쭉 뻗는데, 이것은 네 다리에 골고루 충격을 분배하기 위해서다. 이때 꼬리는 반대 방향으로 움직여 무게 중심을 잡아 주는 역할을 한다.

땅에 닿는 순간, 고양이의 네 다리는 살짝 구부러지며 충격을 흡수한다.

이렇듯 각각의 신체 부위가 서로 다른 역할을 함으로써 포유 동물 대부분이 골절을 입을 만한 높이에서 떨어져도 고양이는 무사할 수 있다.

『상대적이고 절대적인 지식의 백과사전』제12권

21
나무 위 세계

……5.

자세를 잘못 잡았지만, 다행히 풍성한 나뭇잎들이 추락의 충격을 완화해 준다. 나는 단풍잎 사이로 버둥거리며 떨어지다가 굵은 나뭇가지에 걸리는 순간 중심을 잡고 몸을 일으킨다. 어디 긁힌 곳 하나 없고, 내 자존심도 다치지 않고 멀쩡하다.

어차피 이 정도는 다 계산하고 있었어.

피타고라스가 어설프게 몇 번 회전하더니 다행히 부드러운 나뭇가지에 발톱을 걸고 매달린다.

그가 나뭇가지 위로 몸을 끌어 올리는 걸 보고 있는데 머리 위에서 후두두 소리와 함께 욕조 바구니와 집사가 떨어진다. 뒤이어 열기구 기낭이 떨어지며 하늘을 가려 버린다.

나는 신음이 들리는 쪽으로 재빨리 달려간다. 내가 좀 이기적인 고양이이긴 하지만, 집사가 멀쩡한 게 결국 나한테도 이득이니까.

나탈리가 기낭을 헤치며 빠져나온다.

머리가 산발이고 얼굴에 찰과상을 입었지만 다행히 크게 다친 데는 없어 보인다. 기낭이 충격을 완화해 준 덕분이다. 안도의 심정으로 그녀와 함께 나무 꼭대기에 걸린 바구니에 앉아 있는데 갑자기 몸이 기우뚱한다.

본능적으로 몸을 밖으로 빼자 바구니가 뒤집히면서 나뭇가지에 얽혀 있던 밧줄들과 함께 밑으로 떨어진다.

우리는 나무를 타고 조심스럽게 아래로 내려가기 시작한다. 나탈리는 피타고라스와 나에 비해 동작이 어찌나 둔하고 서투른지, 쯧쯧.

나무를 반쯤 내려왔을 때 실루엣 하나가 눈앞을 휙 지나간다. 머리 모양과 털로 덮인 두 귀가 영락없는 쥐 같아 가슴이 철렁 내려앉는다.

그런데 자세히 보니 털색이 잿빛이 아니다. 갈색 털에 풍성한 꼬리가 달려 있다.

다람쥐잖아.

고양이를 난생처음 봤는지 아니면 하늘에서 떨어지는 고양이를 처음 봤는지, 그가 눈을 휘둥그렇게 뜨고 나를 빤히 쳐다본다. 다행히 적대감은 느껴지지 않는다. 늘 그래 왔듯 나는 정신 대 정신의 소통을 위해 다정하게 말을 건다.

〈안녕하세요, 다람쥐 씨. 급작스러운 방문에 놀랐죠? 어쨌든 만나서 반가워요.〉

아무 응답이 없다. 뭔가를 찾고 있는 것처럼 촉촉한 코끝이 미세하게 떨리고 있을 뿐이다. 작전 수행 중인 데다 비둘기 떼의 공격으로 열기구까지 추락해 초조한 탓에 나는 더 이상 소통을 계속할 마음의 여유가 없다. 친한 고양이들은 다 아는 사실이지만, 나는 초조해지면 즉흥적으로 행동하는 경향이 있다.

나는 발톱을 휘둘러 상대의 숨통을 끊어 놓고는 허겁지겁 놈을 먹기 시작한다.

흠, 다람쥐…… 이 맛을 어떻게 설명한다? 생쥐 맛과 비슷한데, 거기에 더해 오묘한 뒷맛이 있어. 쥐를 먹을 때 혀끝에 남아 있는 그런 텁텁함이 없어. 특히 넓적다리는 맛이 기가 막히는군.

피타고라스가 얼른 다가와 고기를 한 점 집어 먹는다. 허기가 채워지자 우리는 자신감을 조금 회복한다. 점차 목전의 사건들에 휘둘리지 않고 그것들을 제어하면서 사이사이 벌어지는 일들을 즐길 수도 있게 될 것이다.

슬슬 본능적인 호기심이 발동한 내가 나무 아래로 내려가 주변을 탐색해 보겠다고 하자 피타고라스가 얼른 따라나선다. 미간을 한껏 좁히고 우리의 식사를 지켜보던 나탈리도 피타고라스의 뒤를 따라 나무를 타기 시작한다. 그럴 줄 알았어. 어설픈 동작으로 나무를 부여잡고 있던 집사의 몸이 뒤로 젖혀지더니 와당탕 소리와 함께 굴러떨어진다. 아래쪽에서 그녀의 신음이 들려온다.

잠시 후, 그녀가 몸을 일으키더니 절뚝거리며 우리를 뒤따라 걷기 시작한다. 입으로는 연신 불평을 쏟아 낸다.

귀를 기울여 보니 대충 〈뒤지게 아프네〉라고 들리는데, 피타고라스가 전에 알려 준 육두문자가 이런 것일까.

하여튼, 인간이라는 존재는 한심할 정도로 심약해. 무슨 불평불만이 그렇게 많은지. 다른 건 몰라도 나무에서 우아하게 뛰어내리는 데 젬병인 것만은 확실하다.

나는 힘들게 걷기 싫어 집사의 어깨 위로 뛰어오른다. 시간이 없으니 걸음을 재촉하라는 뜻으로 그녀의 귓불을 깨문다. 피타고라스는 내 발밑에서 터덜터덜 걷고 있다.

내 인간 자동차는 여전히 절뚝거리긴 해도 꾸준한 속도로 앞으로 나아가고 있다. 우리 엄마 말이 백번 맞다. 〈인간들이 꼭 완벽할 필요는 없어. 그저 말 잘 듣고 부지런하기만 하면 돼.〉

나는 어깨에 앉아 있는 김에 집사의 귀에 대고 그동안 하고 싶었던 얘기를 속삭인다.

「집사, 알고 있는지 모르겠는데, 난 당신이 참 괜찮은 인간이라고 생각해요. 우리 둘이 언젠가 중간 매개를 거치지 않고 직접 대화할 수 있는 날이 오길 고대하고 있어요. 당신과 내가 힘을 합치면 큰일을 해낼 수 있을 거예요. 하나의 목표를 바라보고 소통하게 된 고양이들과 인간들에게 영감을 주고 귀감이 될 일들 말이죠. 내가 말하는 목표는 물론 인간에게서 고양이에게로의 권력 이양이에요. 당신들이 축적한 지식을 활용해 우리 고양이들은 인간뿐만 아니라 다른 모든 동물을 위해 우월한 종으로서의 책임을 다할 거예요.」

알아들은 건지 아닌 건지 집사가 나를 쓰다듬어 주면서 〈바스테트〉가 들어간 짧은 문장들을 내뱉는다. 이해받지 못했다 생각하니 자존심이 상한다. 안타깝지만 어쩔 수 없지. 당분간은 계속 제3의 눈을 가진 피타고라스를 통해 집사에게 얘기하는 수밖에.

어느새 주변 풍경이 달라져 있다. 수만 가지 색조를 띠던 초록빛은 사라지고 거대한 들판에 생김새도 색깔도 똑같은 식물들이 자라고 있다. 마치 노란색 카펫을 펼쳐 놓은 듯하다.

이게 피타고라스가 말한 농업이라는 것인 모양이구나. 그런데 아무리 봐도 음식을 이렇게 한자리에 다 모아 놓는 건 좀 이상하다. 성공 확률은 떨어져도 사냥이 체력 단련에는 훨씬 좋은데. 물론 재미도 더 있고.

눈앞에 펼쳐진 길은 끝이 보이지 않는다. 나는 부지런히 감각의 촉수를 움직여 우리와 연합할 동물의 체취를 찾는다. 생경한 냄새 하나가 코끝에 걸려든다. 아까 만난 다람쥐가 나무에 사는 쥐라면 지금 내 후각을 자극하는 것은 숲에 사는 개의 냄새가 틀림없다. 내 얘기를 들은 피타고라스가 즉시 인간 집사에게 그 고약하고 낯선 냄새가 나는 방향을 일러 준다.

냄새의 진원지가 가까워지자 야생 동물의 체취에 더해 기분 나쁜 악취가 코를 찌른다. 살이 부패할 때 나는 특유의 냄새.

족히 스무 마리는 넘어 보이는 늑대들의 사체가 눈앞에 나타난다. T자 모양으로 배열된 나무 널빤지 위에 처형당한 늑대들이 묶여 있다. 쥐 이빨 자국이 빼곡한 몸에서 찐득찐득한 고름과 피가 흘러나오고 있다. 벌써 파리들이 달려들어 왱왱거린다.

내 인간 자동차의 몸이 휘청하는 게 느껴진다. 나는 그녀가 기절하기 전에 얼른 땅으로 뛰어내린다.

「숲에 살던 늑대들이 분명해. 이렇게 많은 숫자의 늑대를 상대해 이겼다는 건 이제 쥐들에게 맞설 포식자가 없다는 뜻이야.」

「놈들이 이토록 강해진 이유가 뭘까?」

「티무르야. 그가 우두머리가 되면서 쥐들이 수적 우세에다 일관성 있는 군사적 전술, 정치적 목표까지 갖추게 된 거지.」 샴고양이가 신중한 분석을 내놓는다. 「이렇게 충격적인 장면을 연출해 상대가 자신에게 맞설 엄두도 못 내게 하는 전략도 그의 머리에서 나왔을 거야.」

「그럼 이제 우린 어떡하지?」

나는 덩치가 작은 쥐들에게 속수무책으로 당한 늑대들에게서 눈을 떼지 못한다.

「동맹 세력을 찾는 일이 더 시급해졌어. 여러 동물종이 힘을 합치지 않으면 저들을 막아 낼 수 없어. 한시바삐 항서(抗鼠) 연합군을 구축하지 않으면 안 돼.」

피타고라스가 연신 귀를 턴다. 초조하고 불안하다는 뜻이다.

「나는 놈들이 커다란 나무 틀을 만들어 늑대들을 처형했다는 사실이 두려워. 저들이 인간의 손처럼 발을 사용해 도구를 만든다는 뜻이니까. 나무를 자르고 밧줄로 매듭을 지을 줄 안다는 의미야.」

「그래서 뭐?」

「티무르가 제3의 눈을 이용해 나처럼 인터넷에 접속해 인간들의 기술을 터득한 거야. 앞으로 우리가 상대해야 할 쥐들은 예전의 평범한 쥐들이 아니라 훨씬 진화한, 따라서 더 위험한 상대라는 뜻이야.」

나탈리는 그 광경을 차마 똑바로 바라보지 못하고 두 손으로 눈을 가리고 있다. 나는 다시 집사의 어깨 위로 뛰어올라 길을 재촉한다. 우리는 해의 위치에 의지해 남쪽으로 걸음을 옮긴다.

피타고라스가 집사와 속닥속닥하더니 그녀의 스마트폰에서 음악 소리가 흘러나온다.

「내가 나탈리한테 바흐의 〈골트베르크 변주곡〉을 들려주면 네 긴장이 조금 풀릴 거라고 했어.」

아름다운 선율을 듣고 있어도 쥐들에 대한 공포심은 도무지 떨칠 수가 없다.

「몰입해서 들어 봐. 예술이 공포를 쫓아내 줄 거야.」 내 속마음을 읽은 피타고라스가 말끝을 단다.

「그게 어떻게 가능해?」

「우리의 생각은 화학 작용의 결과야. 우리가 생각이라고 믿는 것이 사실은 우리 몸속에서 움직이는 호르몬이 뇌에 작용해 생기는 결과에 불과하다는 뜻이지. 쥐에 대한 공포심은 아드레날린 분비의 결과이고 음악을 들을 때 느끼는 기쁨은 엔도르핀 생성의 결과야. 그러니 예술의 엔도르핀으로 공포의 아드레날린을 상쇄하면 돼.」

「방금 네가 말한 것도 다 『상대적이고 절대적인 지식의 백과사전』에서 읽은 거야?」

「백과사전은 모든 존재가 가진 직관을 인간의 언어로 설명해 놓은 것일 뿐이야. 누구나 본능적으로 알고 있지만 잊고 있는 것들을 말이야. 표현되는 순간 그것을 다시 상기하게 되는 거지. 죽음과 삶 사이에는 알 수 없는 힘이 존재한다는 생각이 들어. 죽음 앞에 설수록 삶의 부름을 크게 느끼게 되니 말이야. 우리가 목도한 잔인한 처형 장면은 도리어 우리의 감각을 일깨우는 역할을 했어. 아까 그 끔찍한 연출의 목적은, 티무르의 전략은 아마도 우리의 사고를 정지시키는 것이었을 거야……. 공포로 이성을 마비시키겠다는 거지. 그러고 나서 우리의 감정까지 통제하겠다는 거야. 하지만 우리가 우리 내면의 화학 작용을 잘 제어할 수 있으면 놈에게 무작정 휘둘리는 일은 벌어지지 않을 거야.」

예술로 공포를 쫓아 버린다고?

절뚝거림은 한결 나아졌지만 집사의 걷는 속도는 눈에 띄게 떨어졌다. 숨소리가 거칠어지고 관자놀이에 핏

줄이 불뚝불뚝한다. 나는 피곤한 집사의 부담을 덜어 주기 위해 바닥으로 뛰어내려 피타고라스와 나란히 걷기 시작한다.

「여기가 어디쯤일까?」

「파리 남서쪽이야.」

「어디로 갈 생각이야?」

그가 귀를 움직여 오솔길 하나를 가리킨다. 향긋한 고사리 냄새가 코끝에 전해져 온다.

「조금 전에 설핏 인간의 집을 본 것 같아 저쪽으로 가 보려고.」

「쥐들과 맞닥뜨리면 어쩌게?」

「여태 가보지 않은 길을 가겠다는 결정에는 위험이 따르게 마련이야. 아무도 가지 않은 길을 가는 건 익숙한 길을 가는 것보다 당연히 위험하지. 〈삐딱한 두꺼비〉의 법칙에 대해선 웰즈의 백과사전에도 나와 있어.」

「삐딱한 두꺼비들이 뭘 어떻게 했는데?」

22
삐딱한 두꺼비

두꺼비들은 매년 산란지에 가서 알을 낳고 다시 서식지로 돌아오기 위해 대이동에 나선다.

그런데 그사이에 고속 도로가 생겨 늘 다니던 길로는 서식지에 되돌아갈 수 없는 경우가 가끔 발생한다. 군집 본능을 가진 두꺼비들은 그럼에도 불구하고 왔던 길로 다시 돌아가기 위해 함께 고속 도로를 건너다 차에 깔려 죽기도 한다.

물론 두꺼비들이 고속 도로 때문에 왔던 길을 통해 다시 서식지로 돌아갈 수 없게 됐다는 사실을 알 리 없다. 그들은 조상 대대로 지나다닌 길을 이용해 돌아가려 할 뿐이다.

그렇다면 도시화 이후 두꺼비는 멸종했어야 하지 않을까.

그렇게 되지 않은 것은 일종의 집단 지성 덕분이다.

다수의 두꺼비가 익숙한 길로 가려 할 때 다른 길을, 다수가 틀렸다고 생각하는 길을 선택하는 소수의 두꺼비가 있기 때문이다. 그러한 위험을 감수하는 두꺼비들이 있었기 때문에, 삐딱한 기질을 가진 이 두꺼비들이 조상들의 길을 따르지 않고 무모해 보이는 길을 선택했기 때문에 아직 두꺼비라는 종이 사라지지 않은 것이다.

『상대적이고 절대적인 지식의 백과사전』 제12권

23
새로운 지평

나는 할 일이 남아 있는데 마음 편히 쉬는 타입이 못
된다. 나는 얼른 다시 집사의 오른쪽 어깨 위로 뛰어올라,
절뚝절뚝 괴상한 걸음걸이를 하지 말고 속도를 높여 걸
으라고 재촉한다. 그녀가 알아듣기를 바라면서 수시로
귀에 대고 야옹거린다. 집사, 당신이 걷는 속도에 우리
공동체의 생사가 달렸어.

그녀가 길바닥에 주저앉을 때마다 나는 송곳니로 귓
불을 살짝 깨물어 책임감을 일깨워 준다. 나라면 짜증이
나서라도 벌떡 일어나 걸을 텐데…….

피타고라스는 아무 불평이 없다. 아마 나보다 훨씬 인
간을 우러러보기 때문일 것이다. 인터넷에 접속해 인간
세상을 알고 나서부터 그들에 대한 일종의 존경심 같은
게 생긴 것이다. 때로는 그들을 우상화하는 것같이 보이

기도 한다. 하지만 난 그와 다르다. 인간은 고양이를 위해 존재하는 동물에 불과하다고 나는 확신한다.

어서 힘 좀 내, 집사, 얼른 가자고.

어느새 누런 들판이 사라지고 야트막한 언덕들이 나타난다. 우리 일행은 잡초에 가려 길이 잘 보이지 않는 오르막을 오르기 시작한다. 나는 따로 아는 길이 없어 입을 다물고 조용히 집사의 어깨 위에 앉아 있다.

고갯마루에 올라서자 인간들이 지은 웅장한 건물들이 발아래 펼쳐진다. 불길한 예감이 섬뜩 지나간다. 나는 지도자가 갖추어야 하는 중요한 덕목 중 하나가 바로 이런 예지력이라고 믿는다.

「저기로 가지 말자.」 내가 피타고라스의 앞을 가로막는다.

수컷에게는 이런 감이 부족하다. 피타고라스가 제3의 눈을 통해 후천적으로 획득한 지식과 재능은 많을지 몰라도 나 같은 암컷이 태생적으로 가진 날카로운 직관은 있을 리 없지.

「우리에겐 선택의 여지가 많지 않아. 인간의 건물이 나타날 때마다 다른 길로 돌아간다면 제때 지원군을 구해 돌아가기 힘들 거야.」 그가 단호한 목소리로 반박하고 나선다.

삐딱한 두꺼비 얘기를 꺼낸 게 누군데…….

확 트인 언덕 아래 풍경을 내려다보던 나탈리가 피타고라스와 스마트폰으로 얘기를 주고받는다. 샴고양이의 얼굴이 갑자기 어두워진다.

「저기가 베르사유 궁전이래.」

「그게 뭔데?」

「인간 우두머리들이 살았던 궁전 중에서 제일 크고 화려한 곳이야.」

나탈리가 배낭에서 물건을 하나 꺼내 보여 준다. 멀리 있는 물체를 크게 확대해 보여 주는 망원경이라는 것인데, 이게 있으면 여기서도 궁전을 자세히 볼 수 있다고 말한다. 그녀가 가방에서 작은 망원경을 하나 더 꺼낸다.

「나탈리가 시테섬의 한 아파트에 들어갔다가 우리 생각이 나서 들고나와 가방에 넣어 가지고 있던 거래.」 피타고라스가 집사의 얘기를 전한다. 「우리도 이걸로 아래를 살펴보자.」

그가 나탈리한테서 망원경을 받아 양쪽 발바닥 사이에 끼운다. 그가 망원경에 눈을 갖다 대더니 한참 말이 없다.

그에게서 긴장의 파동이 발산되고 있다.

「쥐들이 우글거려.」

「내 차례야, 이리 줘봐! 나도 좀 보자.」 내가 조급한 마음으로 야옹거린다.

나는 망원경에 눈을 갖다 댄다. 간단한 조작으로 집사가 초점 거리를 맞추는 순간, 끔찍한 광경이 벌어진다. 고양이 살려! 내가 쥐 떼 속으로 내던져졌어!

심장이 멎는 것 같아 급히 망원경에서 눈을 떼자 다시 피타고라스와 집사가 있는 안전한 고갯마루에 와 있다.

순식간에 저길 갔다 왔어! 대체 어떻게 된 일이지?

조심스럽게 다시 눈을 갖다 대자 쥐들이 또다시 나를 에워싼다. 나는 망원경을 밀쳐 낸다. 가슴이 방망이질을 친다.

「이게 무슨 일이야?!」

「걱정하지 않아도 돼, 눈이 일으키는 착각이니까. 바로 눈앞에 보이는 것 같지만 사실은 아주 멀리 있어.」 샴고양이가 나를 안심시킨다.

나는 침을 꼴깍 삼킨다. 하여튼 재주 많은 손으로 이런 멋진 물건들을 만드는 인간들이 대단하긴 해. 이런 발명품의 비밀을 밝히는 건 앞으로 우리 고양이들에게 주어진 숙제다.

집사가 웃으면서 머리를 쓰다듬어 주고 나서 다시 내 앞으로 망원경을 내민다. 나는 심호흡을 하고 나서 눈을 갖다 댄다.

집사가 망원경의 배율을 낮춰 주자 풍경이 조금 뒤로 물러나 있다. 베르사유 궁전 전경이 눈앞에 펼쳐진다. 이거였어, 우리가 포로로 잡았던 쥐가 〈커다란 인간의 저택〉이라고 했던 게 바로 이 베르사유 궁전을 말하는 거였어. 나는 조심스럽게 배율을 높인다.

망원경이 마법을 부려 마치 사물을 눈앞에 가져다 놓은 것처럼 자세히 보인다. 철책과 석상, 조각이 새겨진 벽들, 그리고 궁의 1층과 앞뜰을 가득 메운 쥐들까지.

적의 숫자가 수천수만이 아닌 수십만이라는 사실, 그리고 오합지졸이 아닌 조직력을 갖춘 군대라는 사실을 망원경이 똑똑히 알려 준다. 궁 앞뜰에 서 있는 구조물 하나가 눈길을 끈다. 둥그런 돌을 높이 쌓아 올려 만든 소형 피라미드다. 꼭대기는 망루처럼 평평하게 만들어져 있다.

맙소사, 자세히 보니 돌이 아니다.

세상에 어떻게 이런 일이.

인간 해골을 쌓아 만든 탑이라는 것을 깨닫는 순간 등줄기가 서늘해진다.

나는 몸을 한 번 퍼들거리고 나서 다시 렌즈 구멍에 눈을 갖다 대고 배율을 높인다.

조금 전에는 보지 못했던 흰 쥐가 한 마리 보인다. 쥐 여섯 마리가 이 흰 쥐를 떠받쳐 들고 걸어가자 주변에 있던 쥐들이 길을 터주며 머리를 조아린다. 흰 쥐가 해골탑 꼭대기로 올라가더니 앞으로 나와 자리를 잡고 앉는다.

네 놈이 티무르구나.

놈은 내 예상보다도 덩치가 작다. 시뻘겋게 핏발이 선 눈에서 광채가 번뜩이고, 멀리서도 이마 위에 뚫려 있는 제3의 눈이 선명히 보인다. 몸짓 하나, 시선 하나에서 카리스마가 풍긴다. 피라미드 아래 쥐들이 귀를 납작하게 붙여 복종심을 나타내고 있다.

흰 쥐가 휘파람 같은 소리를 내자 쥐들이 똑같은 소리로 응답한다. 귀를 찢는 듯한 기분 나쁜 소리가 고갯마루까지 올라온다. 티무르가 천천히 몸을 일으키는 게 보인다. 놈이 자연스럽게 뒷발로 직립 자세를 취하고 군중을 내려다본다.

그가 다시 한 음 높게 울음소리를 내자 아래 있는 쥐들이 일제히 뒷발로 일어서더니 메아리 같은 함성으로 응답한다.

「여기서 지체할 시간이 없어.」 피타고라스의 목소리에서 다급함이 감지된다. 「적의 숫자로 보아 이 주변에도 분명히 정찰병들이 있을 거야. 놈들 눈에 띄면 끝장이야.」

나는 해골탑 위에 뒷다리로 서 있는 쥐들의 왕에게 정신이 팔려 대꾸도 하지 않는다. 적장이 군대를 향해 연설을 시작하는 것 같아 보인다. 나는 망원경에서 눈을 떼지 못한 채 피타고라스에게 묻는다.

「놈의 이마 위에 뚫려 있는 구멍 봤어? 왜 네 것보다 더 작아 보이지?」

「내 USB 단자는 구식이고 놈의 것은 최근에 개발된 초소형 단자일 거야. 서두르자, 바스테트, 어서 도망쳐야 해.」

「잠깐만. 적들을 정확히 파악하는 것도 중요해.」

「우리가 여기서 놈들을 볼 수 있으면 놈들도 얼마든지 우릴 볼 수 있다는 뜻이야.」

「거리가 얼마나 먼데, 그럴 리가 없어. 놈들은 망원경도 없잖아.」

피타고라스가 꼬리 끝을 움직여 한쪽을 가리킨다. 우리를 향해 돌진해 오는 쥐들의 모습이 보인다.

이번엔 피타고라스 말이 맞네. 우리가 냅다 뛰기 시작하자 반대쪽에서 또 한 무리의 쥐가 나타나 길을 막는다. 얼마나 힘들게 여기까지 왔는데 벌써 포로로 잡힐 순 없다.

우리는 적들을 향해 정면 돌파를 시도한다. 추격해 오는 놈들을 성공적으로 따돌리고 나자 피타고라스가 적의 야간 기습 공격에 대비해 나무 위로 올라가자고 제안한다.

나탈리는 자다가 떨어질지 모른다면서 나무 둥치에 기대 잠을 청한다. 쥐들이 공격해 오면 집사가 먼저 비명을 질러 알려 줄 테니 내가 자다 깨 달아날 시간은 충분히 있을 거야.

긴 하루를 보내고 피타고라스와 둘이서만 오붓한 시간을 갖게 되자 나는 그의 파란 눈을 그윽하게 쳐다본다.

「흠, 우리가 상대할 놈이 보통 놈은 아닌 것 같아.」

내 말에 피타고라스가 짧게 대답한다. 「백약이 무효일 것 같아 걱정이야.」

우리는 서로 다정하게 털을 골라 준다. 몸을 밀착시키고 꼬리를 포개 감는다. 나는 피타고라스를 좋아하지만 그의 비관주의는 싫다. 나는 우리가 살아 있는 한 무슨 문제든 해결할 수 있다고 믿는다. 지금처럼 그와 함께 있으면 불가능한 게 없다고 생각한다.

이러니저러니 해도 피타고라스는 내가 지금껏 만난 고양이 중에서 가장 잘생기고 똑똑한 수컷이다.

24
피타고라스

그리스의 과학자이자 철학자 피타고라스는 직각 삼각형 세 변의 길이에 일정한 관계가 있다는 사실을 최초로 밝혔다. 그는 직각 삼각형에서 직각을 낀 두 변의 길이를 각각 a, b라 하고 빗변의 길이를 c라 하면 $a^2+b^2=c^2$이 성립한다는 피타고라스의 정리를 만들었다. 피타고라스의 업적은 이것뿐만이 아니다. 그는 〈철학〉과 〈수학〉이라는 단어를 만들고 피타고라스의 음률을 찾아내기도 했다.

피타고라스는 사모스섬에서 태어났다. 그의 어머니는 아기가 생기지 않자 델포이 신전의 여사제 피티아를 찾아갔다. 여사제는 신탁을 받아 전하며 다재다능한 아이를 낳게 될 것이라고 했다. 예언대로 아기가 태어나자 그녀는 아기의 이름을 〈피티아가 점지한〉이라는 뜻을 가진 피타고라스라고 지었다.

피타고라스는 그렇게 기원전 570년에 태어났다. 그는 인물이 출중하고 아주 어려서부터 운동에 재능을 보였다. 음악에도 조예가 깊어 리라와 피리를 잘 다뤘다.

보석상이었던 아버지가 어느 날 그런 아들에게 이집트 멤피스 신전의 사제들이 주문한 세공 반지를 전달하고 오라고 했다. 이집트의 신비를 경험하고 싶었던 청년은 기꺼이 여행에 나섰다. 그런데 그가 멤피스에 머무는 동안 이집트는 캄비세스 2세가 이끄는 페르시아 군대에 침략당한다. 피타고라스는 신전이 약탈당하고 파라오가 공개 처형되고 사제들과 귀족들이 죽임당하는 광경을 무력하게 지켜보았다. 그는 가까스로 지금의 이스라엘인 유대 땅으로 도망쳤고, 거기서 히브리 사제들을 만나 유대교를 접하게 된다.

하지만 그가 머물던 지역 역시 지금의 이라크 땅에 있던 바빌로니아의 침략을 받는다. 그는 포로로 잡혀 노예로 끌려간다. 피타고라스는 감옥에서 랍비들, 오르페우스를 숭배하는 사제들, 그리고 칼데아의 사제들을 만나게 된다. 그렇게 새로운 종교를 접한 피타고라스는 사제들의 도움으로 감옥에서 도망쳐 동쪽을 향해 길을 떠난다. 인도에 도착한 그는 힌두교도 접하게 된다. 세계를 두루 여행하며 견문을 넓힌 그는 델포이 신전에 돌아와 새로운 피티아와 사랑에 빠진다. 신전의 여사제들로부터 가르침을 받던 그는 드디어 고향인 사모스섬으로 돌아가지만, 폴리크라테스 독재하의 그리스를 떠나 다시 서쪽으로 여행을 계속한다. 그는 이탈리아 남부의 크로토네에 정착해 주민들에게 도시의 운영을 맡아 줄 테니 학교를 설립할 수 있게 해달라고 한다.

피타고라스는 자신이 세운 학교에서 운동과 의학, 기하학, 천문학, 지리, 정치, 음악 등 다양한 분야를 가르치기 시작한다. 신입생 선발은 지능과 용맹성을 기준으로 엄격히 이루어졌다. 피타고라스의 학교에 입학하려는 신입생은 모든 것을 포기해야 했다. 피타고라스 학교는 여성과 외국인, 노예에게 입학을 허가한 최초의 교육 기관이었다. 학교에는 강의실 외에도 수많은 분야를 연구하는 실험실들이 갖춰져 있었다. 피타고라스는 정신과 과학 사이에 다리를 놓는 데 일생을 바쳤다. 수(數)의 신비에서 모든 것의 해답을 찾고자 했던 그는 평생 〈만물의 근원은 수〉라는 철학적 신념을 견지했다.

기원전 495년, 피타고라스 학교 입학을 거부당한 크로토네의 귀족 킬론이 앙심을 품고 시민들을 부추겨 폭동을 일으켰다. 그는 피타고라스학파가 엘리트주의라고 비난했고, 학교 안에 보물이 숨겨져 있다는 소문으로 대중을 현혹했다. 그의 말에 속은 사람들이 학교를 공격해 건물을 불태웠고, 스승을 지키려던 학생과 교사들을 무참히 살해했다. 이 난리의 와중에 피타고라스도 목숨을 잃었다. 피타고라스의 저작은 모두 불타 없어졌지만 그의 생각은 스승의 업적과 가르침을 기억했다가 후세에 전한 제자들을 통해 살아남았다. 피타고라스의 유명한 계승자로는 소크라테스와 플라톤, 로마의 건축가 비트루비우스 등이 있다.

『상대적이고 절대적인 지식의 백과사전』제12권

25

급수탑

우리 엄마는 〈걱정한다고 달라지는 건 아무것도 없단다〉라고 했지만, 두려움이 스멀스멀 밀려드는 건 어쩔 수 없다.

잔인하게 처형당한 늑대들, 베르사유 궁전에 운집한 수십만 마리의 쥐, 해골탑과 뒷다리로 일어서 호령하던 적장을 두 눈으로 똑똑히 봤는데 어떻게 불안하지 않을 수가 있을까.

내 두려움은 서서히 현실이 되어 눈앞에 나타난다. 우리가 지나간 크고 작은 마을 여러 개가 초토화되어 있다. 개미 새끼 한 마리 보이지 않는다. 쥐 군단의 목표가 오로지 파괴와 학살에만 있다는 증거이다.

쥐 떼가 쓸고 지나간 자리에는 역한 오줌 냄새와 시커먼 쥐똥 무더기만 남아 있다.

늘대와 똑같은 방식으로 처형당해 길에 버려진 개와 고양이의 사체도 간간이 눈에 띈다. 놈들이 자신들의 존재를 과시하기 위해 남긴 의도적 메시지가 분명하다.

나탈리는 오래전부터 위태로운 걸음걸이로 걷고 있다. 기력이 소진한 데다 희망마저 잃어 언제 쓰러질지 알 수 없다.

큼큼, 익숙한 냄새가 난다. 이건 오줌 냄새다, 쥐 오줌이 아니라 고양이 오줌.

「이쪽, 냄새 좀 맡아 봐!」 내가 피타고라스를 향해 소리를 지른다.

우리는 나탈리한테는 설명도 해주지 않고 냄새를 쫓아 뛰어가다시피 한다. 진원지는 바로 위가 깔때기 모양으로 넓게 벌어진 둥근 탑이다. 탑 아래쪽에서 반가운 고양이 오줌 냄새가 풍기고 있다.

「야옹!」

나는 탑 위를 올려다보며 소리를 지르고 나서 잠시 기다린다.

「야옹!」

조그만 목소리가 화답해 온다.

피타고라스와 나는 출입구로 보이는 녹슨 철문을 하나 발견한다. 뒤따라 도착한 집사가 큰 자물쇠가 굳게 잠겨 있는 문을 열어 보려 하지만 실패한다. 그녀가 문 아래쪽을 손으로 가리킨다. 작은 고양이 출입문이 하나 보인다. 이곳에 있는 고양이들이 무사한 이유가 있었구나. 탑의 유일한 출입구인 이 문 뒤에서라면 안으로 들어오려는 쥐들을 쉽게 죽일 수 있었을 것이다. 철골 구조에다 둥그런 형태의 탑이 그동안 고양이들에게 완벽한 요새 역할을 했던 거야. 나는 마음이 급해져 피타고라스에게 통역을 부탁한다.

「집사한테 밖에서 기다리라고 말해 줘. 여기 있는 고양이들을 설득해 우리 편으로 만들고 나서 다시 만나자고. 얼마 안 걸릴 테니 너무 걱정하지 말라고. 혹시 길어지면 탑 뒤에 창고가 있으니 들어가 자라고 전해. 아까 오면서 봐뒀어.」

피타고라스의 통역을 들은 나탈리가 고개를 끄덕이더니 이 구조물이 급수탑이라고 가르쳐 준다.

「네가 먼저 들어갈래? 아니면 내가 먼저 들어갈까?」 피타고라스가 묻는다.

「내가 먼저 들어갈게.」

내가 앞뒤로 움직이는 고양이 출입문을 머리로 조심스럽게 밀고 들어간다. 피타고라스가 바로 뒤에서 따라 들어온다. 연한 갈색 몸통에 머리가 검은 버마고양이 한 마리가 마중을 나와 킁킁거리면서 냄새를 맡는다. 그가 내 옆구리에 머리를 비비대더니 앞장서 걷기 시작한다.

버마고양이가 구불구불한 나선형 계단을 올라간다. 위로 올라갈수록 고양이 오줌 냄새가 점점 강해진다. 긴장한 표정이 역력한 피타고라스가 내 뒤에 딱 붙어 따라 올라온다.

얼마 만에 맡는 고양이 냄새야.

이 정도면 한두 마리가 아니겠는걸.

드디어 계단 꼭대기에 올라서자 확 트인 공간이 펼쳐진다. 넓적한 띠 같은 테두리가 둘린 둥그런 수조 안에 파란 물이 가득 차 있다.

작은 호수를 떠올리게 하는 수조의 가장자리를 따라 고양이 수백 마리가 앉아 한가로이 시간을 보내고 있다. 수면의 절반을 뒤덮은 연꽃 사이로 청개구리들과 시끄럽게 우는 흑두꺼비들이 이따금 하늘로 몸을 솟구친다.

버마고양이가 책상같이 생긴 물건 앞으로 우리를 안내한다. 여러 개의 쿠션을 놓아 옥좌처럼 꾸민 곳에 수고양이 한 마리가 등을 꼿꼿이 펴고 앉아 있다. 배를 드러낸 암컷들이 요염하게 옆에 누워 있다. 눈을 감고 있는 수컷의 등을 한 암컷이 부지런히 핥아 준다.

수컷의 생김새가 특이하다. 털이 전혀 없고 피부가 인

간처럼 발그스름하고 매끄럽다. 궁금한 마음에 내가 피타고라스에게 자그마한 소리로 묻는다.

「저게 무슨 종인지 알아?」

「스핑크스고양이야. 나도 말만 들었지 실제로 보는 건 처음이야. 고양이종 중에 역사가 가장 오래된 귀한 종이고 지능도 가장 높다고 하더라.」

지능이 가장 높다고?

「하지만 치명적인 약점이 한 가지 있지. 추위에 정말 약해. 털이 없으니 겨울이 아주 고역일 거야.」

스핑크스고양이가 그제야 눈을 뜨고 나를 쳐다본다. 눈동자는 의외로 크고 파랗다. 넓고 큰 귀가 높이 솟아 있다. 흠, 독특한 매력이 있네. 피부에 주름이 많고 코에 수염이 없는 것으로 봐선 나이가 많을 것 같은데 의외로 혈기왕성한 체취가 느껴진다. 시선을 맞추고 바라보니 눈빛이 깊고 그윽하다.

그가 고개를 돌리며 긴 목을 쭉 빼더니 탄식 같은 한숨을 내뱉는다. 이렇게 불쑥 찾아와 귀찮게 할 정도라면 급한 용무여야 한다는 뜻이 담긴, 거만한 한숨이다. 버마고양이가 우리를 향해 스핑크스고양이 앞으로 다가가 용건을 설명하라고 발짓을 한다. 스핑크스고양이가 머리를 까딱하더니 입을 연다.

「어디서 왔소?」

「파리에서 왔어요. 북쪽에 있는 도시죠.」 피타고라스
가 대답한다.

스핑크스가 아는 체를 하며 덧붙인다.

「파리는 벌써 지하철 통로와 하수구를 통해 이동하는
쥐들의 손아귀에 들어갔다고 하던데.」

「전부는 아니에요. 여전히 쥐들에게 저항 중인 섬이
센강에 하나 남아 있죠. 우린 그 섬에서 왔어요.」

「그렇게 방어가 잘되는 섬에서 왜 나왔소?」

나는 설득력을 높이기 위해 뒷다리로 벌떡 일어선다.

「섬이 쥐 군단에 포위됐어요. 적들이 공격을 개시하지
않고 우리를 밖에서 포위하고 있죠.」

내 얘기를 잘 따라오고 있다는 뜻으로 스핑크스가 고
개를 한 번 끄덕인다. (예전에 엄마가 고개를 아래위로
끄덕이는 행위는 〈네〉를 의미하는 만국 공용어라고 이야
기해 준 적이 있다. 엄마 젖을 물고 싶은 세상 모든 아기
가 그런 행동을 한다고 엄마는 말했다. 반대로 아기가 머
리를 옆으로 흔들면서 도리질을 하는 건 젖을 빨 생각이
없다는 뜻이라고 했다. 피타고라스한테 이걸 말해 주고
『상대적이고 절대적인 지식의 백과사전』에 나와 있는지
확인해 보라고 해야겠다.)

「그런데 당신 둘은 어떻게 그 포위를 뚫고 나왔소?」

「하늘을 날아서 나왔어요.」

처음으로 스핑크스의 눈빛이 흔들리는 게 보인다. 털이 없는 그의 눈두덩이 씰룩한다.

「당신들이 새처럼 날 수 있다고?」

「우리 인간 집사들이 하늘을 날 수 있는 가벼운 열기구를 만든 덕분이에요. 그 기구를 타고 쥐들의 포위망을 뚫어 여기까지 올 수 있었어요.」

그가 점점 흥미를 보이는 눈치다.

「그래서 어디에 내렸소?」

「쥐 떼가 운집해 있는 베르사유 궁전 근처에 착륙했어요.」

지금부터는 보나 마나 뻔한 얘기일 테니 흥미가 없다는 뜻으로 스핑크스가 크게 한숨을 내쉰다.

「우린 적들의 우두머리가 누군지 알게 됐어요.」 피타고라스가 거들고 나선다.

「아, 그래? 그게 누구요?」

「아담한 체구에 눈이 새빨간 흰 쥐예요. 오랫동안 인간들의 실험용 쥐로 살았던 쥐죠. 하지만 그는 인간들의 컴퓨터에 접속해 그들의 지식을 모두 습득한 덕에 동족에 비해 뛰어난 지능과 지식을 갖게 됐죠.」

스핑크스가 길고 까끌까끌한 혀로 자신의 등을 핥아주고 있는 암컷에게 물러나라는 신호를 보내더니 매끈한 분홍색 꼬리를 쫙 펼친다. 순간 나는 놀라움을 금치 못한다. 끝에 달린 은빛 털 몇 오라기만 없으면 영락없는 쥐 꼬리로 보이기 때문이다.

이 이미지는 즉각 어떤 감정을 불러일으킨다. 내 몸속에서 압력이 분출하는 느낌이 온다. 눌러 보려고 해도 마치 밀물처럼 혈관을 타고 뇌로 치솟아 올라와 아래턱에 통제 불가능한 떨림을 일으킨다. 목구멍이 간질거린다. 어서 입을 벌려 압력을 해소하고 싶다. 도저히 참지 못하겠다.

안 돼, 지금은 안 돼.

나는 압력을 몸속에 가둬 놓으려고 안간힘을 쓴다. 그냥 두 발 들고 말 것 같아. 너무도 강력한 힘이 나를 압도하고 있어. 이러다 뇌가 불타 버리면 어쩌지.

아니야, 지금은 아니야! 참아야 해.

나는 참다못해 결국 입을 벌린다. 코르크 마개가 뻥 소리와 함께 튕겨 나올 때의 시원한 느낌. 절대적 해방감. 나는 입속에 가득 찬 공기를 배출하면서 혀를 차고, 침을 튀기고, 캑캑거린다.

내가…… 웃고 있잖아!

스핑크스고양이가 황당해하며 나를 빤히 쳐다본다. 어디가 아파서 이런다고 생각할 거야. 내 시선이 연신 자신의 꼬리로 향하는 걸 보면 비웃는다고 생각할지도 몰라.

좌중이 모두 어리둥절한 표정으로 나를 쳐다본다. 피타고라스만이 상황을 파악하고 옆에서 그만하라고 눈치를 준다. 참, 마음대로 웃지도 못하다니. 샴고양이가 내게 힐난하는 시선을 보낼수록 더 크게 웃고 싶어진다. 멈춰야겠다고 생각할수록 멈추기가 더 힘들다.

이 현상은 내가 통제할 수 있는 게 아니야.

이건 내 잘못이 아니라 웃음의 잘못이야.

지금 내게 일어난 현상은 고양이가 인간에게 배워야 하는 두 번째 개념이 분명하다. 웃음을 일으키는 바로 그 유머라는 개념. 하필이면 그걸 지금 같은 최악의 상황에서 체득하게 될 게 뭐람.

나는 목에 뭐가 걸린 것처럼 기침을 하며 캑캑댄다.

「무슨 일인지 물어봐도 되겠소?」 보다 못한 스핑크스가 묻는다.

「내가, (억지로 웃음을 참으면서 한 야옹 한 야옹 또박또박 말하기가 얼마나 힘든지) 나는…… 저기 내가…….」

꼬리를 쳐다보면 안 돼.

「대신 사과드리죠.」 피타고라스가 얼른 끼어들어 사태를 수습한다. 「저건 그러니까 일종의…… 알레르기예요. 주변에 꽃가루와 먼지가 많이 날리는 모양인지 급성 알레르기 반응을 보이네요.」

「아, 저런 반응은 난생처음 봐서.」 털 없는 고양이가 여전히 의아한 표정으로 나를 쳐다본다.

「나는…… 나는…….」

나는 사레가 들린 것처럼 계속 불규칙한 숨을 토해 낸다. 내가 여전히 야옹을 잇지 못하자 피타고라스가 다시 개입한다.

「파리 시테섬의 포위를 뚫으려면 당신들의 도움이 필요하다고 말하려는 거예요. 백 마리 정도만 파견해 주면 해결될 것 같은데, 도와주겠습니까?」

나는 호흡이 멎을 듯 경련이 일어 피타고라스의 등 뒤로 몸을 숨긴다. 우스꽝스럽게 생긴 꼬리가 신경질적으로 팔딱거리기까지 하니 도저히 웃지 않을 재간이 없다. 쳐다보지 않는 수밖에 없어.

「내가 거절하면 어떡할 거요?」 스핑크스가 냉담한 어조로 말한다.

「우리 섬 공동체는 파멸할 수밖에 없겠죠.」 샴고양이가 대답한다.

피타고라스 뒤에 몸을 숨겼는데도 웃음을 참을 수가 없다. 상황이 걷잡을 수 없다.

당장 웃음을 멈춰야 해. 유머는 쓸데없고 위험하기만 한 거야.

하지만 유머의 힘은 갈수록 나를 압도한다.

「당신들 말이 모두 사실이라면, 나도 고민을 좀 해봐야겠소…….」스핑크스가 진지한 표정으로 야옹거린다.

그러더니 다시 꼬리로 바닥을 탁탁 내리치기 시작한다.

「왜 망설이는 거죠?」피타고라스가 언성을 높인다.

「상대가 다름 아닌 위협적인 쥐 군단인데, 누군들 망설이지 않겠소?」

「숫자가 많은 건 사실이지만 저들은 몸집이 작고, 우리처럼 뺐다 넣었다 할 수 있는 발톱도, 뾰족한 송곳니도 없어요.」

스핑크스가 길고 매끄러운 꼬리를 말아 넣는다. 뭔가에 생각을 집중할 때 보이는 행동이 분명하다. 나는 그의 꼬리가 눈앞에서 사라지고 나서야 겨우 웃음을 멈춘다.

생각에 잠겨 있던 스핑크스가 다시 말문을 연다.

「우리가 당신들을 돕는다고 합시다. 그다음은 어떻게 될까? 쥐들은 무서운 번식력을 가지고 있소. 알다시피 우리보다 새끼를 훨씬 많이 낳지.」

피타고라스가 즉각 응수한다.

「고양이들이 짝짓기를 많이 하지 않아서 그래요. 앞으로 우리가 더 부지런히 교미를 해서 새끼를 더 많이 낳으면 금세 대군을 일으킬 수가…….」

「어느 세월에. 저들을 죽이는 게 더 빠른 해결책일 것 같은데.」

「맞습니다. 우리가 힘을 합하면 저들을 충분히 제압할 수 있어요. 연대하면 더 강해질 수 있지만 고양이들의 본능인 개인주의와 이기주의 때문에 결코 쉽지 않다는 걸 알아요.」

「결정은 내일 알려 줄 테니 물러가 쉬고 계시오. 누누르가 거처를 알려 주고 손님 대접을 잘해 드릴 테니 따라가시오.」

스핑크스가 발짓을 하자 털이 밤색인 우람한 고양이 한 마리가 나타나 말한다.

「내 이름은 누누르예요.」

「내가 잘못 아는 게 아니라면 그건 인간들이 곰 인형을 가리킬 때 쓰는 말인데요.」 피타고라스가 고개를 갸웃거린다.

「맞아요. 난 여기 오기 전에 아이들이 많은 인간 가정에서 살았어요. 그 때문에 가족적인 분위기를 좋아하고 전쟁에는 강박적인 거부감을 느끼죠.」

이 고양이는 인간들이 우리를 인형 취급하는 이유를 단적으로 보여 주는 존재군. 누누르가 우리를 마을로 안내한다. 앞장서서 걷는 그의 걸음걸이에서 위풍당당함과 힘이 느껴진다.

덩치가 저러면 뭐 해. 싸우는 걸 싫어하고 자기 자신을 심심한 인간 아이들의 장난감으로 여기면 힘이 세도 아무 소용이 없지.

폭력을 숭상하는 아들 안젤로와 달리 나는 전쟁 예찬론자가 아니다. 내가 싸움을 마다하지 않는 이유는 투쟁이 자연의 법칙이라는 걸 알기 때문이다. 고양이가 쥐를 잡아먹는 것도 다 그런 이치 아닌가. 식물이라도 예외는 아니다. 담쟁이덩굴이 올리브나무를 휘감아 숨통을 막는 걸 전쟁이 아닌 어떤 다른 말로 설명할 수 있을까.

우리도 가끔 개나 쥐들과 경쟁을 벌여야 할 때가 있다. 물론 하고 싶어서 하는 게 아니다. 죽지 않으려면 죽이는 수밖에 없으니까 하는 것이다. 누누르는 전쟁에 거부감을 느낀다고 했다. 하지만 투쟁을 두려워하는 건 천둥을 두려워하는 것이나 마찬가지다. 그건 자연의 법칙을 받아들이지 않겠다는 뜻이다. 천둥이 쳐야 비가 쏟아지고,

비가 와야 식물이 자라고, 식물이 자라야 초식 동물이 살고, 초식 동물이 살아야 육식 동물이 살 수 있는 것 아닌가. 이런 자연의 이치를 내게 깨닫게 해준 피타고라스가 생각하면 생각할수록 고맙다.

투쟁의 법칙은 만물의 관계를 지배하는 법칙이다. 그 사실을 직시하지 않으려는 건 평화주의가 아니라 몰지각함이다. 나는 〈전쟁을 해야 사랑이 찾아오고, 그래야 비로소 안식을 얻을 수 있다〉는 삶의 철학을 갖게 됐다. 물론 지금 손님으로 와 있는 여기에서 하기에는 너무도 철학적인 얘기겠지만.

누누르를 따라 수조 가장자리를 걷다 보니 여러 층으로 이루어진 벽감 같은 집들이 보인다.

「내가 그동안 꿈꿔 온 이상적인 도시 형태야. 쥐도 인간도 없는 고양이들만의 도시 말이야.」 샴고양이가 감격에 벅차 야옹거린다.

「난 자꾸만 불안해져. 뭔가 불편한 공기가 감지돼. 이 고양이들이 우리에게 감추는 게 있는 것 같아.」

「뭐든 의심부터 하지 마, 바스테트! 이들은 파라다이스 공동체를 살리는 데 필요한 우리의 잠재적 동맹이야. 지금 중요한 건 그 사실 하나뿐이야.」

누누르가 급수탑 가장자리의 구멍 하나를 가리키며

우리가 머물 거처라고 알려 준다.

「식사는 알아서 호수에서 해결해요. 개구리보다는 맛이 더 좋은 두꺼비를 추천해요.」

누누르가 등을 돌리자마자 피타고라스가 나를 나무라기 시작한다.

「아까 너 때문에 다 망칠 뻔했어.」

「나도 어쩔 수 없었어! 은빛 털이 달랑 몇 오라기 붙어 있는 매끈한 꼬리를 보는 순간 도저히 억누를 수 없는 충동을 느꼈단 말이야.」

「너 때문에 우리 계획이 수포가 될 뻔했잖아.」

「스핑크스가 기분 나빴을까?」

「웃음이 뭔지 모르니까 네가 웃는다는 건 몰랐겠지. 하지만 분명히 부자연스럽다고 느꼈을 거야. 네 태도에 뭔가 말 못 할 이유가 있으리라 짐작했을 거야.」

나는 슬쩍 화제를 돌린다.

「누누르는 종이 뭐야?」

「메인쿤이라는 종이야. 가장 덩치가 큰 고양이종으로 알려져 있지. 몸길이 1미터 20센티미터, 몸무게가 15킬로그램이 나가는 것도 있다고 들었어. 아마도 우리들의 조상인 스라소니와 가장 유사한 집고양이일 거야.」

「스핑크스와 누누르는 상호 보완적인 조합 같아. 하나

200

는 털이 없이 매끈하고 다른 하나는 털이 길다 못해 귀 밖으로 삐져나오기까지 하니 말이야.」

한가로이 호숫가를 산책하는 고양이들이 눈에 들어온다.

「상대를 외모로 판단해선 안 돼.」 피타고라스가 핀잔을 준다.

「저들이 우릴 도와준다고 할까?」 나는 못 들은 척 다시 화제를 바꾼다.

「거절하면 결국 저들도 우리처럼 쥐들의 공격을 받을 수밖에 없어. 영원히 이 급수탑 안에서만 살 수는 없으니까.」

「저들은 아직 그 사실을 인식하지 못한 것 같아.」

「우리 군과 방어력에 대해서도 제대로 모르니까.」

「아까 무적의 한니발에 대해 얘기해 줄 걸 그랬나 봐. 그랬으면 태도가 달라졌을지도 모르잖아.」

내가 아쉬움을 토로하자 피타고라스가 대답한다.

「저들은 아마 사자가 뭔지도 모를걸.」

갑자기 아득한 비현실감이 느껴진다. 내가 아무리 바른 판단을 내려도 주변의 편협한 존재들이 이해를 못 하면 무슨 소용인가. 그게 얼마나 피곤한 일인가. 어리석은 존재들로 가득 찬 세상에서 버티려면 앞으로도 엄청난

노력이 필요할 게 분명하다.

「동맹 체결만이 우리들도 자신들도 살길이라는 당연한 사실을 저들이 받아들이지 않는 한 결국 우리 계획은 실패로 돌아갈 수밖에 없는 거네.」

내가 작금의 상황을 요약하자 피타고라스가 앞발로 귀를 박박 긁으면서 말을 받는다.

「제2차 세계 대전이 한창이던 1940년에 미국은 독일과 싸울 연합군의 일원이 될 생각이 손톱만큼도 없었어. (훗날 대통령이 된 존 F. 케네디의 아버지인) 조 케네디 같은 사람은 오히려 미국이 독일 편에 서야 한다며 목소리를 높였지. 많은 유명 배우들과 인기 정치인들, 기자들도 나치 독일을 지지했어. 좌파 지식인들조차 평화주의를 내세우며 불개입을 옹호했지. 미국은 독일의 우방인 일본이 진주만 기지를 기습적으로 공격하고 나서야 정신이 번쩍 들어 참전을 결정했어. 그런 결정적 계기가 없었다면 아마 끝까지 중립을 유지했을 거야.」

「왜 그랬을까?」

「복잡해지는 게 싫고, 양측에 무기를 팔아 돈이나 벌고 싶었던 거지. 미국이 끝까지 행동에 나서지 않았다면 지금 전 세계는 나치의 지배를 받고 있을지도 몰라……. 당연히 미국도 마찬가지일 테고. 이렇듯 하나의 사건이 세상의 흐름을 뒤바꿀 수도 있어.」

〈진주만〉, 〈나치〉, 〈히틀러〉, 〈일본〉, 이런 것들을 지금까지 들어 본 적도, 그러니 당연히 알지도 못하지만, 피타고라스가 말하려는 게 무엇인지 대충 감이 온다. 비겁함은 득이 되지 않고 독이 된다는 뜻이 아닐까.

「가서 뭘 좀 먹자, 배고파.」 피타고라스가 나쁜 생각을 떨치려는 듯 몸을 부르르 털며 자리에서 일어난다.

나처럼 물을 무서워하지 않는 그가 호수로 뛰어들어 행동이 굼뜬 양서류 몇 마리를 잡아 올린다. 개구리나 두꺼비나 똑같이 진흙을 씹는 뒷맛이 남지만 배가 고파 이것저것 가릴 처지가 아니다. 나는 웬만큼 허기를 채우고 나서 우리 앞에 놓인 과제를 다시 언급한다.

「망설이는 저들을 우리 편으로 만들 방법을 어떻게든 찾아야 해. 우리 엄마가 〈어떤 문제든 해결책은 있단다, 모든 건 상상력에 달렸어〉라고 했어.」

「너희 엄마가 어떤 분이지 난 몰라. 하지만 인용구를 끌어와 해결책을 찾으려는 사람들을 나는 별로 신뢰하지 않아. 자신만의 인용구를 만들 상상력이 없는 사람들이기 때문이야.」

방금 우리 엄마를 모욕했어? 나를 걸고넘어지는 거야? 비웃는 거야?

나는 되받아치려다 참고 귀를 긁는다. 왼쪽 뒷다리를 머리 위로 번쩍 들어 올리고 나서 아랫배를 할짝할짝 핥는다. 생각을 집중할 일이 있을 때 내가 버릇처럼 취하는 자세다. 피타고라스도 나를 따라 하더니 가벼운 한숨을 내쉰다.

「일단 자자. 내일 스핑크스가 어떤 대답을 내놓을지 기다려 보는 수밖에.」

그는 말을 끝내기 무섭게 눈을 감더니 이내 코까지 골기 시작한다.

누가 수컷 아니랄까 봐. 결정적인 순간에 꼭 잠이 든다니까.

나는 생각이 정리되지 않은 상태로는 잠을 못 이루는 타입이다. 막연한 기대를 품고 무조건 기다리는 건 나와 맞지 않는다. 〈네 행복이 다른 사람의 결정에 좌우되는 순간 불행은 시작이야〉라고 엄마가 말하지 않았던가.

피타고라스 씨, 미안하지만 우리 엄마 말이 옳아. 그 말을 수시로 떠올리는 나도 당연히 옳고!

엄마의 말은 지금까지 내 삶의 좌표 역할을 했다. 절대 남이 내리는 결정에 좌지우지되지 말라고, 나와 관련된 결정에는 반드시 내 의사를 반영시켜야 한다고 엄마는 가르쳐 주었다. 요행을 바라지도 상대의 친절함을 기대하지도 말라고, 도리어 상대가 내 선택과 결정에 두려움을 느끼게 만들어야 한다고 엄마는 말했다.

피타고라스가 세상모르고 곤히 자고 있다. 얇은 눈꺼풀 밑이 울뚝불뚝 움직이는 걸 보니 꿈을 꾸는 중인 게 분명하다. 꼬리도 가늘게 떨리고 있다.

아마 내 꿈을 꾸고 있을 거야.

나는 (인간들과 오래 살다 보니 자신들이 야행성이라는 사실도 잊은) 고양이들이 모두 잠들기를 기다렸다 거처를 빠져나온다. 사방에서 코 고는 소리를 들으며 조용히 스핑크스의 침소로 향한다.

그는 옥좌에서 잠들어 있다. 발치의 암컷들도 모두 눈을 감고 깊은 잠에 빠져 있다. 흠, 눈을 씻고 봐도 나만 한 미모를 가진 암컷은 없군.

나는 살그머니 스핑크스에게 다가가 귀 안쪽을 까끌까끌한 혀로 핥아 준다. 누가 나한테 하면 질색하는 짓을 이렇게 아무렇지 않게 남한테 하는 고약한 취미. 스핑크스가 크고 파란 눈을 번쩍 뜬다. 나는 재빨리 몸을 돌려 뒤태를 과시한다. 꼬리를 들었다 내렸다 하면서 엉덩이를 슬쩍슬쩍 보여 준다.

상대가 머뭇거리는 모습을 보인다. 역시 첫인상 그대로야. 아무리 역사가 오래되고 똑똑한 종이면 뭐해, 똑똑한 게 빠른 의사 결정에 방해가 되면 그건 장점이 아니라 단점이지.

나는 스핑크스의 코에 코끝을 살짝 갖다 대면서 요염한 목소리로 말한다.

「이리 와봐요, 잘생긴 고양이.」

전쟁만 망설이는 줄 알았더니 사랑도 망설이네.

나는 작전을 바꿔 앞발로 그의 콧등을 한 대 후려친다. 그러고 나서는 검지 발톱으로 콧구멍을 할퀸다. 그의 매끈한 피부 위에 피가 한 방울 떨어진다.

스핑크스가 당혹감을 감추지 못한다.

나는 얼른 귀를 납작하게 붙여 사과와 복종의 뜻을 전한다. 일종의 채찍과 당근 전략이라고 할까. 내 전술이 통했는지 그가 킁킁거리며 다가와 냄새를 맡더니 내게 따라오라는 신호를 보낸다.

그가 잠든 암컷들을 뒤로하고 급수탑의 바깥쪽 가장자리로 향한다. 훤한 보름달 아래서 그가 결국 내 유혹에 무릎을 꿇고 만다. 독특한 모습을 한 만큼, 스핑크스와의 교미도 색다른 느낌이다. 생경함과 놀라움의 순간이 지나자 느닷없이 낮에 본 그의 꼬리가 눈에 아른거린다. 훗하고 웃음이 터져 나온다.

안 돼. 또 이러면 안 되지. 진지해져야 해. 혹시 사랑과 유머는 양립 불가능한 개념이 아닐까. 웃거나 즐기거나 중에 하나만 선택해야 하는 게 아닐까.

나는 진지해지기 위해 입을 앙다물고 적장 티무르를 떠올린다. 이마저 통하지 않는다. 그래, 전에 피타고라스가 얘기해 준 퇴행 최면을 해보자. 지난 생을 구경하러 가보는 거야. 나는 눈을 감고 아홉 개의 고양이 출입구가 달린 문들에 번호가 매겨져 있는 복도를 시각화한다.

첫 번째 고양이 문을 넘는다. 한 세기 전의 내 모습인 것 같은 수컷 길고양이가 보인다. 다른 문을 열자 인간 가족에게 둘러싸여 있는 새끼 고양이가 나타난다. 또 다른 문 너머의 나는 산속에 사는 들고양이다. 다른 문 뒤에는 초원의 치타. 드디어 가장 멀리 있는 문을 여는 순간 나는 고대 이집트로 던져진다.

세공된 에메랄드빛 보석이 박힌 삼각형 목걸이를 가슴에 늘어뜨린 내가 서 있다.

「바스테트! 바스테트! 바스테트!」

나는 야옹거리지도 않고 발밑의 군중을 내려다보고 있다. 인간 수컷과 암컷, 고양이 수컷과 암컷이 한데 어울려 흥겨운 음악에 맞춰 춤을 추기 시작한다. 기쁨에 겨운 그들의 얼굴에서 나를 향한 경배와 순종의 마음이 느껴진다.

「바스테트! 바스테트! 바스테트!」

알 수 없는 전율이 지금의 나를 휘감는다.

스핑크스가 몸을 빼는 바람에 나는 갑자기 현실로 돌아온다. 그의 거처를 나와 아직 여신 바스테트의 감각이 몸에 남은 채로 피타고라스 곁으로 돌아간다. 내가 들어오는 소리를 듣고 잠이 깼는지 피타고라스가 부스스한 얼굴로 몸을 일으킨다.

「어디 갔다 와?」

「운명의 추가 우리 쪽으로 기울게 하려고 나갔다 왔어.」

「스핑크스를 만난 거야? 설마?」

「질투하는 거야?」

대답 대신 귀를 납작하게 붙이는 피타고라스를 향해 내가 쏘아붙인다.

「질투심은 인간의 감정이지 고양이의 감정이 아니야. 나는 누구의 소유도 아니야. 지금 네가 보이는 반응이 정말로 기가 차네! 인간들의 세계에 접속하다 보니 너도 그들처럼 소유욕이 생겼나 봐!」

「너랑 나랑은, 우리는 같이 다니고, 같이 살고, 뭐든 같이 하는 사이잖아!」

「그래서, 그게 네가 나를 독점할 권리를 준다고? 왜 내가 새로움과 다양성을 즐기지 못하고 너 하나에만 매여야 하지? 네가 나의 중심 수컷인 건 맞아. 하지만 내겐 자기 결정권이 있어. 나는 내 욕망뿐 아니라 공동체의 이익까지 고려하는 결정을 할 거야.」

「아무리 그래도 스핑크스는 심하게…… 추남이잖아! 털도 없고 주름이 자글자글한 게 마치 괴물 같아!」

「그럼 너는 스스로 미남이라고 생각해?」

요놈의 입이 또 실수를 했네. 피타고라스가 마음이 상했겠어. 샴고양이의 귀가 더 납작하게 뒤로 눕는다. 꼬리는 바닥을 쓸 듯 쉴 새 없이 좌우로 움직인다.

「나는…… 나는…… 내가…… 최소한 스핑크스보다는 낫다고 생각해, 아니 확신해!」

피타고라스가 내 말을 묘신(猫身) 공격으로 받아들인 게 분명해. 물론 그의 말은 틀리지 않다. 피타고라스는 스핑크스와는 비교할 수 없는 매력을 지녔으니까.

하지만 공격은 최선의 방어라 했던가. 나는 발끈하며 그의 말을 받아친다.

「이거 봐, 내 말이 맞았네. 너는 암컷을 장난감쯤으로 여기고 소유할 수 있다고 생각하는 원시적인 인간들과 하나도 다를 바가 없어!」

그가 당혹해하는 걸 눈치챈 나는 쐐기를 박기 위해 일

부러 또박또박 끊어서 말한다.

「내 말 잘 들어, 이 거만한 동물아. 우린 누구의 소유가 되기 위해 세상에 태어난 게 아니야. 암고양이들은 더욱 그래. 우린 자유롭기 위해 존재할 뿐이야!」

나는 슬쩍 어조를 누그러뜨리면서 덧붙인다.

「더 이상 말하지 않을 테니 운 좋은 줄 알아. 그만 기분 풀고 사랑이나 나누자.」

나는 그를 향해 엉덩이를 드러내 보이며 말다툼은 여기서 끝내자는 뜻을 전한다. 그런데, 그가 감히 도리질을 한다! 나는 기가 막혀 소리를 빽 지른다.

「네가 뭐 대단한 줄 알아? 스스로 대체 불가능한 유일무이한 존재라고 여기는 거야 뭐야? 유명한 인간이랑 이름이 같다고 너도 그만큼 중요한 존재라고 뻐기는 거야? 그래 봤자 넌 고양이야! 게다가 샴고양이! 종 차별주의가 아니라 사실을 말하는 거야. 내 행동은 우리 공동체의 이익을 위한 거였어! 〈목적이 수단을 정당화한다〉는 말, 네가 나한테 가르쳐 줬잖아!」

그가 토라진 새끼 고양이 같은 얼굴을 하고 구석으로 가더니 벽을 보고 눕는다.

수컷들의 예민함과 변덕을 받아 주기도 지친다는 생각을 하며 나도 바닥에 몸을 누인다. 막 눈을 감으려는 순간, 한 가지 생각이 머리를 스친다.

내가 웃었다는 건 유머를 이해했다는 의미야. 그건 나탈리가 새로운 세계의 질서를 구축하기 위해 필요하다고 했던 세 가지 개념 중 한 가지에 도달했다는 의미이기도 해. 그렇다면 이제 예술과 사랑, 이 두 가지를 체득하는 일만 남은 거야.

사랑에 관해서는 피타고라스가 투덜대지 말고 협조해 줘야 할 텐데. 어쨌든 내가 함께 이상적인 공동체를 건설하고 싶은 상대는 피타고라스니까. 이것만은 변함이 없다. 가끔은 내가 그에게 느끼는 사랑이 인간 집사가 말한 그 위대한 사랑일지도 모른다는 생각이 들기도 한다.

26
성(性)의 역사

　에로틱한 그림의 기원은 선사 시대까지 거슬러 올라
간다. 지금으로부터 3만 5천 년 전, 크로마뇽인이 동굴에
새긴 벽화 속 남성들은 여성뿐만 아니라 남성, 심지어는
염소나 양과도 성교를 한다.

　고대 이집트 여성에게는 성적 파트너를 자유롭게 선
택할 권리가 있었다. 또 그리스 역사가 헤로도토스는 제
의 때 여사제가 신도들이 보는 앞에서 제물로 바쳐진 숫
염소와 성교하는 장면을 보았다고 기록하고 있다. 왕족
들 사이에서는 혈통의 순수함을 보존한다는 이유로 근친
상간도 허용되었다. 반면 백성들에게는 파라오 사망 후
72일 동안 성생활이 금지되었다.

　고대 그리스에서는 여성과의 사이에 이루어지는 성관
계는 오로지 생식이 목적이며, 아름다운 성관계는 남성

간에 가능하다고 생각했다. 다리우스의 딸과 결혼식을 치르던 날, 알렉산드로스 대왕은 그의 애인으로 알려져 있던 두 장군이 포함된 하객들이 지켜보는 가운데, 신부의 입술에 가벼운 입맞춤만 했다고 전해진다.

또한 그리스 문화에서 작은 성기는 똑똑한 머리의 상징으로, 큰 성기는 아둔함의 상징으로 여겼다. 이 시대에 제작된 남성 나체 조각상들 대부분에 작은 성기가 달린 것은 바로 이 때문이다.

로마 시대에는 낮 동안 성교가 금지됐다. 어둠이 벌거 벗은 몸을 가려 주는 밤에만 성행위를 할 수 있었다. 사창가는 눈에 잘 띄게 표시를 해야 했고, 매춘부들은 외출 시 금색 가발을 착용해야 했다. 금발은 타락한 야만인인 북방 미개인들(특히 게르만족)을 연상시켰기 때문이다. 당시 금색 가발은 짙은 색 머리를 가진 정숙한 여인들과 매춘부들을 구분해 주는 확실한 수단이었다.

중세 시대에는 유럽을 비롯한 대부분의 국가에서 종교가 성을 지배했다.

당시 기독교는 성교의 목적이 생식에 국한된다고 여겼다. 성관계는 결혼 후, 남성과 여성이 마주 보는 체위에 한해, 월요일과 화요일, 목요일, 토요일에만 허용되었다. 혼전 성교와 남성이 여성 뒤에 위치하는 체위, 그리고 수요일과 금요일, 일요일에 행해지는 성교는 죄악으로 간주하여 당사자가 파문을 당할 수도 있었다.

부활절, 성령 강림 대축일, 크리스마스 등의 큰 축일을 앞두고 40일 동안은 성교가 금지되었다. 여성이 생리 중이거나 임신한 경우, 그리고 출산 후 40일 동안도 성교가 금지되었다. 은밀히 행해지거나 문란한 성행위를 막기 위해 사제들은 그러한 행위가 사산과 출산 시 과다 출혈의 위험을 높일 뿐 아니라 미숙아와 기형아의 출생 빈도도 높인다고 신도들에게 겁을 주었다.

12세기부터 도시마다 일종의 공중목욕탕이 생겨났다. 나체의 남녀가 뜨거운 장소에 함께 있다 보니 자연스럽게 신체 접촉이 일어났다. 이를 못마땅하게 여기고 있던 가톨릭교회는 마침 스페인 정복자들이 들여온 매독 같은 성병이 유럽에 확산하자 즉시 조치에 나선다. 교황은 각국의 왕들에게 공중목욕탕 폐쇄를 지시했고, 당시에는 결혼만 금지였던 사제들의 순결 서약을 의무화했다. 자위와 구강 성교, 항문 성교는 금지되었을 뿐만 아니라 범죄로 여겨져 구금형이나 체형의 대상이 되었다.

동성애는 타락한 행위로 여겨져 (12세기에 토마스 아퀴나스는 동성애가 식인보다도 나쁘다고 썼다) 사형의 대상이 되기도 했다. 우리에게 잘 알려진 레오나르도 다

빈치도 이 때문에 위기에 처했지만, 아버지 지인들의 도움을 받아 가까스로 목숨을 부지했다고 한다. 이후 동성애는 치료해야 할 질병으로 여겨져, 1952년에만 해도 최초의 컴퓨터 개발자이자 영국의 수학자 앨런 튜링이 강제로 호르몬 치료를 받아야 했다. 그는 결국 독극물을 묻힌 사과를 먹고 스스로 목숨을 끊는 편을 택했다.

1960년대에 들어와서야 유럽과 미국에서 생식 목적과 무관한 성적 쾌락이 허용되기 시작했다. 이때부터 공공장소에서 입맞춤이 허용되고 혼전 성관계가 가능하다는 인식 또한 확산됐다. 프랑스에서 간통죄 처벌 금지법이 통과된 것은 1975년 7월 11일의 일이었다.

이러한 진전에도 불구하고 성은 여전히 금기의 대상으로 남아 있었으나, 윌리엄 H. 매스터스와 버지니아 E. 존슨의 공동 연구 덕분에 성이 다른 분야와 마찬가지로 학문의 대상이 될 수 있다는 인식이 점차 퍼지기 시작했다.

『상대적이고 절대적인 지식의 백과사전』 제12권

제2막

제3의 눈

27

스핑크스의 선택

아침에 잠이 깨 눈이 떠지면 나는 이내 눈을 감고 다시 잠들고 싶어진다. 그 충동을 억지로 누르기 위해 하품인지 한숨인지 모를 숨을 내쉰다.

그러고 나서는 전날 일어난 일을 복기한다.

어제는 공포에 떨었지, 그러다 생뚱맞게 웃음을 터뜨렸고, 두꺼비를 잡아 허기를 채우고 나서 스핑크스를 찾아갔어.

두 번째 한숨을 내쉬고는 할 일을 머릿속에서 정리한다.

오늘은 스핑크스의 결정에 집중해야 하는 날이야.

그제야 내가 어디서 왔는지, 지금이 대략 몇 시인지, 바깥 날씨는 어떤지 인식하게 된다.

그리고 마지막으로 내가 누구인지, 어떤 존재인지 떠

올린다.

나는 곧 세상을 지배하게 될, 지금의 세상을 더 나은 세상으로 진화시킬 존재야.

날이 날인 만큼 오늘은 예외적으로 세 번째 한숨을 내쉰다. 몸이 천근만근, 당장 다시 눕고 싶지만 충동을 억누르고 몸을 일으킨다.

나는 우주를 향해 인사를 보내 나의 존재를 알린다.

앞다리를 쭉 뻗으며 기지개를 켜고 나서 〈일찍 몸단장을 하는 고양이가 쥐를 잡는다〉라는 엄마의 격언을 떠올리며 몸을 핥는다.

몸을 핥는 건 내 취미이자 특기이며 하루 일과와 맞닥뜨리기 전 잠시 여유를 갖는 나만의 방식이다. 핥아 보면 내 몸에서 얼마나 좋은 맛이 나는지! 왼쪽 뒷다리를 높이 치켜들고 몸 구석구석 털을 고르는 것으로 목욕재계가 끝난다. 그제야 토라져 돌아앉아 있는 샴고양이가 내 눈에 들어온다.

「뭐야? 피타고라스, 설마 어제 일로 평생 날 원망하는 건 아니겠지?」

그가 대답도 없이 부루퉁한 얼굴로 밖으로 나가 물가를 따라 걷기 시작한다.

날 무시하네!

「쓸데없는 자존심 세우지 마. 오랜 시간 동고동락한 나한테 그러면 못써.」

그는 뒤돌아보지도 않고 못 들은 척 꼬리를 좌우로 흔들며 앞서 걷는다. 〈계속 떠들어 봐, 난 관심 없으니까〉 하는 눈치다.

우리는 냉랭한 분위기로 스핑크스의 거처에 도착한다. 스핑크스는 어제와 똑같이 암컷들에게 둘러싸인 채 옥좌에 앉아 있다. 암컷들이 발산하는 강한 호르몬 때문에 눈이 따가울 지경이다. 스핑크스가 수조로 날아들어 물을 마시다 잡힌 참새 한 마리를 맛있게 먹고 있다. 가느다란 참새 깃털들이 입 주변에 지저분하게 묻어 있다. 고상하다더니 쩝쩝 소리까지 내고, 가관이다.

이 만남을 지켜보기 위해 고양이 여러 마리가 들어온다. 스핑크스가 우리에게 가까이 다가오라는 몸짓을 하더니 입안 가득 음식을 물고 말한다.

「당신들의 요청을 다각도에서 검토해 보았소.」

그가 이렇게 운을 떼고 나서는 한참 말이 없다. 우물우물 참새 토막을 씹으면서 생각을 정리하는 눈치다. 내가 기다리다 못해 그에게 묻는다.

「무슨 결정을 내렸는지 우리가 좀 알 수 있겠어요?」

그가 심호흡하더니 한숨을 내쉰다.

「친애하는 바스테트, 당신들 말이 사실이라는 가정하에 내가 지금의 상황을 요약해 보자면, 섬에서 포위당한 채 굶어 죽어 가고 있는 수백의 인간들과 고양이들이 한쪽에 있고, 똑똑한 우두머리의 지휘를 받는 단결된 쥐 수십만 마리가 다른 쪽에 있어요. 맞소?」

「맞아요, 그런데…….」

「현재 우리는 정확히 931마리오. 당신들을 도와주고도 남는 숫자지. 하지만 말이오, 그런다고 과연 우리한테 어떤 이득이 있을까? 물론 당신들 스스로도 같은 질문을 던져 봐야 할 거요. 당장은 승리한다 해도 그것이 당신들 공동체의 운명에 장기적으로 도움이 되는지, 앞으로 당신들 운명은 어떻게 될 것인지 고민해 봐야 한다는 뜻이오.」

그가 길고 가느다란 꼬리를 활짝 펼쳐 놓는다. 내가 어제처럼 발작적인 반응을 보이는지 떠보려는 심산이다. 웬일인지 오늘은 꼬리를 봐도 웃음이 나오지 않는다. 스핑크스가 나를 빤히 쳐다보면서 말끝을 단다.

「우리가 돕는다고 해도 단기적인 효과에 그칠 뿐이오. 많은 희생의 대가가, 필연에 도달하기 전 잠시간 누리는 평화일 뿐이라는 거지.」

「필연이라면?」

「이보시오, 바스테트, 우리 현실을 직시합시다. 지금 쥐 군단을 물리친다 해도 그들은 이내 다시 쳐들어와 우리를 굴복시키고 말 거요.」

그가 머리를 까닥여 신호 같은 걸 보내자 고양이 몇 마리가 슬쩍 앞으로 나와 우리 곁으로 다가온다.

「미래를 예측하고 다가올 위협에서 이 공동체를 구하는 건 우두머리인 내게 주어진 책임이오.」

「그렇지만…….」

「미안하게 됐소. 현실을 객관적으로 분석해 나는 미래가 〈우리 고양이들〉의 것이 아니라 〈저들 쥐들〉의 것이라는 판단을 내렸소.」

「하지만 저들에 맞서 싸울 방법이 분명히 있…….」

「소용없어. 첫 전투는 어떻게 이긴다 해도 그다음은 승산이 없소. 우리가 이길 방법은 없어요, 바스테트. 우리는 수적으로 절대 열세니까.」

나는 무의식적으로 발톱을 꺼냈다 넣었다 하는 나 자신을 발견한다. 내가 격분할 때 보이는 전형적인 행동이다.

화가 나서 참을 수가 없어.

감히 내 의견에 반대하다니.

「그래서?」

「그래서 당신들을 돕지 않겠다는 거요.」 스핑크스가 매몰차게 말한다.

「그렇다면 할 수 없군요. 이만 가자, 바스테트. 더 이상 여기서 허비할 시간이 없어.」 대화를 듣고만 있던 피타고 라스가 짧게 말하고는 출구를 찾아 걷는다.

고양이들이 험상궂은 표정으로 우리를 에워싸기 시작 한다. 몇몇은 벌써 급수탑의 유일한 출구인 나선형 계단 쪽을 가로막고 선다. 스핑크스가 반쯤 뜯어먹은 참새를 땅으로 홱 던지더니 거만하게 우리를 내려다보며 엉성한 은빛 털이 붙은 꼬리를 매만진다.

왜 지금은 웃음이 나오지 않지. 혹시 유머는 상황에 영 향을 받는 걸까.

「그런데 말이오, 상황이 돌아가는 꼴을 보니 당신들의 저항이 쥐 왕의 심기를 건드리는 것 같소.」

스핑크스가 꼬리를 길게 펼치더니 꼬리 끝으로 옥좌 가장자리를 탁탁 치기 시작한다.

「당신들을 넘기면 그 티무르라는 쥐가 우리에게 고마 워하지 않을까. 그리고 우리를 잠재적 협력자로 여겨 주 지 않을까.」

「설마, 우리를 팔아넘기려고?」 나는 내 귀를 의심한다.

「우리 공동체의 이익을 먼저 생각해야 하는 내 입장을

이해해 주시오. 당신들이 당신들 무리를 이끌 듯 나도 내 무리를 이끄는 처지에서 내린 결정이지, 절대 나 혼자만을 위한 결정이 아니오. 내 입장이라면 당신들도 다르지 않았을 거요.」

「내가 속한 종을 배신하는 일은 난 하지 않을 거예요! 그건 부도덕한 짓이니까.」

「지금 도덕 운운했소? 그건 생존이 전부인 우리 고양이들과 무관한 인간들의 개념일 뿐이야. 아무리 생각해도 당신들을 〈당신들의〉 적인 쥐에게 넘기면 우리의 생존 가능성이 높아질 것 같소.」

피타고라스와 나를 에워싼 고양이들이 눈에 들어온다. 티베트고양이, 아비시니아고양이, 버마고양이, 샤르트뢰고양이, 데번 렉스, 재패니즈 밥테일, 브리티시 숏 헤어, 자바고양이, 노르웨이 숲 고양이, 스코틀랜드폴드……

모두가 내 시선을 우물쭈물 피하고 있다.

한심한 고양이들!

앞으로 다시는 이런 실망스러운 고양이들과 친하게 지내지 않겠어.

누누르가 자신을 따라오라는 신호를 보낸다. 옥좌에 앉은 스핑크스가 우리를 내려다보며 야옹거린다.

「내 개인적인 선택이 아님을 알아주었으면 하오. 이런

내 결정의 밑바탕에 무엇이 있는지 알고 싶소? 솔직히 고백하지. 두려움이야. 두려워서 이러는 거야.」

피타고라스가 발끈한다.

「당신들은 겁쟁이에다 부역자라는 걸 알아 둬. 체코슬로바키아를 나치의 손에 넘긴 뮌헨 협정을 체결한 네빌체임벌린 총리에게 윈스턴 처칠이 했던 말을 내가 그대로 해주지. 〈당신은 전쟁과 불명예 중에서 불명예를 선택했소. 그리고 곧 전쟁이 일어나게 될 것이오!〉」

피타고라스가 뜻하는 게 뭔지 정확히는 모르지만, 모욕적인 말인 것만은 막연히 짐작한다. 하지만 스핑크스는 전혀 동요하는 눈치가 아니다.

「내가 아는 고양이 중에 윈스턴이라는 놈이 있었는데, 아주 잠보였지. 어쩌다 깨어 있을 때도 오로지 먹는 생각뿐이었어. 당신이 말하는 윈스턴이 내가 아는 그 윈스턴이라면 대단히 용기가 있진 않을 거야.」

역시 내 첫인상이 맞았어. 비겁한 것으로 모자라 무식하기까지 한 놈이야. 이번 일로 같은 종이라도 상종 못할 고양이들이 있다는 걸 뼈저리게 깨달았다.

우락부락한 고양이들이 피타고라스와 나를 압박 포위해 강제로 계단을 내려가게 만든다.

갑자기 우르릉하는 포효가 들려온다. 한니발이 아니

라 천둥이 치는 소리다. 급수탑 지붕에 난 커다란 구멍들 사이로 하얀 빛이 번쩍하자 개구리와 두꺼비들이 환호성을 지른다. 후드득후드득 큼직한 물방울이 수조 위로 떨어지자 스핑크스가 비를 피해 안으로 들어간다.

하필 비가 내릴 때 밖으로 내보내다니!

내가 유독 비를 싫어한다는 건 모르는 고양이가 없다. 창피하지만 몸이 젖는 상상만 해도 뭉텅뭉텅 털이 빠진다. 이런 이야기를 스핑크스한테 해봤자 눈도 깜짝하지 않겠지. 내 존재 따위는 아예 안중에 없을 테니까.

앞으로 다른 스핑크스 수컷을 만나게 되면 아무리 열심히 구애하더라도 절대 받아 주지 말아야겠어.

28

스핑크스고양이

스핑크스고양이는 여러모로 놀라운 동물이다. 일단 외모부터가 그렇다. 스핑크스는 털이 없는 〈벌거벗은〉 고양이다.

그런데 이러한 특성이 교배로 생긴 게 아니라는 사실이 더 놀랍다. 인간의 인위적인 개입이 없었다는 뜻이다. 스핑크스고양이는 오래전에도 지금과 똑같은 모습이었다. 지금으로부터 3천 년도 더 전에 새겨진 이집트와 아스테카 문명의 벽화 속 스핑크스고양이 역시 털이 없는 모습이다.

오랜 역사를 지닌 스핑크스고양이는 시간이 지나면서 희귀종이 되었다. 그러다 1983년에 한 프랑스인 사육자가 캐나다에서 태어난 스핑크스고양이 새끼들을 파리로 데려오면서부터 다시 무대에 등장한다. 그는 발타르 고양이 박람회에서 〈스핑크스〉 부스를 따로 만들어 이 품종을 소개했다.

스핑크스고양이의 머리는 삼각형이고 두상은 납작한 편이다. 광대뼈가 튀어나왔고 귀는 크고 뾰족하며 눈은 동그란 게 특징이다. 배는 불룩하고, 가느다란 꼬리는 종종 문어 다리에 비유되기도 한다.

피부는 다른 종에 비해 상당히 두꺼운 편으로, 만지면 복숭아 껍질 같은 촉감이 느껴진다. 주름이 많은 것도 특징이다. 또한 스핑크스는 발바닥을 통해서만 땀을 배출하는 다른 고양이들과 달리 온몸으로 땀을 배출한다. 몸에 털이 거의 없다 보니 직사광선에 무척 취약하다.

외로움을 잘 타는 스핑크스고양이는 사교적인 편이며, 여러 고양이종이 모인 집단에서도 자연스럽게 리더십을 발휘한다. 지능이 뛰어나고 카리스마도 강하다고 알려져 있다.

스핑크스는 다른 종보다 인간에게 무척 살갑게 구는 편이다. 고양이들이 보통 사람의 무릎에 올라오는 정도로 애정을 표시하는 반면, 스핑크스는 어깨까지 올라와 머리를 비비고 얼굴을 핥아 주기도 한다. 스핑크스는 좀체 공격적인 행동을 보이지 않는다. 고양이라는 종은 일반적으로 독립성이 강한데, 스핑크스만은 특정 대상에게 충직함을 보인다고 한다.

스핑크스의 또 한 가지 특징은 왕성한 식욕이다. 몸을 보호해 주는 털이 없다 보니 특히 겨울철에는 체온을 유지하고 칼로리를 체내에 저장해 두기 위해 많은 음식을 섭취한다.

『상대적이고 절대적인 지식의 백과사전』제12권

29

고양이의 포로가 된 고양이

고양이라면 누구에게나 말 못 할 공포의 대상이 하나씩은 있다. 우리 엄마한테는 청소기, 내 동거묘였던 펠릭스한테는 거미가 그 비이성적 공포의 대상이었다. 피타고라스한테는 개, 갈등과 충돌이 그런 대상이다.

앞서 얘기했지만, 내 공포의 대상은 물과 동시대 고양이들의 미련함이다. 그런데 지금 그 두 가지가 동시에 나를 덮쳤다. 털에 물방울이 떨어지는 순간 살갗이 타는 느낌이 든다. 나를 쥐들에게 팔아넘기려는 동족들의 어리석음은 또 어쩌고……

피타고라스와 나는 급수탑을 나와 티무르 군단의 거점인 베르사유 궁전으로 향하고 있다. 아이러니하게도 동족인 고양이들이 우리를 포로로 잡아 적장에게 데려간다.

번쩍하면서 하늘에 줄이 그어지더니 땅이 흔들린다. 대자연에 긴장감이 팽팽하다. 풀벌레 소리, 새소리 하나 들리지 않는다. 번갯불이 불꽃을 튀길 때마다 내 동공이 작아진다.

내가 뭐 하러 여기까지 와서 이 고생을 하고 있지?

〈바스테트야, 절대 생각 없이 행동에 나서선 안 된다. 직감과 반대로 행동하는 걸 두려워하지 마라. 더러는 그것이 최선의 선택이 되기도 한단다.〉 그래, 진즉에 엄마의 이 말을 떠올려야 했어.

갑자기 빗줄기가 멈추고 하늘이 파랗게 갠다. 몸의 물기를 털어 내려고 걸음을 멈추는 나를 고양이 하나가 뒤에서 떠민다. 천둥소리와 빗소리가 사라지자 주변의 파동들이 감지되기 시작한다. 우리 일행을 뒤따라오는 존재 하나가 내 수염에 감지된다.

누굴까. 코끝에 와 닿는 이 냄새의 정체는. 어, 집사의 땀 냄새잖아!

그동안 나탈리의 존재를 깜빡 잊고 있었어!

밖에서 기다리다 우리가 포로로 잡혀 끌려 나오는 걸 보고 줄곧 뒤따라왔던 거야. 내가 주변의 눈치를 살피며 피타고라스에게 묻는다.

「집사와 통신할 수 있어?」

「내가 누구야? 이미 자초지종을 알렸어.」

「집사가 우리 가까이에 있어.」

「나도 알아.」

「알면서 왜 구해 달라고 하지 않았어?」

「했어. 했는데 개입하기에 최적의 순간이 올 때까지 기다리겠대.」

「뭘 근거로 최적의 순간인지 아닌지 판단한다는 거야?」

너무 늦지 않아야 할 텐데. 우리가 베르사유 궁전에 도착하고 나서 개입하려 하면 상황이 복잡해질 거야. 탈출이 훨씬 어려워질 거라고.

내가 조바심을 내며 피타고라스에게 재우쳐 묻는다.

「대체 뭘 기다리고 있대?」

「메인쿤고양이가 무섭대.」

나 원, 별소릴 다 듣겠네. 고양이 집사가 이젠 고양이가 무섭다고까지 하네.

「저들의 숫자가 너무 많아 엄두가 나지 않는대. 발톱을 세우고 한꺼번에 달려들까 봐 무섭대.」

「아니…… 나 참…… 고양이랑 살아 본 사람이 왜 그러지? 시테섬에서도 고양이들에게 둘러싸여 살았으면서.」

「그 고양이들과 달리 이놈들은 무슨 짓을 할지 몰라 무섭대.」

「당장 공격하라고 해. 어서 이 파수병들에게 혼란을 일으켜 우리를 구출하라고 해. **이건 명령이라고 전해.**」

우리가 오솔길을 지나 숲 한가운데로 들어설 즈음 피타고라스가 내 귀에 대고 속삭인다.

「준비해, 지금이야. 그녀가 온 힘을 다해 덤빌 거야.」

말이 끝나기 무섭게 집사가 횃불을 흔들면서 나타난다. 기습을 당한 데다 불을 보고 깜짝 놀란 고양이들이 혼비백산한다. 놈들이 우왕좌왕하는 틈을 타 피타고라스와 나는 냅다 도망치기 시작한다.

다들 한번 상상해 봐. 집사가 횃불을 치켜들고 뛰어가고, 그 뒤를 나와 피타고라스가 따라 뛰고, 우리 뒤를 거대한 메인쿤고양이 누누르와 우락부락한 고양이 스무 마리가 추격해 오는 장면을.

내가 고양이 무리에 쫓기는 날이 올 줄 누가 알았을까!

적들과의 거리가 좁혀지자 집사는 내가 도저히 용인할 수 없는 선택을 한다. 강물로 뛰어든 것이다. 피타고라스도 강으로 뛰어들더니 집사의 등을 붙잡고 헤엄치기 시작한다.

난 어쩌란 말이야!

추격자 한 놈이 발을 뻗어 내 꼬리를 잡으려다 놓친다. 너희들이라면 이 상황에서 어떤 선택을 했을까? 나는 눈을 질끈 감고 이를 앙다문다. 집사에게 강제로 목욕을 당하던 고통스러운 기억이 벌써 머릿속을 꽉 채운다.

그녀는 내 저항을 예상한 듯 이빨과 발톱에도 뚫리지 않는 두꺼운 고무장갑을 끼고 있었어. 발버둥 치는 내게 샤워기로 물을 뿌려 댔지. 내 털은 순식간에 물먹은 솜처럼 무겁고 뻑뻑해졌고, 고양이는 항상 혀로 몸을 닦기 때문에 목욕이 필요 없다는 걸 모르는 무식한 집사 때문에 벌어진 비극이었어.

내 존엄이 무너졌지. 하지만 집사는 기다렸다는 듯이 내 몸에 비누 거품을 부었어. 거품 속에서 허우적거리는 내 모습은 더 처참했지. 얼마 후 찬물이 쏟아져 거품이 사라지면서 고문은 끝났어.

지금 내 얘기를 듣는 너희들한테는 절대 이런 일이 벌어지지 않길 바라. 어느 누구도, 내 철천지원수일지라도 이런 굴욕적인 경험은 하지 않길 바라.

이 사건 이후 나는 복수심에 불타 그녀의 침대에 오줌을 싸고 신발에 똥을 누고, 베개를 터뜨려 놓았어.

그때의 트라우마 때문에 강물에 뛰어들 용기가 나지 않아.

「빨리 와!」 피타고라스가 멀리서 소리를 지른다.

메인쿤고양이와 노르웨이 숲 고양이의 존재가 바로 등 뒤에서 느껴지는 순간, 나는 상상도 못 했던 일을 감행하고 만다. 눈을 감고 심호흡을 크게 하고 나서 물로 뛰어든다.

살다 보면 다시는 떠올리고 싶지 않은 순간들이 더러 있다. 지금이 바로 그런 순간이다. 내 몸이 물속으로 가라앉기 시작한다. 발을 넣었나 싶었는데 금세 턱까지 물이 차오른다. 고양이 살려. 나는 가라앉지 않기 위해 앞다리와 뒷다리를 마구 내젓는다.

이 반사적 행동이 통했는지 몸이 조금씩 위로 떠오른다. 입을 벌리는 순간 물이 밀려들어 오지만 숨은 쉴 수 있다. 몸속에 공기가 들어오니 살 것 같다.

차갑고 축축한 이 느낌이 너무 싫어! 묵직한 중량감이 내 몸을 압박하는 동안 계속 발로 물을 휘젓다 보니 한 가지 사실을 깨닫게 된다. 이 동작을 멈추지만 않는다면 최소한 머리를 물 밖으로 빼고 떠 있을 수 있다는 것을.

비로소 확신을 얻게 된 내가 집사를 향해 헤엄치기 시작할 때, 뒤에서 〈첨벙〉 하는 소리가 들린다. 메인쿤고양이가 나를 잡으려고 물에 뛰어든 것이다. 놈은 물이 전혀 무섭지 않은 눈치다. 뒤따라 물에 뛰어든 나머지 고양이들은 한참 뒤처져 헤엄쳐 온다. 누누르가 무서운 기세로 다리를 앞뒤로 내뻗지만 긴 털이 물에 젖어 속도가 나지 않는다.

우리 모두 강물에 몸을 맡기고 떠 있다. 어깨 위에 피타고라스를 올린 집사는 내가 어제 먹은 개구리와 비슷한 자세로 팔다리를 오므렸다 펴면서 앞으로 나아간다. 나 역시 나만의 헤엄 방식으로 그들을 따라간다.

나는 앞다리와 뒷다리를 동시에 뻗으며 물을 휘저으면 속도가 빨라진다는 사실을 깨닫는다. 수면 위로 나와 있는 내 꼬리는 배의 방향키 같은 역할을 해주고 있다.

열기구를 타고 구름 위를 날고 나서, 이제는 또 다른 자연의 요소인 물을 경험하고 있다. 나와 인연이 있으리라고는 상상도 못 했던 것들이다.

막상 경험해 보니 수영은 내가 상상했던 것만큼 무섭지도, 복잡하지도 않다.

아직 도전하지 못한 고양이들에게 내가 깨달은 수영의 비결을 하나 가르쳐 주고 싶다. 숨이 멎을 듯한 공포의 순간이 지나면 일단 머리부터 물 밖으로 빼고 숨을 크게 들이마셔라. 앞다리와 뒷다리의 움직임에 호흡을 연동시킨다는 마음으로 숨을 들이마셨다 내뱉었다 하는 게 좋다.

물의 공포를 극복했다는 생각이 드는 순간, 갑자기 뒤에서 누군가 내 꼬리를 친다. 누누르가 바로 등 뒤까지 따라와 있다. 나를 향해 헤엄쳐 오는 고양이가 두 마리 더 있다.

자칫하면 고양이 해전이 벌어질 판이네!

나는 헤엄에 집중하느라 반격을 가하지 못하는 대신 꼬리로 물을 튀겨 그의 시야를 흐려 놓는다. 그러는 사이 피타고라스와 나탈리는 점점 멀어진다.

메인쿤에게 목덜미를 잡히는 순간, 믿지 못할 광경이 눈앞에 펼쳐진다. 강물이 빙빙 돌면서 검은 구멍 속으로 들어가고 있다.

어리둥절해하는 사이 나도 소용돌이에 휘말려 빨려 들어가기 시작한다.

발버둥을 쳐도 소용없다.

물속 심연으로 끌려들어 가는 찰나의 순간 나는 깨닫는다. 어떤 대상에 공포를 느낀다면 분명히 이유가 있다는 사실을. 그 대상이 우리에게 해롭다는 것을 마음 깊은 곳으로부터 인지하고 있기 때문이라는 걸.

결과적으로 물을 싫어한 내가 옳았던 거야. 어쭙잖게 물과 친해질 수 있다고 믿었던 게 잘못이었어. 그 물이, 차가운 액체가 내 폐로 스며들고 있어. 이젠 어쩔 도리가 없어.

내가 강물에게 가자 강물이 내게 온다.

이제 내 존재의 마지막 순간이 왔다. 죽음의 순간이.

죽음이란 건 참 남에게 설명하기 힘든 경험임이 틀림없다.

투명한 내 몸이 하늘 높이 떠 있는 빛의 터널을 향해 올라가는 게 보인다. 거기 있던 엄마와 아빠가 마중을 나온다.

「오랜만이에요, 엄마.」(어차피 아빠는 내 삶에 별다른 영향을 주지 못했다.)

「우리와 함께 여기 머물고 싶니, 아니면 지상으로 돌아가고 싶니?」엉뚱하게도 내게 묻는 건 아빠다.

「내가 선택할 수 있어요?」

「언제나, 누구에게나 선택권이 있단다. 현생이 끝났는지, 아니면 아직 할 일이 남았는지만 깊이 생각해 보렴.」

「음…… 현생에 아직 소중한 것들이 남아 있어요. 시테섬 공동체, 피타고라스, 안젤로, 그리고 내 인간 집사까지.」

「네가 사랑하는 이들을 생각하는 건 좋은 일이지.」엄마가 고개를 끄덕인다. 「그런데, 그들이 네게 얼마만큼 중요하니? 조금, 아니면 많이?」

「글쎄, 잘 모르겠어요.」

「잘 생각해 보렴. 돌아가서 다시 그들을 만나고 싶을 만큼 좋아하니?」

「네.」

「네 영혼의 여정을 결정짓는 중요한 문제니까 심사숙고해서 대답하렴. 〈그런 것 같니〉 아니면 〈확실하니〉?」

「엄마, 난 너무 지쳤어요. 만사에 모르는 게 없는 엄마가 대신 결정해 주면 안 돼요?」

「삶과 죽음의 결정은 지극히 개인적인 것이란다. 스스로 결정을 내리고, 네가 내린 결정은 불평하지 말고 감내해야 해.」

30

숙명론

숙명론이라는 단어는 이미 쓰여 있는 운명이라는 뜻을 가진 라틴어 〈파툼 *fatum*〉에서 왔다.

숙명론자는 우리에게 일어나는 모든 일은 이미 쓰인 시나리오에 따른 것이라고 믿는다. 이 시나리오 속 각각의 단계는 우리를 뛰어넘는 초월적인 존재, 가령 신들이나 유일신, 혹은 자연의 법칙들에 의해 결정되기 때문에, 우리가 하는 선택은 아무 의미가 없다고 주장한다.

이런 입장에서 보면 해로운 경험은 존재하지 않는다. 모든 것이 초월적 시나리오의 톱니바퀴가 돌아가면서 생기는 일들 중 하나이기 때문이다.

따라서 불평은 전혀 도움이 되지 않는다.

맞서 싸우는 것 또한 무의미하다.

세상은 바꾸려 애쓰지 말고 있는 그대로 받아들여야

하는 것이다. 고통과 고난과 불행은 우리 존재의 시험대이므로 당연히 감내해야 한다.

키케로는 『운명론』에 이렇게 쓰고 있다. 〈당신이 병에 걸렸는데 만약 나을 운명이라면 의사를 불렀든 부르지 않았든 나을 것이고, 낫지 못할 운명이라면 의사를 불렀든 부르지 않았든 낫지 못할 것이다.〉

초기 불교의 육사외도(六師外道) 중 한 사람인 막카리 고살라는 고타마 싯다르타보다 한 세기 정도 늦게 인도에서 태어났다. 아지비카교를 만든 그는 이렇게 숙명론을 주창했다. 〈좋은 행동이든 나쁜 행동이든 어차피 아무런 영향도 끼치지 못한다. 어떠한 종교 행위도 어떠한 형태의 헌신도 아무것도 바꿔 놓을 수 없다. 어차피 존재의 흐름이 다하면 우리는 자동적으로 해탈에 이르게 되어 있다.〉 하지만 싯다르타는 이런 주장과는 반대로, 우리가 하는 선택이 카르마에 직접적인 영향을 미친다고 주장했다.

숙명론은 자유 의지를 부정함으로써 인간을 책임에서 자유로운 존재로 규정하는 반면, 부처는 인간이 하는 모든 행동이 결과를 초래하니 심사숙고해야 한다고 말하고 있는 것이다.

『상대적이고 절대적인 지식의 백과사전』 제12권

31

알을 깨다

눈이 떠진다.

내가 아직 살아 있어!

물에 빠져 돌아가신 엄마 아빠와 대화를 나누고 나서도…… 소생할 수 있다는 사실을 나는 깨닫는다. 고양이는 아홉 번의 생을 산다고 피타고라스한테 들었던 게 기억난다. 방금 막 그 아홉 번 중 한 번이 끝난 것 같다. 지금부터 시작하는 생이 마지막은 아니었으면 좋겠는데.

갑자기 답답하게 막힌 느낌이 들어 숨을 쉴 수가 없다. 나는 젖 먹던 힘까지 짜내 이 거북하고 해로운 물질을 밖으로 배출하려고 애쓴다. 가래가 섞인 물이 분수처럼 뿜어져 나온다. 나는 캑캑거리면서 내 몸을 침범했던 강물을 밖으로 내보낸다.

공기가 물을 밀어내고 폐 안으로 들어온다. 가슴의 달

싹거림이 느껴진다. 그제야 아까 뛰어들었던 강의 건너편에 와 있다는 사실을 깨닫는다. 나는 검은 모래톱 같아 보이는 낯선 풍경 속에 들어와 있다.

길쭉한 형체 하나가 눈에 들어온다. 나는 물을 먹어 털이 뻣뻣해진 몸을 조심스럽게 일으켜 그 형체를 향해 다가간다.

누누르라는 걸 확인하는 순간 전투 태세를 갖추지만, 이미 생명이 빠져나간 듯 그의 몸은 미동도 하지 않는다. 헤벌어진 입에서는 누런 액체가 흘러나오고 있다.

숨이 멎은 게 분명하다. 벌써 파리들이 웽웽거리며 모여든다. 그는 죽고 나는 살 수 있었던 이유가 뭘까. 메인쿤은 긴 털 때문에 물속에 오래 가라앉아 있었고, 상대적으로 가벼운 나는 잠시 기절했다 수면 위로 떠올라 물 위를 떠내려오다 모래톱에 걸려 멈췄을 것이다.

그게 아니면…… 메인쿤도 나처럼 조상들을 만났는데, 그들과 함께 머무르기로 결정한 걸까.

웽웽거리는 소리가 커지는가 싶더니 파리 몇 마리가 벌써 그의 눈에 달라붙어 있다. 이 모습은 일종의 상징적 의미를 담고 있어. 내게 해를 끼치거나 내 뜻을 가로막는 자들의 종말은 바로 이런 모습이야.

피타고라스가 어떤 인간이 한 말이라면서 들려줬던

명언이 생각난다. 〈누가 너를 괴롭히거든 복수에 마음을 쓰지 말고 강가에 나가 기다려라. 그러면 그의 시체가 떠내려오는 것이 보일 것이다.〉

나는 기다릴 필요조차 없었던 것이다. 그와 결투를 벌이지 않아도 된다는 사실에 안도하는 마음도 잠시, 갑자기 등골이 서늘해진다. 혹시 내가 엄마 아빠의 영혼과 머물기로 했다면 나도 저렇게 죽었을까.

주변을 아무리 둘러봐도 피타고라스나 나탈리의 모습은 보이지 않는다. 어딘지도 모르는 곳에 나만 혼자 덩그러니 남겨졌다.

일단 몸의 물기부터 털어 내자. 목에서부터 꼬리 쪽으로 내려오면서 원을 그리듯 몸을 흔들어 대는 게 탈수 효과를 높이는 비결이다. 물기가 웬만큼 빠진 뒤에도 나는 한참 동안 몸을 핥아 마지막 한 방울까지 제거한다.

이렇게 암고양이의 위엄을 회복하고 나니 어디로 가야 하는지 고민이 되기 시작한다. 강을 거슬러 올라가면 또다시 적대적인 고양이들과 마주칠 위험이 있으니 남쪽으로 방향을 정한다.

동행 없이 길에 오르는 건 실로 오랜만의 일이다. 나 혼자 대자연 한가운데 있다는 사실이 새삼 낯설고 두렵기까지 하다. 어, 나 혼자가 아니었네. 갑자기 숲에서 뱀

한 마리가 튀어나온다. 나는 급히 몸을 돌려 도망치다 거미줄에 얼굴이 걸린다.

내가 익숙한 인간의 도시와는 전혀 다른 야생의 자연이 눈앞에 펼쳐져 있다. 독침을 가진 벌레, 길을 가로막는 가시덤불, 독버섯. 대자연이라는 것이 이런 작은 생명들의 집합체임을 나는 새삼 깨닫는다.

갈증과 허기가 밀려온다. 의식의 확장을 통해 주변의 생명체들과 소통하겠다는 계획은 이제 현실적 문제가 되었다. 이 소통은 지금 나를 둘러싼 적대적인 환경에서 살아남기 위한 유일한 방법이다. 그 생명 에너지의 흐름 속으로 들어가기 위해 정신을 집중하고 있을 때, 난데없이 그리움이 머릿속에 끼어든다.

〈피타고라스.〉

참 이상한 일이야, 곁에 없어서 그럴까, 피타고라스가 새삼…… 매력적으로 느껴진다. 피타고라스는 민둥산 같은 스핑크스나 털북숭이 메인쿤과는 달리 숱이 딱 적당해. 내 취향이야.

점점 애틋함이 밀려온다. 피타고라스는 〈내〉 수컷이야. 지금은 토라져 있지만 곧 다시 나한테 마음을 열 거야. 감히 누가 내 매력에 저항할 수 있겠어?

우리 암컷들은 수컷들의 속성을 본능적으로 알고 있

다. 그들은 한 번 내 것이 되면 영원히 내 것이 된다. 수컷들은 그 반대라고 믿는 모양이지만 말이다. 파트너를 선택하는 것도 관계의 주도권을 쥐는 것도 수컷이 아니라 암컷들이다. 다만 수컷들이 주도권을 쥐었다고 착각하게 놔둘 뿐이다. 그들이 얼마나 남성성에 목매는지 알기 때문에.

나는 피타고라스의 소유가 아니지만, 피타고라스는 내 소유다. 나는 오늘부로 다시 그에게 충실하기로 결심했다. 물론…… 더 나은 상대를 만날 때까지만.

혼자 걷다 보니 오만 가지 생각이 머릿속에 떠올랐다 사라진다. 미(美)라는 개념은 무엇이고 기준은 무엇일까. 아직 잘 모르지만 한 가지만은 확실하다. 스핑크스가 추남 고양이의 기준이라는 사실.

눈앞이 팽 돌 만큼 허기가 진다. 그릇에 사료를 담아 바치는 인간 집사가 옆에 없으니 스스로 먹을 걸 찾아야 한다. 어, 민달팽이잖아, 아무리 배가 고파도 식감도 맛도 싫은 민달팽이에는 발이 가지 않는다.

창자가 아우성을 치고 혀가 달달 떨리기 시작한다. 강에서 수영을 하느라 몸의 에너지가 모두 소진된 탓이다.

배고파. 당장 뭔가 먹어야 해.

마침 나무 위 새 둥지 속 하얀 알들이 눈에 들어온다.

알은 내가 좋아하는 음식 중 하나다. 나는 타고난 유연성과 민첩성을 발휘해 나무를 타고 올라간다. 무성한 잎사귀들을 헤치고 탐나는 음식에 다가간다. 가지 끝에서 오늘 점심이 나를 기다리고 있다. 나는 오른쪽 앞발을 뻗어 발톱으로 알 하나에 구멍을 뚫은 다음 깨진 껍질 파편을 살살 밀어내고 샛노란 액체 속으로 조심스럽게 주둥이를 들이민다.

먹음직스러운 액체를 혀로 할짝할짝 핥는다. 산해진미가 따로 없네!

두 번째 알을 깨자 첫 번째 알에는 없던 새끼의 유체(幼體)가 보인다. 나는 기분 좋게 아작아작 씹어 먹는다. 단백질이 풍부한 데다 부드럽고 아삭한 식감까지 더해져 훨씬 맛있다. 급한 허기가 가시자 이 알이 어떤 새의 것인지 궁금해진다. 해답을 찾지 못하고 세 번째 알을 깨서 먹고 있을 때 그 해답이 내 앞에 스스로 모습을 드러낸다. 어미 새가 나를 노려보고 있다. 독수리다.

시선이 마주치는 순간 둥지 주인이 나를 덮친다. 날카로운 발톱과 갈고리처럼 생긴 부리 끝이 피부에 와 박힌다. 나는 반사적으로 발톱을 꺼낸 앞발로 상대를 정조준해 가격한다. 나뭇가지 위에서 아슬아슬한 한판 결투가 벌어진다.

자연은 전쟁터라는 내 생각이 다시 한번 입증되는 순간이다. 낯선 동물과의 만남은 이렇듯 싸움으로 시작되었다.

독수리가 기다란 날개를 펄럭이며 내 몸을 후려치는 바람에 가격 지점을 정확히 포착하기가 쉽지 않다. 그러다 날갯짓에 맞아 휘청하는 순간 나는 중심을 잃고 나뭇가지에서 떨어지고 만다. 세 번 회전 끝에 (휴, 홀수라서 천만다행이야) 우아하게 땅에 착지한다.

다친 데는 없어, 몸은 멀쩡해.

나는 더 싸울 의사가 없다. 배불리 먹었으니 어서 길을 재촉해 일행과 합류하겠다는 생각뿐이다.

하지만 독수리는 새끼 셋을 죽인 내가 원망스러웠는지, 길을 막아선다. 부리를 앞으로 쭉 내밀고 공격적인 자세로 다가온다. 몸을 부풀리기 위해 깃털을 활짝 폈다.

나는 주춤 뒤로 물러난다. 비틀 넘어질 뻔하다 간신히 다시 중심을 잡고 뒷걸음질을 친다.

이때, 예상치 못한 일이 벌어진다. 고사리 잎들 사이에서 튀어나온 쥐 세 마리가 암독수리를 공격한 것이다. 미처 발견하지 못한 정찰병들이 틀림없다.

하늘에선 강자인 맹금류가 땅에서는 이렇게 무기력하

고 어설프기까지 한 존재로 변하다니.

독수리가 날갯짓을 시도할 새도 없이 쥐 한 마리가 뒤에서 달려들어 목을 물고 나머지 두 마리가 날개를 눌러 꼼짝 못 하게 만든다. 독수리가 목을 돌려 부리 공격을 시도하지만 놈들에게 닿지 못한다.

이 장면을 지켜보고 있자니 만감이 교차한다. 순간 같은 어미끼리 도와야겠다는 생각이 든다. 나도 새끼를 잃는 아픔을 겪어 보지 않았나.

물론 나한테 아무 이익이 없는 행동이라는 것도 알고, 인간미에 물든 피타고라스의 나쁜 영향 때문이라는 것도 안다. 그는 다른 존재의 고통에 무관심하지 않은 이런 마음의 상태를 〈연민〉이라 부른다고 했다.

나는 일방적으로 독수리를 공격 중인 쥐들에게 접근해 위협적인 자세를 취한다. 등을 동그랗게 말아 털을 부풀린 상태에서 발톱을 꺼내고 입을 크게 벌려 송곳니를 드러낸다. 분산 작전이 통했는지 쥐들이 나를 보자마자 독수리를 버리고 내 쪽으로 방향을 틀어 앞니를 딱딱거리며 공격해 오기 시작한다.

쥐들이 고양이만 보면 달아나던 시절은 지나갔다. 하지만 어디서 튀어나왔는지 모를 이 조막만 한 쥐 세 마리한테 당할 내가 아니다. 나는 한니발이 가르쳐 준 캣권도를 떠올리며 공격 자세를 잡는다. 비록 사자의 포효 소리에는 못 미칠망정 우렁찬 야옹 소리를 지른다. 공포를 느낀 쥐들이 멈칫한다.

나는 적들이 주저하는 틈을 타 가장 가까이 있는 상대에게 달려들어 눈알에 발톱을 박아 넣는다. 놈의 눈알이 무른 포도알처럼 공중으로 흩어진다.

나처럼 스타일이 확실한 고양이도 없을 거야.

나는 앞니 공격을 감행하려는 다른 놈을 발견하고 오른쪽 앞발에 달린 제일 날카롭고 긴 첫 번째 발톱, 이른바 칼 발톱으로 놈의 목을 가격한다.

마지막 남은 한 놈은 직접 나한테 달려들기보다 꼬리를 채찍처럼 휘두르는 전략을 택한다. 놈이 긴 꼬리를 빙글빙글 돌리며 휘두르자 탁탁 소리가 난다. 그 꼬리 끝에 뺨이 닿는 순간 따끔하지만 다행히 털이 보호하는 역할을 해준다.

놈이 이번에는 꼬리로 바닥을 내리치면서 먼지를 일으킨다. 캣권도 기술 중 아직 꼬리 채찍을 막는 기술까지는 익히지 못했으니 일단은 임기응변으로 놈의 꼬리 공격에 대응하는 수밖에 없다.

나는 공포에 질린 척 관목 뒤에 몸을 숨기고 놈이 다가오는 것을 지켜본다. 그러다 나뭇가지에 꼬리가 걸린 놈이 그걸 풀려고 애를 쓰는 사이 칼날 같은 발톱을 턱에 박아 넣는다. 내 발톱이 놈의 턱뼈 사이 말랑말랑한 부분을 지나 입천장을 스치고 가차 없이 뇌에 구멍을 낸다. 놈이 즉시 전의를, 아니 아예 생의 의지를 상실한다.

네 조상들이 저 위에서 기다리고 있을 거야.

나는 부상당한 채 아직 지상에 머물러 있는 독수리 쪽으로 몸을 돌린다. 날갯죽지 하나에서 피가 흐르고 있다. 무슨 영문인지 독수리가 날아오르지 않고 나를 향해 걸어온다. 다시 공격하려는 걸까. 세상에는 배은망덕한 존재가 많다는 걸 일찍이 깨달은 내가 조심스럽게 말을 건넨다.

「야옹.」

머리 양옆에 붙은 두 눈으로 번갈아 나를 쳐다보면서 독수리가 자신의 언어로 뭔가를 대답한다. 내 귀에는 그저 시끄럽게 빽빽거리는 소리로 들릴 뿐이다. 아직 내 말을 이해하지 못한 게 분명하다.

나는 정신 대 정신의 소통을 시도한다.

〈나도 당신처럼 엄마예요. 그래서 대가 끊어지지 않게 마지막 알 하나는 남겨 둔 거예요.〉

독수리가 목을 길게 빼고 연신 고개를 돌려 이 눈 저 눈으로 번갈아 나를 바라본다.

내 말을 이해했나?

나는 여전히 경계를 풀지 않는다. 문득 지체할 시간이 없다는 생각이 들어 나는 걸음을 재촉하기 시작한다.

나는 바닥에 발자국이 찍혀 있지 않나 살피면서 강을 따라 걷는다.

이런저런 생각이 머리를 스친다.

나와 같은 종이 아니더라도 얼마든지 감정을 이입할 수 있어. 그 상대의 목숨을 구해 주고 뿌듯하게 느낀다면 이게 바로 연민의 감정이지 뭐겠어. 방금 나는 태어나서 처음으로 적극적인 연민의 감정을 경험한 거야.

내 안에서 커다란 변화가 일어나고 있음이 감지된다. 자연과 교감하기 위해서는 득실을 따지기보다는 사랑해야 한다는 깨달음을 얻은 것이다.

소통을 위해서라도 우선 그들을 사랑해야 한다는 의미다. 그런데 지금까지의 나는 어땠나? 나 자신밖에는 몰랐다. 안젤로나 피타고라스, 나탈리, 심지어 우리 엄마조차도 나는 사랑하지 않았다. 내게 그들은 그저 행복을 극대화할 수 있는 요소일 뿐이었다. 그러니 당연히 그들의 감정에 무관심했다.

피타고라스한테 약을 올리고 상처를 줬어. 야멸차게 말했어. 안젤로와 함께 보내는 시간을 아까워했어. 집사에게는 순한 반려동물과는 정반대의 모습만 보였어.

시테섬에서 나를 믿고 따르던 고양이와 인간들에게도 상처를 줬다. 그들이 지금 식량 없이 섬에 갇히게 된 건 결국 내 탓이니까. 그건 결국 내 이기심과 배은망덕함의 결과니까.

이 연민이라는 감정은 얼마나 유용한가. 그것을 갖는 순간 개미와 민달팽이, 나비, 파리, 모기, 심지어 뱀까지 새롭게 보인다. 이 낯선 생물들이 예전처럼 내가 잡아먹거나 피해 가야 하는 대상에 불과하지 않다는 것을 깨닫는다.

내 인식의 확장을 축하라도 해주듯 강한 햇살 한 줄기가 눈앞의 한 지점을 비춘다. 찍힌 지 얼마 안 되는 발자국들이 보인다. 인간의 신발 자국과 고양이 발자국.

그들이 여길 지나갔어!

나는 독수리 알을 포식한 힘으로 발자국을 쫓아 잰걸음을 놓기 시작한다. 그런데 한동안 나란히 이어지던 발자국 두 개가 어느 순간 갈라진다.

서로 흩어져 나를 찾아보자고 한 게 분명해.

고양이 발자국을 따라가기로 결정하고 얼마 지나지 않아, 등 뒤에서 소리가 들린다. 누가 따라오고 있는 게 분명한데 귀를 세우고 주변을 둘러봐도 아무도 보이지 않는다.

설마 살아서 강을 건넌 쥐가 있는 걸까?

바로 등 뒤에서 기척이 느껴지는 순간, 나는 고개를 홱 돌린다.

노르웨이 숲 고양이! 하여튼 끈기 하나는 대단한 놈이다. 나는 즉시 등을 세우고 공격 자세를 취한다. 놈이 곧바로 나를 따라 한다. 내가 털을 부풀리자 놈도 따라 부풀린다. 털까지 부풀어 오르자 덩치가 족히 내 두 배는 되어 보인다. 나 참, 이젠 동족 고양이까지 상대해 싸워야 한다니.

노르웨이 숲 고양이가 뜻밖의 날렵한 동작으로 내 어깨를 물며 선제공격을 해온다. 나는 놈의 거구에 깔린 채 숨이 막혀 캑캑거린다. 굵은 장작 같은 놈의 다리 사이에 끼어 꼼짝 못 하는 내 앞에 기적처럼 〈그〉가 나타난다.

피타고라스. 나는 필사적으로 소리를 지른다.

「나 좀 도와줘!」

샴고양이는 몸이 얼어붙은 듯 꼼짝도 하지 않는다. 지금은 비폭력을 외칠 때가 아니야! 나는 젖 먹던 힘까지 짜내 소리친다.

「살려 줘! 피타고라스! 어떻게 좀 해봐!」

나는 숨이 멎을 것 같아 그에게 애원하다시피 한다.

「제발 공격해!」

피타고라스는 여전히 싸울 것인가 말 것인가를 저울질하고 있다.

지금은 사고의 전환이 필요한 때야, 피타고라스. 상황에 맞춰 변할 줄 알아야지. 나를 사랑한다면 어서 공격해.

그를 실질적으로 설득할 논리가 필요하다.

「스핑크스한테 비겁하다고 욕했었잖아. 너는 얼마나 나은지 증명해 봐!」

드디어 샴고양이가 덩치가 두 배인 노르웨이 숲 고양이를 향해 달려든다. 피타고라스가 매서운 어퍼컷을 맞는 사이 내가 놈의 다리를 꽉 깨문다. 2 대 1. 이제야 겨우 힘의 균형이 이루어졌다.

피타고라스가 오직 나를 살리겠다는 일념으로 어설픈 공격을 시도한다. 그가 놈의 머리를 붙잡아 시야를 가리는 틈을 타 내가 아랫배에 어퍼컷을 날린다.

우리 둘이 동시에 죽기 살기로 달려들자 거구의 고양이도 이내 실신 상태에 이른다.

「숨통을 끊어 놔!」

피타고라스가 역시나 주저한다.

「이렇게 멀리까지 쫓아왔다는 건 놈이 추적의 명수라는 뜻이야. 이놈이 살아 돌아가 무리에게 우리의 소재를 알리면 어떡하려고 그래? 이놈과 같이 강물에 뛰어든 다른 고양이도 혹시 살아서 근처에 있을지 몰라. 그러니 어서 죽여, 피타고라스.」

「고양이를 죽이라고? 어떻게 그래? 우리의…… 형제잖아.」피타고라스가 일부러 내 시선을 피한다.

「우리를 적에게 팔아넘기려 한 형제지.」

「스핑크스의 명령에 복종했을 뿐이야.」

「지금 당장 이놈을 죽이지 않으면 언제 다시 우리 생명이 위협받을지 몰라.」

빌어먹을. 결국 내 손으로 처리하게 만들잖아!

마음 약한 내 수컷 대신 실용주의자인 내가 나서 위험 요소를 제거하는 수밖에 없다. 내 원대한 계획이 이 감상적인 샴고양이 하나 때문에 실패로 돌아가게 놔둘 순 없다.

나는 나를 죽이려던 놈을 간단히 해치운다. 피타고라스가 공범의 책임으로부터 자유롭고 싶은 듯 고개를 휙 돌린다.

「도와줘서 고마워. 평화주의 원칙을 고수하느라 날 죽게 내버려 두는 줄 알았어.」

「그 이야긴 그만하고…… 어서 나탈리한테 연락해 보자.」그가 바닥에 쓰러진 적의 마지막 모습을 보지 않으려고 애를 쓴다.

피타고라스가 스마트폰으로 연락을 취하자 집사가 금방 나타난다. 그녀가 뛰어와 나를 들어 올리더니 털을 쓰다듬으면서 연신 내 이름을 부른다.

「바스테트! 아이고, 바스테트…… 바스테트.」

반가운 심정을 전하는 말들을 하고 있는 게 틀림없다.

집사가 내 걱정을 아주 많이 했던 모양이다. 그녀가 지금 느끼는 감정, 그것은 다름 아닌 연민이다. 나도 같은 마음이라는 걸 말하기 위해 그녀의 턱에 내 까끌까끌한 혀의 감촉을 선물한다.

미안함 때문인지 부끄러움 때문인지 피타고라스는 화기애애한 분위기와 조금 거리를 두는 모습이지만 나는 그를 원망하지 않는다. 동족을 상대해 싸운 것 자체가 그에게는 커다란 변화라는 걸 알기 때문이다.

어쨌든 그는 내 목숨을 구해 줬어.

안도감과 함께 피로감이 몰려온다. 나는 집사의 어깨 위로 뛰어오른다. 빨리 지원군을 찾아야 하니 부지런히 걸으라고 수시로 그녀의 귀에 대고 야옹거린다.

강을 따라 남쪽으로 내려가던 우리는 강변에서 폐가로 변한 빌라를 하나 발견해 들어간다. 집사가 집 안을 뒤져 통조림을 찾아내 그릇에 담아 준다. 카술레라는 음식을 우리와 함께 나눠 먹고 나더니 그녀는 금세 코를 골며 잠이 든다.

피타고라스와 둘만 남자 어색해진 내가 그에게 묻는다.

「스핑크스와의 〈사건〉 때문에 아직 나한테 화가 나 있는 거야?」

「아니.」 그가 거짓말을 한다.

네 마음을 풀어 줄 방법이 뭔지 내가 잘 알지.

「저번에 네가 나한테 『상대적이고 절대적인 지식의 백과사전』 중에서 〈협동-상호성-용서〉라는 항목을 읽어 준 적이 있어. 타인과의 관계에서 가장 이로운 방식은 무조건적인 협동을 제안하는 것이라고 네가 가르쳐 줬잖아. 상대가 실망스럽게 나오면 똑같이 그렇게 대하되, 용서하고 나서 다시 협동을 제안하라고 말이야. 그래서 말인데, 네가 나를 용서해 주면 안 될까. 그러고 나서 우리 다시 협동하면 안 될까.」

물론 내가 용서받아야 할 짓을 한 건 절대 아니지만, 그의 마음에 다가가기 위해선 이런 식의 언어를 구사할 수밖에 없다는 걸 나는 잘 알고 있다.

그가 즉각 대답을 하지 않자 내가 먼저 다가가 코를 맞대고 몸을 쓰윽 비벼 댄다.

우리는 사랑을 나누다 비로소 모든 것이 제자리를 찾았다는 안도감 속에 잠을 청한다.

나는 쉬이 잠들지 못하고 연민이라는 새로운 감정에 대해 끈질기게 생각한다. 이 감정이 나를 불안에 떨게 한다. 이러다 내가 착해지다 못해 피타고라스처럼 평화주의자로 변해 버리는 건 아닐까. 게으름과 두려움으로 인해 방임주의라는 패착을 택하게 되면 어떡하지. 그렇게 되면 내 권위는 한순간에 사라지고 말 텐데.

32

협동-상호성-용서

미국의 정치학자 로버트 액설로드 교수는 다양한 전략에 따른 의사 결정 방식을 모델링한 컴퓨터 프로그램 간의 토너먼트를 제안했다.

그러자 (수학자, 물리학자, 심리학자 등등의) 동료 교수들이 그에게 서로 다른 행동 방식을 가진 14가지 프로그램을 보내왔다. 가장 많은 점수를 획득한 프로그램이 이기는 토너먼트였다. 어떤 프로그램은 〈못된〉 행동 방식이 입력돼 있어 순식간에 다른 프로그램을 이용하기만 했다. 협동은 배제하고 오로지 계략만을 이용해 상대 프로그램의 점수를 빼앗았다. 〈착한〉 행동 방식이 입력된 다른 프로그램들은 자신이 딴 소중한 점수를 지키기에 급급했고, 혹시라도 다른 프로그램이 점수를 빼앗기 위해 접근할까 봐 철저히 단독으로 행동했다. 〈기분파〉인몇몇 프로그램은 협동과 배신을 번갈아 하면서 종잡을 수 없는 행동 방식을 보였다.

각각의 프로그램은 경쟁 프로그램들과 2백 차례 경기를 펼쳤다. 결국 아나톨리 라포포르트 교수가 만든 프로그램이 최종 승자로 확정됐다.

그의 프로그램은 다음과 같은 단순한 세 가지 원칙에 따라 작동했다.

첫째, 협동.

둘째, 상호성.

셋째, 용서.

이 프로그램은 다른 프로그램과 조우할 때 일단 협동, 다시 말해 연대를 제안했다. 그러고 나서는 〈주고받기〉라는 상호성을 적용했다. 이것은 일종의 단기 기억 전략으로, 상대가 도우면 나도 돕고, 상대가 공격하면 나도 되받아치는 것을 뜻한다. 이 프로그램의 작동 원리는 〈즉각적인 처벌, 그리고 무조건적인 용서〉라고 요약할 수 있다.

협동-상호성-용서의 프로그램은 초반에는 공격적인 다른 프로그램들을 상대로 점수를 잃었지만 결국 나중에는 이겼고, 토너먼트를 통한 실험이 진행되는 동안 서서히 다른 프로그램에 영향을 끼쳤다. 점수를 얻기에 유리하다는 판단을 내린 다른 프로그램들이 태도를 바꾸어 이 프로그램의 행동 방식을 모방하기에 이른 것이다. 의도한 건 아니었겠지만 라포포르트 교수와 액설로드 교수는 그 유명한 〈서로 사랑하라〉는 말의 타당성을 입증해 보여 준 셈이다.

『상대적이고 절대적인 지식의 백과사전』제12권

33
개의 시간

〈네가 무엇을 하든 자연은 다 알고 있단다. 네가 하는 행동에 따라 자연으로부터 상을 받을 수도 벌을 받을 수도 있어.〉 이러면서 엄마는 내게 자연에 대한 두려움을 가르쳐 주었다.

좋은 말은 맞지만, 솔직히 동의하지는 않는다. 우리가 하는 행동은 자기 자신을 위한 것이니 대가를 바라선 안 된다. 다른 보상을 기대하고 행동하면 실망하거나 좌절할 가능성이 크다.

말인즉슨, 어제 나는 연민의 감정을 새롭게 깨달았지만 그걸 자랑거리로 삼을 생각은 손톱만큼도 없다. 늘 그렇듯 나는 겸손함을 잃지 않는다.

우리 일행은 따뜻한 햇빛을 최대한 누리기 위해 아침 일찍 다시 길에 오른다. 방금 말했듯이 어제 내가 한 영웅적 행동은 감사 인사를 바라고 한 일이 아니었는데, 왠지 그 일 이후 내가 자연과 훨씬 가까워진 느낌이 든다. 아름드리나무들과 키 작은 고사리들이 어미 독수리에게 알 하나를 남겨 줘서 고맙다고, 그녀의 목숨을 구해 줘서 고맙다고 내게 인사를 전해 오는 것 같다.

그래, 자연은 다 알고 있어.

우리는 땅이 움쑥 꺼진 길을 따라 걷고 구불구불한 산길을 지나고 허리춤까지 자란 풀을 헤치며 나아간다. 숲에서 우연히 햇볕을 쬐며 몸을 덥히는 여우 가족을 보게 된다. 어미가 몸을 숙여 다정하게 새끼들을 핥아 주고 있다.

어쩐 일인지 그들을 보고 달아나야겠다는 생각도, 그렇다고 다가가 싸우고 싶은 마음도 생기지 않는다. 따지고 보면 여우는 늑대와 고양이 중간에 있는 종이 아닌가. 그저 그들의 소탈한 매력에…… 감탄할 뿐이다.

생각이 나탈리에게로 옮겨 간다.

지금 눈앞에 보이는 여우들처럼 동물들은 그 자체로 완벽한 존재이기 때문에 바뀔 필요가 없다. 하지만 인간이라는 존재는 얼마나 불완전한가. 인간들은 무의식적으로나마 그 점을 인식하고 있기에 그동안 진화를 위해 부단히 노력했던 것 아닐까. 그래서 그렇게 멀리, 그리고 빨리 진화할 수 있었던 게 아닐까. 그래서 불을 발견할 수 있었고, 요사이 내 머릿속을 떠나지 않는 삼위일체의 개념, 즉 유머와 예술과 사랑을 만들 수 있었던 게 아닐까. 현재에 만족하지 않고 끊임없이 질문을 던지는 자세, 채워지지 않는 인간들의 갈증이 바로 성공의 비결이 아니었을까.

내가 제일 좋아하는 인간이 오른손으로 내 턱밑을 살살 긁어 준다. 내가 자기 생각을 하는 걸 아는 모양이다.

좋으니까 계속해 줘.

우리는 해가 하늘 꼭대기에 걸릴 때까지 반나절 내내 쉬지 않고 걷는다.

「기분은 좀 어때, 피타고라스?」

내가 집사의 어깨 위에 앉아 그를 내려다보며 묻는다.

그가 못 들은 척 앞만 보고 걷는다.

「독수리를 구해 주면서 내가 깨달은 게 있어. 연민의 감정이 뭔지 알았어.」

내 수컷이 시큰둥하게 대답한다.

「누구를 도와주는 것도 좋지만 존중부터 해야 한다는 걸 네가 알았으면 해. 인간들은 그걸 〈예의〉라고 부르지.」

지금 나한테 시비 거는 건가?

「무슨 말이 하고 싶은 거야?」

「네가 나한테 조금 무례하게 구는 것 같아서 하는 말이야.」

「그 예의라는 개념은 내가 잘 알아. 그건 아주 주관적인 거야.」

「〈안녕하세요〉, 〈잘 가요〉 하고 인사를 주고받으면 좋지 않아? 수시로 〈고맙습니다〉, 〈부탁드려요〉 하면 좋지 않냐고?」

나는 집사의 어깨에서 뛰어내려 그에게 다가간다. 나란히 걸으면서 그의 옆구리에 머리를 비벼 댄다.

「고양이들의 방식으로 이미 다 하고 있는 건데 뭘 그래.」

「일상화되진 않았어. 그리고 이건 특별히 너한테 하는 말인데, 민망한 얘기지만 음식을 너무 지저분하게 먹어. 씹지도 않고 게걸스럽게 쩝쩝 소리까지 내가면서.」

「사돈 남 말 하고 있네! 네가 남한테 매너 운운할 입장이야? 식사를 끝내는 순간 트림을 하는 네 행동은 예의 있는 행동이냐고?」

「그건 고양이한테는 예의에 어긋나는 게 아니라 자연스러운 행동이야. 음식 섭취로 인한 공기 배출이니까.」

우리는 고양이 세계에 인간식 매너를 도입해야 하는

지를 두고 계속 토닥거리며 싸운다.

「네 말은, 식사 전에 꼭 〈맛있게 드세요〉 하고 말해야 한다는 거야?」

「물론이지. 〈식도를 활짝 여세요〉라는 의미가 담겨 있으니까. 그러고 나서는 또 〈어때요?〉라고 묻는 게 예의지.」

「그건 무슨 의민데?」

「〈소화는 잘되고 있어요?〉라는 의미야. 다른 표현으로 하자면 〈음식은 잘 내려가나요? 똥은 좋아요? 변비는 없고요?〉와 같은 뜻이지.」

「그런 게 예의고 매너라고?」

「그럼. 인간들은 그런 말을 주고받으면서 서로 가까워지거든. 아, 한 가지 생각나는 게 더 있어. 누가 재채기를 하면 〈몸조심하세요〉 하고 말해 주는 게 예의야.」

예의범절에 관한 얘기를 주고받다 보니 긴 여정의 지루함이 줄어든다. 내가 어깨에서 내려와 그런지 인간 집사의 표정도 한결 밝아져 있다. 늦은 오후의 황금빛 햇살이 부서져 내릴 때 우리 눈앞에 처음으로 인간의 집이 나타난다.

일단 수풀 뒤에 몸을 숨기고 지켜보기로 한다. 나탈리가 가방에서 망원경을 꺼내 건넨다.

구멍에 눈을 갖다 대는 순간 지난번처럼 멀리 있는 사물이 바로 옆에 있는 것처럼 크게 보인다.

하얀 건물 열댓 채가 모여 있는 작은 마을이다. 인간은 커녕 길에서 어슬렁거리는 고양이나 쥐 한 마리 보이지 않는다.

「사람이 다 떠나 마을이 텅텅 빈 것 같은데?」

「개의 존재는 느껴져.」 피타고라스가 코를 치켜들고 킁킁거린다.

분명히 내게도 개 냄새가 느껴진다.

우리는 조심스럽게 마을로 들어간다. 냄새로 판단해 볼 때 최소한 백 마리가 넘는 개들이 있는 것 같다. 이 직관에 더해 땅에 찍힌 발자국들은 다리를 저는 개들이 섞여 있다는 추가 정보를 제공해 준다.

「이제 어떡할까?」

「일단 가보자.」 피타고라스가 두려움을 떨치려고 애를 쓰면서 말한다.

「솔직히 최근에 의욕이 조금 꺾인 건 사실이야. 낯선 동물 집단들이 점령한 땅에 들어갈 때마다 번번이 고생했잖아. 동족인 고양이들도 우리를 적에게 팔아넘기려는 마당에 개들이라고 다르겠어? 개들이 쥐라는 존재를 어떻게 생각하는지 알 길이 없으니 결정을 내리기가 어렵네.」

샴고양이가 별안간 걸음을 멈추고 머리를 세게 턴다. 뇌 속을 뒤흔들어 생각을 정돈하려는 걸까.

「나한테 좋은 계획이 떠오른 것도 같아.」

「〈같은〉 건 또 뭐야?」

「아니, 〈떠올랐어〉. 자세한 건 나중에 얘기해 줄 테니 일단 날 믿고 따라와. 우리의 강점을 최대한 활용하는 방법을 써볼 생각이야. 개들과 달리 우리는 어둠 속에서도 잘 보이니까 야간 탐색에 나서기로 하자.」

「글쎄. 왠지 난 예감이 좋지 않아. 그냥 길을 계속 가다가 더 확실한 동맹을 찾는 쪽이 낫지 않을까?」

피타고라스는 내 말에 대꾸조차 하지 않는다. 그래, 〈잘난 만물박사 샴고양이 수컷〉께서 암고양이 말이라고 무조건 무시한다 이거지?

피타고라스가 확신에 찬 어조로 말한다.

「최악의 경우에도 스핑크스의 부하들이 우리한테 한 짓보다 더 나쁜 일이 일어날 가능성은 없다고 봐.」

「좋아, 네 생각이 정 그렇다면. 하지만 우리 둘만 가자. 집사는 냄새도 강하게 풍기고 움직일 때마다 요란하게 소리도 내고, 무엇보다 밤에는 앞을 못 봐. 같이 움직이다 보면 금방 들킬 거야.」

피타고라스가 내 의견을 전하자 집사가 고개를 끄덕인다. 나는 이제 그녀의 눈빛만 봐도 생각을 어림짐작할 수 있다. 사실 그녀도 개를 잘 모른다. 그저 주인에게 복종하는 살가운 동물이라고만, 언제든지 인간들과 손잡을 수 있는 동맹이라고만 여길 것이다. 인류 문명의 멸망이 개들에게 일으킨 변화에 대해서는 생각해 보지 않았을 것이다. 하지만 나는 개들이 쥐에 맞서 싸우면서 자신들의 처지를 돌아보고 인간의 보호에서 벗어나 새롭게 태어났을 것이라고 생각한다.

해가 스러지고 어둠이 풍경을 집어삼키길 기다렸다 우리는 길로 나선다. 마을 입구가 가까워질수록 불안감이 커진다. 큰 대로가 나타나고 양옆으로 오래된 목조 주택들이 늘어서 있는 게 보인다.

개들이 길에 드러누워 쉬거나 잠들어 있다.

고양이의 것이 아닌 지독한 오줌 냄새가 진동한다. 고양이 오줌에서는 상큼한 풀 냄새가 나지만 개 오줌은 썩은 나무 냄새가 난다. 역겨운 지린내는 내가 이방인임을 각인시킨다. 오지 말았어야 할 곳에 왔다는 공포를 불러일으킨다.

마을 중앙으로 짐작되는 곳에 이르자 도로에 똥이 널려 있다. 악취가 코를 찌른다.

얼마나 부끄러움을 모르면 자기가 싼 똥을 덮어 놓지도 않을까? 고양이들은 남의 시선을 피해 교양 있게 똥을 누고 흙으로 꼭 덮어 놓는데, 개들은 최소한의 품위와 위생 관념도 없단 말인가.

자세히 들여다보니 눈 지 얼마 안 된 똥이다.

개들이 어제 여기에 도착했다는 뜻이지.

개 배설물로 모여들어 웽웽거리는 파리 떼가 신경을 곤두서게 한다.

뿡 하는 작은 폭발음에 나는 흠칫 놀란다. 소리의 진원지를 찾다 보니 곤히 자고 있는 개 한 마리가 눈에 들어온다. 이 개가 배에 가득 찬 가스를 배출하는 순간 내 청각 기관이 진동을 감지했고, 동시에 후각 기관도 소스라치듯 반응한 것이다. 볼이 축 늘어진 개는 소리와 냄새의 강도가 훨씬 약해진 여진 같은 방귀를 또다시 연달아 내뿜는다.

별안간 배 속에서부터 웃음이 치밀고 올라온다. 위험을 감지한 피타고라스가 나를 끌다시피 구석진 골목으로 데려간다.

「멈춰! 쟤들한테 들키면 어쩌려고 그래!」

하지 말라고 하면 더 하고 싶으니, 이거 원, 청개구리 심보도 아니고 말이야. 나는 겨우 웃음을 참으며 피타고라스를 쳐다본다.

「대체 내가 왜 이러지? 고양이는 원래 웃을 줄 모르는데!」나는 살짝 겸연쩍어한다.

「왜, 우리도 얼마든지 웃을 수 있어. 웃지 않는 것일 뿐이야. 진지함에 너무 익숙해져서 그런 거야. 웃는 걸 보니 넌 이제 평범한 고양이가 아니야.」

「그게 무슨 뜻이야?」

「네가 점점 인간화되고 있다고.」

피타고라스 말이 맞아. 나는 은근히 인간처럼 행동하는 걸 자랑스러워하고 있어. 그래서 웃음을 참지도 못하고 참을 생각도 없는 거야. 다행히 내 숨죽인 웃음에 잠이 깬 개는 한 마리도 없다. 고양이보다 더 곤히 잠을 자서 그런가.

몰로스 개들이 코를 드르렁거리는 소리가 들린다. 그 소리에 긴장이 풀린 나는 한결 편안해져 피타고라스와 한담을 나눌 여유까지 생긴다.

「개의 역사에 대해 좀 얘기해 줄 수 있어?」

「개와 늑대는 같은 조상에서 나와 분화된 동물이야. 그들의 조상은 개보다는 늑대에 가까운 모습이었지. 개와 인간이 처음 만난 건 지금으로부터 1만 5천 년 전의 일이야. 인간을 만난 뒤로 개의 외형도 서서히 바뀌기 시작했어.」

「고양이는 그보다 조금 늦잖아. 내가 기억하기론 1만 년 전인데, 맞아?」

「그 5천 년의 차이가 인간과의 관계에 차이를 만들었을 거야. 개와 인간의 친밀한 관계는 우리보다 훨씬 역사가 길어. 그 오랜 시간 동안 인간들은 개 중에서 주로 집에서 키우기 적합한 종을 번식시켰지. 그러다 보니 개들은 자연과 멀어져 오로지 인간과 같이 살기에 적합한 피조물이 된 거야.」

또다시 뿡 하고 가죽 찢어지는 소리가 들리자 피타고라스가 그 틈을 타 설명을 덧붙인다.

「가령 프렌치 불도그는 말이야, 소화 기관의 길이가 무척 짧지…….」

「그래서 이렇게 이상한 소리를 내는구나?」

「신체 구조상 어쩔 수 없어. 게다가 이 종은 야생에 살던 조상들보다 수명도 훨씬 짧아졌어.」

다른 개 한 마리가 비슷한 소리를 내며 옆에서 자고 있는 게 보인다.

「프렌치 불도그의 방귀 소리가 B 플랫 음이라면 이 닥스훈트의 방귀는 F 샤프 음이지.」

지식을 과시하길 좋아하는 내 수컷이 학자연하며 말

끝을 단다.

피타고라스가 역시 잠이 들어 있는 다른 개 한 마리를 가리킨다.

「저건 페키니즈인데, 주둥이가 아주 짧아서 코를 많이 곯아.」

조금 떨어진 곳에서 개 한 마리가 믿기지 않는 자세로 잠을 자고 있다. 남산만 한 배를 깔고 엎드려 자고 있는데, 세상에, 발이 땅에 닿지 않는다.

「저것 역시 인간이 만든 종이야?」

「맞아. 사냥을 하지 않고 하루 종일 누워서 먹기만 하다 보면 저렇게 되는 거야.」

이 말 끝에 갑자기 웃음이 폭발할 것 같다. 도저히 참지 못해 웃음을 터뜨리는 순간, 개 한 마리가 눈을 번쩍 뜬다. 주둥이가 날렵하고 털이 까만 늘씬한 개가 우리를 향해 걸어온다.

「도베르만이야.」 피타고라스가 알려 준다.

개가 으르렁거리며 거리를 좁혀 온다. 어디서 나타났는지 우람한 개 열댓 마리가 이빨을 드러내며 우리를 에워싼다.

「피타고라스, 이제 말해 봐, 네 계획이 뭔데?」

「도망쳐!」

나와 피타고라스는 부리나케 대로를 뛰어 도망친다. 도베르만 무리가 사납게 짖어 대며 우리를 추격하기 시작한다. 우리가 막다른 골목으로 들어서 우왕좌왕하는 사이 개들이 이빨을 드러내며 다가온다.

묘수를 짜내 이 위기에서 탈출하는 건 또 내 몫이 됐구나. 자, 침착하게 체계적으로 생각을 해보자.

우리가 개들보다 유리한 게 뭐지? 우리의 강점이 뭐더라? 어둠 속에서도 볼 수 있는 것, 이거야 당연한 거고. 우리한테 또 어떤 강점이 있더라?

맞아, 우린 나무를 기어오를 수가 있잖아! 나는 눈앞의 밤나무를 가리키며 피타고라스에게 명령하듯 소리친다.

「여기로 올라가!」

피타고라스가 재빨리 나무를 오르기 시작한다. 우리는 당장 꼬리를 물 것 같은 개들의 포악한 주둥이를 피해 부드러운 나무껍질을 발톱으로 찍으면서 나무 위로 올라간다.

개 몇 마리가 우리처럼 나무를 기어오르려다 미끄러진다. 우리는 개들의 공격으로부터 가장 안전한 나무 꼭대기로, 제일 가느다란 나뭇가지로 올라가 앉는다.

개들이 사납게 짖는 소리를 듣다 보니 예전에 불로뉴 숲 근처에서 개들에게 쫓겨 가로등 꼭대기로 도망쳤던 기억이 떠오른다.

어느 꼭대기인지가 달라질 뿐, 이렇듯 삶은 반복될 뿐
이다.

한숨 돌린 피타고라스가 뜬금없이 묻는다.

「스핑크스와 잠을 잔 이유 정도는 설명해 줄 수 있지
않아?」

「미남이잖아.」 나는 마음에도 없는 말을 한다.

모든 존재는 서로 소유하기 위해서가 아니라 자유롭
기 위해서 존재한다고…… 아무리 커플 사이라도 그 대
원칙은 지켜져야 한다는 걸 굳이 설명해 줘야 아는지. 안
젤로한테는 나중에 꼭 가르쳐서 상대방을 짜증 나게 만
들지 말라고 해야겠어.

컹컹거리는 소리가 잦아들기는커녕 갈수록 위협적으
로 변한다. 이제 우리 목숨은 우리가 앉아 있는 가느다란
나뭇가지가 얼마나 단단한가에 달려 있다.

「그래서, 어땠는데?」

피타고라스가 날 미워하게 되면 내가 사라지더라도
많이 고통스럽지는 않겠지.

「털이 없어서 그런지 느낌이 색다르더라. 처음에는 조
금 이상했는데 금방 적응이 됐어.」

그가 침을 꼴깍 삼키는 소리가 들린다.

「아, 그래? 나보다 나았어?」

「털을 깎으면 너도 더…… 매끄러운 느낌을 주지 않을까. 인간처럼 되는 게 소원이니까 너도 알 거 아니야. 왜, 인간 수컷들은 면도를 하면 깔끔해 보이잖아.」

또 이렇게 고약한 말을 내뱉는 걸 보면 나한테는 연민의 감정이 아무 소용 없나 보다. 난 여전히 피해자보다는 가해자가 되는 쪽이 낫다는 생각을 버리지 못한 걸까. 피타고라스가 인간처럼 질투하니까 지금 같은 심각한 순간에도 독설을 하게 되네. 어찌 됐든 속은 후련하다. 긴장이 풀리니 상황을 상대화시켜 바라볼 수도 있게 된다. 하지만 피타고라스는 극심한 충격을 받은 모습이다.

「넌 한 번도 나를 전적으로 신뢰한 적이 없어. 내 말이 맞지? 대체 그 이유가 뭐야? 나한테 제3의 눈이 달려 있어서? 그래서 그런 거야?」

나는 개들이 울부짖는 소리에 귀가 먹먹한 속에서도 품격을 잃지 않으려고 애를 쓴다.

「엉뚱한 소리 그만하고 내가 묻는 말에나 대답해. 앞으로 얼마나 더 여기서 버틸 수 있을 것 같아?」

「길어야 하루일 거야. 하루를 넘기면 피곤해서 깜빡깜빡 졸기 시작할 거고, 그러다 보면 어느 순간 평형 감각을 잃게 될 거야.」

순간 몸에 소름이 쫙 끼치면서 개들의 존재가 공포로 다가온다.

「힘들게 여기까지 왔는데 결국 시테섬에 있는 우리 친구들을 구하지 못하게 됐어.」

피타고라스 역시 화제를 전환할 기회를 엿보고 있었던 모양이다. 그가 진지한 얼굴로 말한다.

「우리가 누구인지 규정하는 건 우리 각자가 가진 계획의 내용인 것 같아.」

「네 말에 전적으로 동의해. 나한테는 그게 소통이고, 피타고라스 너한테는 지식이지.」

「에스메랄다는 좋은 어머니가 되는 것이고.」

「볼프강은 맛있는 음식을 즐기는 것이겠지.」

「한니발한테는 평범한 고양이가 되는 거고.」

「당연히 티무르의 계획은 침략을 통해 쥐가 지배하는 세계를 만드는 걸 거야.」

「보나 마나 스핑크스는 급수탑에서 아무 일 없이 사는 게 계획일 테고.」

「나탈리는 지금의 세상을 대멸망 이전으로 되돌려야 한다고 생각하고 있을 거야.」

「파트리샤는 나처럼 여러 생명 형태들과의 소통을 꿈꾸고 있겠지.」

「안젤로는 아직 폭력을 통해 에너지를 발산하는 생각 밖에 못 해.」

이 말을 입 밖으로 꺼내는 순간 불현듯 아들 안젤로를 향한 그리움이 솟구친다. 한 번도 좋은 어미였던 적이 없는데 결국 사랑한다는 말 한마디 못 해주고 죽는구나. 어디 안젤로뿐일까, 누구에게도 진심으로 그 말을 하지 못했다. 그래야 한다는 생각조차 못 했다. 연민의 감정을 알고 나니 비로소 그게 얼마나 잘못이었는지 알겠다.

이런 생각의 변화를 얘기해 주면 피타고라스가 팔짝 뛰며 좋아하겠지? 그 꼴이 보기 싫어서라도 말하지 말아야겠어. 적어도 지금은 피타고라스가 그런 말을 들을 자격이 없으니까. 하지만 앞으로 내가 감정 표현에 더 적극적이어야 한다는 사실은 잊지 말아야겠어.

지금까지 집사 나탈리와 그녀의 옛 남자 친구인 짐승 같은 토마를 겪으면서 내가 깨달은 사실은, 인간들이 성생활은 초라해도 감정은 풍부한 동물이라는 것이다. 말하는 방식과 태도, 주고받는 시선, 어루만지는 손길 등 다양한 경로를 통해 그들은 감정을 표현한다. 아주 가끔은 고양이인 내게도 그 강렬한 감정이 전해져 온다. 동공이 커지고, 입꼬리가 실긋 올라가고, 시선에서 불꽃이 일어나는 순간 인간들의 감정이 표출된다는 것을 나는 안다.

그런데 왜 그러한 감정 상태에 이르러서도 짝짓기를 하지 않는 인간들이 허다한 걸까. 감정 자체로 충만함을 느끼기 때문인 걸까.

그동안 고양이가 인간보다 뛰어나다고 철석같이 믿어 왔는데, 어쩌면 이것이 착각일지도 모른다는 생각이 든다. 연민의 감정과 사랑의 표현 방법부터 우리가 인간에게 배울 게 한둘이 아닐지도 모른다.

어머나, 공포에 떨다 보니 별 괴상망측한 생각이 다 드네.

개들은 지칠 줄 모르고 짖어 대고 나는 슬슬 몸에 힘이 풀린다. 이러다 까딱하면 침이 질질 흐르는 놈들의 아가리로 떨어질 수도 있다. 무서운 생각을 떨치기 위해 안간힘을 쓰다 보니 새로운 연민의 감정이 일어난다. 피타고라스를 향한 연민, 이것만이 나를 잠들지 않고 깨어 있게 만든다.

내가 그를 사랑하고 있는 건 아닐까?

말도 안 돼! 이 거만한 샴고양이와 사랑에 빠지는 건 싫어.

34

우리 몸속의 아주 작은 세입자들

『이기적 유전자』의 저자인 미국의 과학자 리처드 도킨스는 독창적인 이론을 제시했다. 우리 몸속에 사는 바이러스나 박테리아, 기생충 등이 부지불식중에 우리 행동에 영향을 끼친다는 것이다. 우리 몸속에 숨어 있는 이 작은 생물들은 각자의 계획을 가지고 있으며, 우리는 의지와 무관하게 그것에 귀를 기울이게 된다고 그는 주장한다. 우리가 때때로 이해할 수 없는 행동을 보이는 것은 우리 몸을 번식의 도구로 삼는, 이 눈에 보이지 않는 세입자들 때문이라는 것이다.

가령 도킨스는 일종의 박테리아인 매독균에 감염된 환자가 그렇지 않은 사람보다 성관계에 더 강한 욕구를 보인다는 사실을 발견했다. 이러한 사실로부터 그는 매독균이 전파 계획을 가지고 있는데, 매독에 걸린 사람이 성관계를 활발히 가짐으로써 결국 그 계획의 실현을 도와준다는 추론에 이르게 된다.

개미의 몸속에 기생하는 간디스토마도 마찬가지다. 우연히 개미의 입으로 들어가는 순간 이 벌레는 숙주인 개미의 뇌를 완전히 장악한다. 그러면 개미는 한밤중에 좀비처럼 일어나 돌아다니다가 풀을 뜯는 양의 입으로 들어가게 된다. 숙주가 바뀐 간디스토마는 양의 소화 기관에서 번식을 통해 진화를 계속할 수 있는 것이다.

고양이를 숙주로 삼는 톡소포자충, 일명 톡소플라스마도 마찬가지다. 이 벌레는 고양이의 대소변을 통해 밖으로 배출된다. 체코 출신의 기생충 전문가 야로슬라프 플레그르 교수에 따르면, 쥐는 본래 고양이 오줌 냄새를 싫어하지만 톡소포자충에 감염되면 그 냄새에 끌려 고양이에게 잡아먹힐 위험이 커지게 된다. 고양이 몸속에 들어감으로써 톡소포자충의 번식 가능성도 결국 더 커지게 된다.

톡소포자충은 인간에서는 특별한 질병 증상을 나타내지 않는 기생충이다. 하지만 대상이 임신한 여성일 경우에는 태아의 성장을 방해할 수도 있다고 한다. 아직까지는 톡소포자충 감염을 치료하는 약이나 예방 백신이 존재하지 않는다.

플레그르 교수는 연구를 통해 또 한 가지 흥미로운 사실을 밝혔다. 톡소포자충이 숙주인 인간의 행동에 영향을 미친다는 것이다. 쥐도 그렇지만 인간도 톡소포자충에 감염되면 (전체 인구의 약 30퍼센트가량이 이 기생충에 감염됐다고 추정된다) 후각에 변화가 일어난다고 그는 말한다. 고양이 오줌 냄새가 좋아지고, 고양이에게 비정상적으로 끌리며, 자꾸 고양이를 쓰다듬어 주고 싶어진다는 것이다.

한 가지 흥미로운 발견이 더 있다. 플레그르 교수에 따르면 톡소포자충에 감염된 사람은 위험한 행동을 서슴지 않는 경향을 보인다고 한다. 2002년 운전 행태에 대한 연구를 통해 그는 톡소포자충에 감염된 운전자가 그렇지 않은 운전자보다 과속하는 경향이 있으며, 따라서 사고를 낼 위험도 세 배 높다는 사실을 밝혔다.

『상대적이고 절대적인 지식의 백과사전』 제12권

35
나무 위에서

일어나 꼼짝하지 않고 온종일 누워만 있고 싶은 날이 가끔 있다. 딱 그런 날인 오늘 아침, 나는 누워 있기는커녕 공중에 떠서 나뭇가지 위에서 불안한 자세를 유지하고 있다.

내가 지금 있는 곳이 휴식을 위한 최적의 장소가 아니라는 건 누구나 알 것이다. 게다가 밑에서는 개들이 잠시도 쉬지 않고 멍청하게 짖어 대고 있다.

「앉아! 손!」 마치 개들을 훈련시키는 듯 내가 큰 소리로 야옹거린다.

피타고라스가 한숨을 내쉰다.

「쓸데없이 침 낭비하지 마. 에너지를 절약해야 최대한 오래 버틸 수 있어. 쥐 나지 않게 심호흡도 크게 하고.」

내가 불안한 균형을 유지하고 있는 밤나무 밑에서 개

들이 발악을 한다.

「쟤들은 어떻게 지칠 줄을 모르지?」

「교대해 가면서 짖잖아. 잘 봐, 어제 짖던 개들이 아니야.」

「너의 동명 인간이라면 이 상황에서 어떻게 했을까?」

「철학자 피타고라스라면 자기를 물어뜯으려는 개들을 피해 나무 꼭대기에 앉아서 뭘 했을까, 그런 말이야? 글쎄, 구조를 요청하지 않았을까.」

이 말을 듣는 순간 머릿속에 금이 가는 듯하더니 아이디어가 떠오른다.

「나탈리한테 연락하지 않고 뭐해?」

멍청하게 그 생각을 못 했다. 공포와 당혹감에 휩싸여 인간 집사는 머리에 떠올리지도 않았다. 피타고라스가 즉시 나탈리와 통신을 하더니 안도의 표정을 짓는다.

「걱정하면서 연락을 기다리고 있었대. 금방 도착할 테니 염려 말래.」

잠시 후, 아침 햇살이 퍼지기 시작한 도로 가운데에 집사의 모습이 나타난다. 직립 보행을 하는 인간의 눈부신 등장에 놀란 개들이 이내 조용해진다. 몇몇은 다가와 꼬리를 흔들며 냄새를 맡기도 한다. 인간 집사가 머리카락을 휘날리며 위풍당당하게 밤나무를 향해 걸어오고 있다. 멀리서도 그녀의 향수 냄새가 난다. 동작 하나하나가 멋지고 아름답다.

나무 밑에 있던 개들이 주저주저하다 물러서며 그녀에게 길을 내준다. 오랜 세월 인간 주인 밑에서 학습한 비굴한 근성이 자동 반사적인 행동으로 나타나는 것이다.

「바스테트!」 나탈리가 반갑게 소리치며 나무에서 내려오라는 손짓을 한다.

나는 뛰어 내려가 팔을 크게 벌리는 집사의 품에 안긴다. 피타고라스도 뒤따라 나무에서 뛰어내린다. 우리는 경계심을 풀지 못하고 집사의 양쪽 어깨에 나눠 앉는다.

사납게 컹컹거리던 개들이 잠잠해지자 집사가 인간의 언어로 말한다.

「앉아, 안 돼, 앉아!」

개들이 그녀의 말은 이해 못 해도 어조와 말에 실린 감정은 포착한 듯하다.

그녀가 말을 계속하자 개들이 귀를 쫑긋 세우고 궁금해하는 듯이 꼬리를 흔들어 댄다.

「집사가 개들한테 뭐라고 하는 거야?」

「우두머리가 누군지 가르쳐 달라고 하는 것 같아.」

「개들이 알아들을까?」

「인간과 오래 살았기 때문에 개들은 자신들의 방식으로 인간 언어를 이해할 수 있게 됐어. 250개가 넘는 인간 단어의 뜻을 이해하는 개도 있다고 들었어.」

공포심이 다소 누그러지자 개들을 자세히 관찰할 여유가 생긴다. 키, 골격, 털빛, 꼬리의 생김새와 길이가 다 제각각이다. 쥐 앞니에 물린 게 분명한 상처가 난 개들도 여럿이다. 어떤 개는 아예 다리 하나가 사라지고 없다.

흰색과 검은색이 섞인 긴 털을 휘날리며 개 한 마리가 등장하자 다른 개들이 옆으로 비켜서며 길을 터준다.

「저건 무슨 종이야?」

「보더 콜리야. 출신은 영국인데, 예전에는 주로 양치기들이 키웠어. 인간의 기준이긴 하지만 지능이 아주 높아. 인간의 단어를 가장 많이 알아듣는 견종이라고 알려졌지. 조련이 쉬워 서커스 공연에도 많이 등장한대.」

집사와 가까워지자 보더 콜리가 걸음을 멈추더니 입술을 말아 올리면서 작은 소리로 으르렁거리기 시작한다. 어라, 당장 달려들어 공격할 태세잖아.

나는 고양이의 관점으로 놈의 동작을 면밀히 분석한다. 꼬리는 배 밑에 감아 넣고 귀는 위로 바짝 세웠다. 고양이들한테는 신뢰의 표현인 이 두 가지 행동이 개들한테는 공격 자세를 의미하는 모양이다.

나탈리가 무릎을 굽히며 개를 향해 손을 뻗는다. 그녀의 손바닥이 하늘로 향해 있는 걸 보자니 예전에 엄마가 했던 말이 생각난다. 〈그건 환영의 제스처란다. 하지만 인간이 손을 높이 들어 손바닥이 아래로 향하게 한 상태에서 앞으로 뻗는 건 힘의 우위를 과시하려는 거야, 지배하겠다는 뜻이지. 반대로 손을 땅에 댄 상태에서 손바닥이 위로 향하게 하면, 이건 상대방과 관계를 맺고 싶다는 뜻이거나 자신의 힘의 열세를 인정하겠다는 뜻이지.〉

잠시 머뭇거리던 보더 콜리가 꼬리를 밖으로 빼고 귀를 눕히자 주변에 있던 개들이 순하게 돌변한다.

개 하나가 뜯지도 않은 사료 봉지를 우리 앞에다 물어다 준다. 흠, 닭고기와 프로방스산 허브가 첨가된 내가 좋아하는 사료야. 오랜만에 음식다운 음식을 먹고 있는 내게 다른 개가 다가오더니 독수리와 싸우다 생긴 상처를 핥아 주기 시작한다. 흠칫 놀라 내가 몸을 뒤로 빼자 피타고라스가 말한다.

「그냥 핥게 놔둬. 개의 침은 살균 효과가 있어.」

보더 콜리와 인간 집사가 둘만의 방식으로 한참 동안 대화를 이어 간다. 소통이 이루어지고 있는 게 분명하다. 잠시 후 보더 콜리가 집사를 올려다보면서 아까와는 완연히 달라진 순한 톤으로 컹컹 짖더니 마을 바깥을 향해 걸어간다. 긴 혓바닥을 밖으로 빼놓고 낑낑거리는 모습이 뭔가 조바심을 치는 눈치다.

「우리한테 따라오라는 거야.」피타고라스가 설명해 준다.

우리 일행은 좌우로 도열해 우리를 쳐다보는 개들의 배웅을 받으며 마을을 빠져나온다. 그들이 우리에게 행운을 빌어 주는 듯 일제히 짖어 대기 시작한다.

「겪어 보니 알겠어. 동족인 고양이들보다 개들이 우리한테 훨씬 친절하게 대해 줬어. 내가 개들에 대해 속단했다는 거 인정할게.」

「인간의 격언 중에 이런 게 있어. 〈멍청이들만이 의견을 바꾸지 않는다.〉 개에 대한 편견을 버린 건 정말 잘한 일이야, 바스테트.」

개들과 헤어지면서 나는 이제 친구가 된 그들을 향해 컹컹 짖는 시늉을 한다. 〈당신들은 개지만 나는 당신들을 존중해요.〉 몇 마리가 고개를 하늘로 쳐들고 화답하듯 짖어 댄다.

우리는 길을 안내하는 보더 콜리만 믿고 따라간다. 나는 그를 향해 이유를 알 수 없는 친근감을 느낀다. 얼마 지나지 않아 보더 콜리가 걸음을 멈추고 나탈리를 올려다본다. 목적지에 도착한 게 분명하다. 철조망이 빙 둘러

처져 있고 중간중간 망루가 서 있다. 철조망 너머에 인간들의 집이 보인다. 공기 중에서 인간의 냄새가 희미하게 감지된다.

쥐들이 점령한 베르사유 궁전, 적대적인 고양이들의 급수탑, 친절한 개들의 마을에 이어 드디어…… 인간들이 모여 사는 곳에 도착했다.

보더 콜리가 꼬리를 마구 흔들어 대기 시작하자 나탈리가 피타고라스를 통해 이곳이 어딘지 내게 알려 준다.

「여긴 네 집사도 아는 곳이래. 유능한 과학자들이 모여 있는 오르세 대학[4]이라고 하네.」

「마침 잘됐네. 그동안 생각 없는 존재들을 상대하느라 지쳤는데.」

말을 내뱉는 순간 다시 주워 담고 싶은 생각이 든다. 우리를 여기로 데려온 보더 콜리 같은 똑똑한 동물을 그동안 수없이 만나고도 이런 말도 안 되는 소리를 하다니.

---

4 오르세를 비롯한 파리 남부에 흩어져 있는 파리 제11대학의 이공계 캠퍼스를 가리킨다.

36
동물의 지능

　인간의 기준에 따라 지능이 높은 동물을 순서대로 살펴보자면 다음과 같다.

　침팬지는 도구를 사용할 줄 안다. 가령 막대기를 이용해 나무껍질 속에 있는 벌레를 찾아낸다. 도구를 만들 줄도 알고, 손짓을 통해 커뮤니케이션을 하기도 한다. 그림을 보고 그것에 해당하는 사람이나 사물을 연결 지을 수도 있다. 일종의 부족과 같은 집단을 이루어 살기도 한다. 또한 보노보는 갈등 상황에서 긴장을 완화하기 위해 성(性)을 도구로 쓴다고 알려져 있다.

　사회적인 동물인 돌고래는 다른 돌고래들과 협력해 물고기 떼를 효과적으로 포위하는 전략을 짠다. 돌고래는 장난을 좋아한다. 상당히 정교한 언어 체계를 사용하며, 자신보다 위계가 높은지 낮은지에 따라 상대를 다르게 부른다고 알려져 있다. 〈만지다〉, 〈안〉, 〈바깥〉, 〈왼쪽〉, 〈오른쪽〉 등의 개념을 이해할 수 있다. 새로운 놀이를 만들 줄도 알고 그것을 인간에게 가르쳐 줄 줄도 안다.

돼지는 사회성이 강한 동물이다. 거울이 어떤 것인지 알고, 개체로서 스스로에 대한 인식도 가지고 있다. 학습 속도가 빠르며 실수를 바로잡을 줄도 안다. 새로운 것을 발명할 줄 알고 놀이를 통해 스트레스를 줄이는 방법도 안다. 집단을 이룰 줄도 안다. 가족을 사랑하고 보호하며 새끼들에게 교육을 시킬 줄도 안다. 주둥이를 써서 나뭇가지를 지렛대처럼 활용할 줄도 안다.

사회성이 높은 코끼리는 권위를 가진 나이 든 암컷을 중심으로 위계 사회를 이루어 산다. 자기보다 약한 코끼리를 도울 줄 아는 이타적인 동물이기도 하다. 거울에 비친 자신의 모습을 인식할 수 있고 나뭇가지를 도구로 사용할 줄도 안다. 구성원이 죽으면 집단 전체가 고도의 의식을 행한다고 알려져 있다.

어린 까마귀는 비슷한 또래끼리 무리를 이루어 살면서 그 속에서 각자 자신의 역할을 찾는다고 알려져 있다. 나이가 들면 짝을 찾아 가족을 형성한다. 까마귀는 숫자를 8까지 셀 줄 알고 장애물에 가려져 있는 먹이를 먹는 방법을 찾아낼 줄 아는 동물이다. 거울 속에 비친 모습이 자신이라는 걸 알고, 부리로 돌을 물어 알을 깨는 데 사용할 줄도 안다.

문어는 용감하고 호기심이 강한 동물이다. 학습 능력과 문제 해결 능력이 뛰어나고 먹이를 잡기 위한 전략을 세울 줄도 안다. 코코넛 껍데기를 머리에 덮어 투구 용도로 사용하기도 한다고 알려져 있다. 미로에서 빠르게 출구를 찾아내기도 한다.

쥐는 탁월한 기억력 덕분에 안전한 길을 기억하고 위험한 길을 피해 다닐 수 있다. 큰 집단을 이루어 살면서 상명하복의 질서를 엄격히 지킨다. 어떤 쥐가 낯선 먹이를 먹으면 혹시 모를 전염에 대비해 해당 구성원을 격리하는 체계를 갖추고 있다고 알려져 있다. 쥐는 과거의 잘잘못에서 교훈을 얻을 줄도 안다.

학습 능력이 무척 뛰어난 고양이는 단독으로 살기도 하고, 혹은 무리를 지어 살기도 한다. 호기심이 많고 노는 것을 좋아한다. 꿈을 많이 꾸는 고양이는 꿈의 메커니즘을 이해하고자 하는 과학자들의 연구에 많은 영감을 주기도 한다. 새로운 상황에 적응하는 능력이 뛰어난 동물이다.

개는 높은 감성 지수를 지닌 덕에 주인이 느끼는 감정을 잘 포착한다. 특유의 충성심으로 인간과 특별히 친밀한 관계를 만들어 가는 동물이다. 자기가 기준으로 삼는 인간에게 다양한 방식으로 애정을 표현할 줄 안다.

개미는 〈인간식〉의 지능은 없지만 사회성은 다른 어떤 동물에도 뒤지지 않는다. 5천만 마리가 넘는 개체가 사는 도시를 건설해 (유럽 숲에서 관찰되는 불개미들에서 보듯) 완벽한 조화를 이루면서 살아간다. 개미는 농업과 양봉을 알고(도시 지하에서 버섯을 키우고 진딧물에서 꿀을 추출한다), 전쟁을 하며, 건축 개념(효과적인 채광 및 환기 시스템을 갖춘 피라미드형 도시를 짓는다)도 가지고 있다.

『상대적이고 절대적인 지식의 백과사전』제12권

37

오르세 대학

나탈리가 작은 돌을 하나 집어 철조망으로 던지자 팍 하는 소리와 함께 불꽃이 튄다.

「내 예상대로야. 저건 고압 철조망이야.」

집사의 말을 샴고양이가 즉시 통역해 준다.

「그게 뭐지?」

「저 철사를 만지는 순간 우리 몸에 강한 전류가 흘러 즉사한다는 뜻이야.」

아니나 다를까, 자신들의 공격을 막아 내는 기술이 존재한다는 사실을, 소중한 목숨을 대가로 알게 된 쥐 수백 마리의 사체가 새까맣게 그을린 채 철조망에 걸려 있다.

이제야 쥐들을 물리칠 효과적인 대응 방법을 찾은 것 같군…….

나탈리가 출입구라면서 육중한 철문 하나를 손으로

가리킨다. 대멸망 이후에 설치된 게 분명해 보이는 목재 망루가 문 양쪽에 하나씩 서 있다.

　문으로 다가가자 망루 꼭대기에 인간의 모습이 나타나더니 별안간 집사의 발 앞으로 총알이 비 오듯 쏟아져 내린다. 우리가 소스라치게 놀라 멈춰 서자 보더 콜리가 작별 인사인 양 컹컹 짖더니 이내 꼬리를 흔들며 돌아서 걷는다. 개의 소임을 다했다는 뿌듯함을 안고 동족에게 돌아가는 것이다.

　집사와 망루 위 인간 사이에 내가 이해하지 못하는 인간의 언어로 대화가 오간다. (입을 쩝쩝거리면서 알아들을 수 없는 소리를 낼 때마다 얼마나 짜증이 나는지.) 잠시 후 큰 소리가 나면서 대문이 열린다. 몸이 부해 보이게 이상한 은색 작업복을 입은 인간 하나가 문밖으로 걸어 나온다.

　머리에 공처럼 생긴 헬멧을 뒤집어쓴 인간의 손에 서류 가방이 하나 들려 있다.

　내 궁금증을 알고 피타고라스가 묻기도 전에 설명해 준다.

　「저건 아마 방호복일 거야.」

　「왜 우주 비행사가 입는 것 같은 저런 옷을 입고 다녀?」

　「공기와의 접촉을 차단해 주니까 당연히 세균도 침투

할 수 없지. 저들이 아직 페스트에 대한 공포를 떨치지 못한 게 분명해.」

방호복 차림의 인간이 가방에서 라켓처럼 보이는 물건을 꺼내 든다. 그가 나탈리의 몸을 훑듯이 기구를 아래위로 움직이자 찌직찌직 하는 소리와 함께 불빛이 새어 나온다. 그가 같은 기구로 나와 피타고라스의 털 속을 오랫동안 들여다본다. 그가 내 입을 벌리고 막대기로 침을 살짝 찍어 담더니 몸에 주사기를 찔러 피를 뽑는다. 우리 일행을 향해 잠시 기다리라는 제스처를 하더니 가방에서 온갖 기구들을 꺼내 바닥에 펼쳐 놓는다. 시험관을 세게 흔들었다 안에다 뭔가를 떨어뜨렸다 하면서 한참 조작을 하고 나더니 우리 몸에 지독한 냄새가 나는 액체를 뿌려 댄다.

「이건 살균제야. 박테리아를 죽이는 거지.」 샴고양이가 친절하게 설명해 준다.

인간이 이번에는 노란색 가루를 우리 몸에 뿌린다.

「페스트를 옮기는 벼룩을 죽이려는 거야.」

방호복을 입은 인간이 망루 위의 동료를 향해 엄지손가락을 치켜들어 보이자 다시 문이 열린다.

우리 셋은 떨어질 수 없는 사이라는 듯이 집사가 피타고라스와 나를 어깨에 태워 안으로 들어간다.

웬만한 마을보다도 넓은 탁 트인 공간이 눈앞에 펼쳐진다. 특색 있는 건물들이 나무 사이에 드문드문 서 있는 풍경이 하늘에서 내려다보면 거대한 공원이라는 착각을 불러일으킬 것 같다.

집사와 (이제 헬멧을 벗은) 방호복 사내가 걷는 내내 얘기를 나눈다. 피타고라스가 나를 위해 열심히 통역해 준다.

「이 오르세 대학은 다양한 분야의 첨단 기술을 개발한 명문 대학이야. 대멸망기에 교수와 학생들이 여기로 몸을 피해 들어와 바깥 세계의 위험을 차단할 수 있는 갖가지 방법을 개발해 냈대.」

「우리를 왜 들여보내 줬을까?」 내가 의아한 표정으로 피타고라스를 쳐다본다.

「우리가 자신들의 안전과 공동체의 안녕에 위험이 되지 않는다고 판단했대.」

「저 사람들 너무…… 겁이 지나치게 많은 사람을 가리키는 단어가 뭐 없나?」

「〈파라노이아〉 환자.」

이 멋진 단어를 당장 내 어휘 사전에 추가해야겠다.

「낙관론자들은 다 죽고 극도의 편집증 환자들만 살아남은 거지.」 피타고라스가 냉소적으로 덧붙인다.

낙관론자, 이 단어야 내가 알지. 옛날에 엄마가 〈낙관
론자들은 정보에 어두운 사람들〉이라고 했는데, 돌이켜
보니 우리 엄마가 표현 감각 하나는 정말 뛰어난 고양이
였던 것 같다.

우리 일행은 안내를 받아 조금 낡아 보이는 건물로 들
어간다. 대리석 계단을 오르자 검은색 문이 하나 나온다.

문 너머 방에는 스크린들과 각종 기계 장비들이 빼곡
하고, 그 가운데에 책상이 하나 놓여 있다. 알이 두꺼운
안경을 끼고 백발을 길게 기른 노인이 책상 앞에 앉아 있
다. 다른 사람들처럼 흰 가운을 걸친 그의 가슴팍 주머니
에는 볼펜이 여러 자루 꽂혀 있다. 저 펜들은 노인의 뛰
어남을 말해 주는 훈장 같은 것인지도 모르겠다.

노인의 이마에 쥐 앞니에 물린 흔적이 분명한 상처가
하나 있다.

백발노인이 우리를 안내해 준 사내와 잠시 얘기를 주
고받더니 나탈리에게 책상 앞에 있는 의자에 와서 앉으
라고 손짓을 한다.

입을 열었다 닫았다, 혀를 입천장에 붙였다 뗐다 하는
소리와 함께 인간들 사이에 대화가 오간다. 피타고라스
가 나를 위해 통역을 시작한다.

「저 사람 이름은 필리프 사르파티, 이 대학 학장이야.

내전이 벌어지자 교수와 학생들이 이곳으로 피신해 무장을 하고 과격 집단의 공격을 막아 냈어. 이 대학 같은 교육 기관은 광신주의자들이 가장 좋아하는 공격 타깃이지. 여기서는 모든 인간이 똑같은 자격으로 교육을 받거든. 대멸망기에 많은 구성원이 희생됐지만 오르세 공동체는 방어 수단을 찾아냈어. 담장을 높이 쌓아 쥐들의 접근을 차단하고 망루에 기관총을 설치해 광신도 집단의 공격을 막아 낸 거야. 그렇게 외부와의 접촉이 전면 차단된 상태에서 감염을 피하기 위한 방책을 고안해 냈지. 그 중 하나가 바로 고압 철조망이야. 쥐들의 접근이 감지되면 철조망에 전기가 흘러. 수많은 쥐가 철조망에 닿아 죽었는데도, 마치 제대로 작동하는지 확인하려는 듯이 갈수록 많은 쥐가 접근해 왔대.」

귀에 들어오는 정보 하나하나가 신기하고 놀랍기만 하다.

「드디어 우리가 제대로 찾아온 것 같아.」

내가 흥분한 목소리로 말해도 피타고라스는 무표정하게 통역을 계속한다.

「대학 내부는 바깥 세계에의 의존을 최소화하기 위해 밀폐 생태계처럼 작동하고 있어. 시뉴섬과 시테섬에서 우리가 했던 시도와 비슷한 거야. 물론 훨씬 조직적이지만. 인간들은 채소와 과일을 자급자족하고 있어. 2백 헥타르가 넘는 이 캠퍼스에 대멸망 전에는 학생 3만 명, 교수 2천 명, 82개 실험실에서 일하는 연구원 1천 명이 상주하고 있었대.」

나는 이 숫자들을 들으면서 이곳이 대단히 넓고 사람이 붐비는 곳이었다고만 막연히 상상한다.

「두 명의 노벨 물리학상 수상자와 다수의 필즈상 수상자를 배출한 곳이래. 이 상들은 뛰어난 과학적 업적을 세운 인간들에게 주어지는 상이니까 여기 있는 인간들은 아주 똑똑하다고 이해하면 돼.」

나는 기분이 좋아져 나직한 한숨을 내뱉는다. 이제야 인간종 중에 제대로 똑똑한 사람들을 만났어. 그러니 이들과는 소통이 가능할지도 몰라.

집사와 백발 과학자의 대화가 한동안 이어진다. 의견이 일치하는 듯 둘이 번갈아 고개를 끄덕이고 있다. 나는 집사가 고양이 공동체를 구해 달라고 도움을 요청하는 얘기를 빠트리면 어떡하나 싶어 안절부절못하며 그녀를 쳐다본다. 피타고라스가 두 인간의 대화를 실시간으로 전해 준다.

백발의 과학자는 오르세 공동체 구성원들이 이 안전한 캠퍼스 밖으로는 아직 나갈 수 없다고 말한다. 이 전략적 장소를 벗어나기 위한 준비가 끝나지 않았다고 덧붙인다. 그가 리모컨을 들고 스크린을 켜 놓은 상태에서 구체적인 설명을 덧붙인다. 당연히 피타고라스가 내용을 내게 전해 준다.

「이 세계 지도 위에 전염병에서 살아남은 인간 공동체들의 위치가 표시돼 있어. 80억 명에 이르던 세계 인구는 그가 알기로 지금 10억 명으로 줄어들었대. 인구 밀도가 높은 대도시가 가장 많은 피해를 입었는데, 밀집한 환경이 공동체 간의 긴장을 격화시키고 전염병의 확산을 키웠기 때문이래. 반면 인구 밀도가 낮은 지역의 인간들은 상대적으로 피해가 적었어. 위기를 피해 섬이나 산으로 몸을 피한 인간들도 적지 않았다고 해.」

과학자가 말을 잇는다.

「이제 더 이상 지구의 절대적인 주인은 아니지만, 전기가 공급되고 — 원자력 발전소는 완전히 자동화되어서 여전히 정상적으로 가동되고 있어 — 인터넷 접속이 가능한 한 인간들은 살아남아서 그동안 축적한 지식을 보존하려는 노력을 계속할 거래. 오르세 대학은 지식의 요새로서 프랑스뿐 아니라 전 세계에 지식을 확산하는 창구 역할을 해나갈 계획이래.」

백발 과학자가 리모컨을 조작하자 웅장한 건물들이

화면을 꽉 채운다. 피타고라스가 그의 말을 계속해서 옮겨 준다.

「오르세 대학은 뉴욕 대학과 긴밀한 협력 관계를 유지하고 있대. 맨해튼에 있는 인간들이 효과적인 쥐약을 개발하는 데 성공해 섬의 쥐를 박멸했대. 그들은 지금 오르세 대학처럼 쥐에 맞서 싸우는 선봉에 서 있대.」

내가 잘못 들은 건 아니지? 효과적인 쥐약이 개발됐다니!

「그걸 개발했으면서 왜 우리한테는 주지 않는 거야?」

「쥐약에 들어가는 일부 성분이 미국에밖에 없대. 게다가 현재로선 비행기 왕래가 끊겨 우리 쪽으로 쥐약을 실어다 주기가 어려워. 그 귀한 약을 싣고 배 한 척이 뉴욕항을 떠나긴 했는데 아직 도착했다는 소식은 받지 못했대. 중간에 좌초했거나 누군가의 공격을 받았겠지.」

그동안 몰랐던 새로운 정보를 들으니 가슴이 벅차오른다.

이 말은, 해결책이 이미 존재하는데 아직 우리 손에 들어오지 않았을 뿐이라는 거지.

「첫 번째 시도가 실패하고 나서 배를 여러 척 다시 띄웠다고 해. 그 배들이 목적지에 무사히 도착하면 우리도 쥐를 박멸할 수 있게 될 거야.」

「선박들이 좌초되거나 납치되지 말아야지…….」

「너무 비관적으로 보지 마, 바스테트.」

계속 이어지는 인간들의 대화를 옮기느라 피타고라스가 진땀을 흘린다.

「인류 문명의 재건을 위해 오르세 대학만이 가진 강점이 하나 있대. 어마어마한 정보를 저장하고 있는 데이터 센터가 바로 그것인데, 학장이 우리한테 구경시켜 주겠대.」

나이 든 과학자가 반구(半球)처럼 생긴 연회색 건물을 향해 앞장서 걸어가기 시작한다.

그를 따라 안으로 들어가자 거대한 캐비닛이 빽빽하게 들어차 있고, 그 속에서 작은 불빛들이 쉴 새 없이 깜빡댄다. 캐비닛 사이에 있는 유리 칸막이 하나에서는 어떤 남자가 앉아 자기 앞에 놓인 스크린들을 들여다보며 키보드를 두드려 대고 있다. 남자가 몸을 돌려 의자에서 일어난다. 역시 흰 가운을 걸친 그는 갈색 머리에 까만 눈동자, 파란색 뿔테 안경을 쓰고 있다. 입술이 유난히 도톰하다.

두 과학자가 인간들의 방식으로 윗발을 내밀어 맞잡고 흔든다. (이건 고양이식으로 말하면 코를 맞대는 것과 똑같은 인사법이다.) 학장이 먼저 입을 연다.

「여긴 우리 대학의 심장으로 불리는 곳이에요. 이 사람은 로망 웰즈 교수, 〈기억의 수호자〉라는 별명을 가진 친구예요. 별명답게 인류의 지식을 한데 모아 보존하겠다는 야심 찬 계획을 추진 중이에요.」

소심해 보이는 파란 안경을 낀 젊은 과학자가 나탈리에게 다가와 인사를 건넨다. 이상하게도 나탈리의 눈을 똑바로 바라보지 못하고 말을 더듬기까지 한다. 흠, 둘 사이에 무슨 일이 벌어지고 있는 게 틀림없어. 종에 상관없이 미묘한 기운을 감지하는 데는 우리 고양이들이 도사지.

백발의 과학자가 젊은 연구자에 관해 좀 더 상세히 소개한다.

「캠퍼스를 보호하는 고압 철조망 보안 시스템을 고안한 사람이 바로 로망이에요. 그뿐만 아니라 우리 대학 연구진 중 가장 혁신적인 과학자로 평가받고 있죠. 지식의 보존에 특히 관심이 많아요. 책에 물리적으로 기록되거나 기억 장치에 저장되지 않는 것은 잊히게 되고, 잊히는 것은 존재하지 않은 것이나 마찬가지라는 게 이 친구의 철학이죠.」

멋진 생각이야, 마음에 들어. 피타고라스가 통역 중간중간 자기 생각을 덧붙여 들려준다.

「그런 생각을 가진 로망 웰즈는 백과사전파가 됐고, 현재 인터넷에서 ESRA를 보급하고 있어.」

「ESRA? 그게 뭔데?」

「『상대적이고 절대적인 지식의 백과사전』의 줄임말, 기억해? 너한테 어떤 정보를 알려 줄 때 내가 수시로 인용하는 웹사이트야. 역사와 심리학을 비롯해 생물학, 물리학에 이르기까지 인간의 지식 분야를 모두 망라해 다루고 있어.」

「그 중차대한 일을 어떻게 한 사람이 혼자 한단 말이야?」

「내가 알기로 로망 웰즈는 ESRA를 처음으로 만든 사람의 후손이야. 현재 그는 기존의 ESRA에 위니베르살리스, 브리태니커, 디드로의 『백과전서』 등 각종 백과사전은 물론 위키백과에 존재하는 수백만, 수천만 개의 텍스트까지 취합해 놓은 상태야. 거기다가 전 세계 국가들이 오늘날까지 생산한 모든 책과 음악, 영화까지 추가했지. 일명 ESRAE라는 것인데, 뒤에 붙은 〈E〉는 〈확장되었다*étendue*〉는 뜻이야. 한마디로 인간이 지금까지 축적한 흥미로운 지식을 빠짐없이 모아 놓은 지식 창고인 셈이지.」

내가 흥미롭다는 표정을 짓자 피타고라스가 신이 나

서 설명을 덧붙인다.

「그 모든 지식을 인간의 손에 잡히는 조그만 휴대용 물체 하나에 집어넣는 게 로망 웰즈의 계획이래.」

「인간의 손에 잡히는 크기? 그 휴대용 ESRAE 기억 장치를 우리가 볼 수 있을까?」

「이심전심이네, 막 너희 집사가 그걸 보여 달라고 부탁했어.」

로망 웰즈가 주저하는 기색을 보인다. 안 된다고 할 것 같던 그가 고개를 끄덕이더니 구석에 있는 금고 앞으로 다가간다. 인간 암컷이 그에게 어떤 작용을 일으킨 게 분명하다.

그가 금고를 열더니 내 혓바닥에 올라갈 만한 크기의 USB 메모리를 꺼내 보여 준다. 짙은 파란색 바탕에 하얀 별이 그려져 있다. 나는 실망을 감추지 못한다.

「이게 인간 지식 전부라고?」

기억의 수호자가 하는 설명을 피타고라스가 통역으로 옮겨 준다.

「오르세 대학에서 기술 개발에 성공해 소형화한 결과물이래. 작아 보여도 이 안에 1제타옥텟의 정보가 들어 있다고 하네.」

「제타 뭐? 그게 뭔데?」

「일종의 단위야. 예전에 내가 USB 메모리에 대해 얘기하면서 한번 설명해 준 적이 있을 거야. 1메가옥텟은 1백만 옥텟, 1기가옥텟은 10억 옥텟이고 1제타옥텟은…… 10^{21} 옥텟이니까, 10억 옥텟의 1조 배가 되지.」

아주아주 많다는 뜻이구나.

「표면을 내구성이 강한 티타늄 소재로 만들었대. 방탄 및 방수 기능은 물론 강한 하중에도 견딜 수 있고 핵폭발 시 방사능에도 견딜 수 있게 만들었대.」

파란 안경의 젊은 과학자가 집사의 손에서 귀한 물건을 금세 낚아채더니 다시 금고에 넣고 잠금장치를 작동시킨다.

우리 일행은 밖으로 나와 캠퍼스를 산책한다. 공기 중에 싱그러운 향기가 가득하다. 개들이 점령한 마을에 진동하던 퀴퀴한 썩은 내와 탄내 대신 소나무 향과 라벤더 향이 콧속으로 스며든다. 나는 무더기로 피어 있는 꽃에서 눈을 떼지 못한다. 파리 대신 꿀벌들이 꽃 사이를 날아다니며 윙윙거린다.

인간들이 환한 표정으로 캠퍼스를 거닐고 있다. 이 안전한 요새 밖에서 일어나는 참상을 전혀 모르는 듯 무사태평한 얼굴이다. 이들은 담장을 높이 쌓아 자신들만의 정원을, 파라다이스를 만들었다. 고압 전류가 흐르는 철조망이 자신들을 보호해 주고 있다는 사실을 이들은 어떻게 생각할까.

향기만 맡아도 어떤 나무인지 아는 과일나무들이 캠퍼스 곳곳에서 소박한 그늘을 만들어 주고 있다. 레몬나무, 배나무, 벚나무, 무화과나무, 포도나무. 토마토와 가지가 탐스럽게 열린 밭도 보인다.

우리는 점심을 먹으러 로망 웰즈를 따라 구내식당으로 들어간다. 식당을 통틀어 고양이는 딱 피타고라스와 나 둘뿐이다. 집사와 로망이 마주 앉아 식사 중에도 얘기를 이어 간다.

피타고라스가 싫은 내색 없이 열심히 통역을 해준다.

「로망 웰즈의 조상은 ESRA를 처음 만든 에드몽 웰즈라는 사람이야. 그는 개미 연구에 몰두한 생물학자였는데, 기억 상실에 대한 공포 때문에 무엇이든 기록해 놓는 습관이 있었어. 처음에는 종이에 적다가 나중에는 책으로 만들고, 다시 컴퓨터 파일로 저장했어. 가문의 유산이 된 이 파일은 대대로 자손들에게 전해져 내려왔는데, 세대를 거칠 때마다 그 세대만의 특색이 더해지게 됐어. 물리학과 컴퓨터 공학을 전공한 로망 웰즈는 그 유산을 바탕으로 새로운 백과사전의 과학을 만들어 〈백과사전학〉이라는 이름을 붙였어. 그는 이 대학에서 최소한의 공간에 최대한의 정보를 모아 저장할 수 있는 방법을 학생들에게 가르쳤대. 전쟁이 발발하자 그는 서둘러 자신의 프로젝트를 완성하기로 했지. 그 노력의 결과물이 바로 ESRAE야.」

「이 USB 메모리가 있으면 인간들이 수천 년에 걸쳐 축적한 지식이 완전히 사라질 위험은 없겠네.」

「기억 장치를 컴퓨터에 꽂는 순간 인류는 그동안 쌓은 지식과 발견을 기억해 낼 수 있게 되니까 말이야.」

「인류뿐만이 아니지, 우리도…… 고양이를 뜻하는 단어가 라틴어로 뭐지?」

「고양이의 라틴어 어원은 〈펠리스*felis*〉야.」

「그러니까 내 말은, 머지않아 인류를 대체하는 묘류 (猫類), 〈펠리시티*felicity*〉의 세상이 오겠지?」

내 언어 능력에 피타고라스가 깜짝 놀라는 눈치다.

「펠리시티라고 했어? 네가 방금 만든 그 단어를 인간들은 이미 다른 뜻으로 쓰고 있어. 행복이라는 뜻으로 말이야.」

나는 반드시 묘류의 세계를 만들어 낼 거야.

「현재 생존한 인류가 10억 명 가까이 된다고 아까 들었는데, 우리 묘류의 숫자는 얼마나 돼?」

「가장 최근에 내가 인터넷에서 확인한 바로는 5억 마

리 정도야. 집고양이가 약 4억 5천만 마리, 야생 고양이와 길고양이를 합쳐 약 5천만 마리로 추정돼.」

「결국 10억 명의 인간과 5억 마리의 고양이, 그리고 쥐들이 패권 경쟁을 벌이게 된 셈인데, 쥐의 숫자는 얼마인지 혹시 알아?」

「대멸망 이전의 통계에 따르면 약 3백억 마리였는데, 인간의 통제가 사라졌으니 지금은 두 배로 늘어나지 않았을까.」

두 배라는 말을 듣는 순간 심장이 서늘해진다. 인류와 묘류는 갈수록 줄어드는 반면 서류(鼠類)는 폭발적으로 증가하고 있다니.

괜한 걸 물어봤나 싶고 기분이 찝찝해져 화제를 돌릴 방법을 찾던 내 눈에 함께 있는 두 인간의 모습이 들어온다. 로망은 여전히 쭈뼛쭈뼛 소심한 태도를 보이고 나탈리는 조심스럽게 거리를 두는 눈치다. 하지만 둘 사이에는 끊임없이 대화가 오간다. 나는 둘을 유심히 관찰하면서 피타고라스에게 묻는다.

「저들이 조만간 짝짓기를 하겠지?」

「무슨 소리야? 인간의 구애 행동은 시간도 오래 걸리고 절차도 복잡해. 사랑을 고백한 후 상대가 받아들이기까지 며칠, 몇 주, 심지어 몇 달이 걸리기도 해.」

과장도 정도껏 해야지. 인간 세계를 설명할 때 내 흥미를 끌기 위해 피타고라스는 항상 극적이고 과장된 방식을 동원한다.

「그래, 그렇다고 치고, 웰즈 교수가 성공할 수는 있을까?」

「물론이지.」

「그는 어떤 방법으로 집사의 마음을 얻으려 할까?」

「유일한 비결은 대화야. 그런데 그게 쉽지는 않아. 일단 상대방에게 교미에는 관심이 없는 척 보여야 하거든. 보통 어려운 게 아니야.」

「별 멍청한 짓을 다 하네.」

「하지만 인간들의 관계에서는 꼭 필요한 거야. 아무한테나 달려들거나 아무한테나 넘어가는 건 아니라는 인상을 주고 싶어 하거든.」

인간이란 동물은 보통 복잡한 게 아니네. 번식에 시간이 걸리는 데는 다 이유가 있었어.

「나쁘기만 한 건 아니야. 마음을 얻기 어려운 상대의 마음을 얻으면 매우 뿌듯해하지.」 인간 전문가라도 된 양 피타고라스가 신이 나서 말끝을 단다.

내가 오른쪽 앞발로 귀를 박박 긁으면서 다시 묻는다.

「아, 그래? 성욕은 어떻게 하고?」

누가 듣기라도 할까 봐 피타고라스가 귓속말로 속삭인다.

「인간들에게는 포르노그래피라는 게 있대…….」

「엥? 그게 뭔데?」

「인간이 교미하는 장면을 촬영한 거야. 그러면 나중에 다른 인간들이 그걸 보면서 마치 실제로 일어나는 일인 양 흥분을 느껴.」

「말도 안 돼!」

「인간의 뇌에는 〈거울 뉴런〉이라는 게 있어서 화면 속에서 일어나는 일을 현실에서 실제로 벌어지는 것처럼 받아들일 수 있거든.」

내가 연민의 감정으로 다른 존재의 고통을 느꼈듯이 인간들은 타인의 흥분된 감정을 자기 감정인 양 느낄 수 있단 말이야?

인간이란 동물은 죽었다 깨어나도 이해를 못 하겠어. 다른 고양이들의 교미 장면을, 그것도 영화로 보면서 흥분을 느끼는 건 나로선 상상도 할 수 없어.

아이쿠, 하마터면 내가 인간들을 부러워할 뻔했네.

점심 식사가 끝나자 학장이 우리가 앞으로 지낼 곳이라며 기숙사로 안내해 준다. 집사가 방에서 휴식을 취하는 사이 피타고라스와 나는 대멸망의 환란에서 살아남은 대학 공동체를 둘러보며 시간을 보낸다.

고층 건물은 거의 없고 딱 나무 한 그루 높이의 건물들이 띄엄띄엄 서 있는 캠퍼스는 자연과 완벽한 조화를 이뤘다는 인상을 준다. 실로 오랜만에 웃는 얼굴로 콧노래를 흥얼거리는 인간들을 마주한다. 행복해 보인다. 본래 인간들이 저렇게 평온하고 행복할 수 있는 존재들이었던가. 그동안 내 눈에 비친 인간들은 스트레스에 짓눌려 살아가는 동물이었는데.

입을 맞추거나 풀밭에서 서로 껴안고 뒹구는 커플들(모두가 나탈리와 로망처럼 소심하진 않나 보다), 공놀이에 정신이 팔린 어린아이들, 크게 웃는 노인들.

이곳이야말로 낙관이 가득한 인간 세계다.

저들은 쥐도 페스트도 다 잊어버린 것 같아. 대멸망은 딴 세상 얘기인 양 생각이 맞는 사람들끼리 어울려 공동체의 기쁨을 만끽하고 있어.

저녁 식사를 마친 나탈리가 피곤한지 즉시 침대에 눕는다. 나는 평소처럼 그녀의 배를 발로 꾹꾹 밟아 소화를 도와준 다음, 가슴팍에 엎드려 24헤르츠로 갸르릉 소리를 들려준다. 집사가 잠 속으로 빠져든다. 그런데 그녀에게서 평소와는 다른 체취가 느껴진다.

눈꺼풀 아래가 움직이는 걸로 보아 꿈의 세계에 들어

가 있는 그녀의 호흡에서 관능의 기운이 감지된다. 가슴의 들썩거림도 커져 있다.

혹시 지금 로망과 사랑을 나누는 꿈을 꾸고 있는 걸까? 피타고라스의 말대로라면, 그런데도 로망이 당장 꿈을 현실로 바꾸자고 하면 단호하게 거절할 거란 말이지.

나도 곁에 누워 눈을 감고 잠을 청한다. 여전히 세계의 주인이라 믿는 인간들 앞에서 더 이상 고양이들이 주눅들지 않는 세상을 꿈속에서 만난다.

38

차보의 비극

때로 인간의 지능이 고양잇과 동물만 못하다는 걸 보여 주는 사례가 있다.

1898년, 케냐의 몸바사와 나이로비 중간에 위치한 차보에서 벌어진 놀라운 사건이 그런 대표적인 예이다. 당시 영국인 엔지니어들은 차보강 위에 철로를 놓기 위해 교각 건설 공사를 하고 있었다. 현장 인부 대부분은 인도인과 아프리카인들이었다. 공사가 한창이던 어느 날 아침, 인부들이 묵는 막사의 텐트가 찢기고 안에서 잠을 자던 인부 두 명이 행방불명되는 사건이 벌어졌다. 막사 주변에서 핏자국과 함께 고양잇과로 추정되는 짐승 두 마리의 발자국이 발견되었다. 발자국의 크기와 모양으로 볼 때 문제의 두 불청객은 덩치가 큰 짐승일 게 분명했다. 이날 이후 영국인 엔지니어들이 막사 주변에 모닥불을 피워 짐승들을 쫓아 보려 했지만 아무 소용이 없었다. 인부들은 계속해서 사라졌고, 거대한 고양잇과 짐승 두 마리의 발자국만 남아 있었다. 마치 포식자들이 먹을 것을 사러 슈퍼마켓에 들르듯 막사에 다녀간 듯했다. 인부들의 숙소 주변에 가시덤불을 쳐놓아도 전혀 효과가 없었다. 다음 점호 시간이 되면 어김없이 사라지는 인부가 생겼다.

불과 며칠 만에 희생자 수는 30명에 육박했다. 아무리 불을 피우고 가시덤불을 두르고 보초를 세워도 식인 동물들의 접근을 막을 수는 없었다. 지역 언론사들이 이 사건을 대서특필하기 시작했다. 인부들은 위험이 제거되지 않는 한 작업을 재개하지 않겠다고 선언했다.

유명한 맹수 사냥꾼 하나가 문제 해결을 위해 현장에 도착했다. 그는 매복했다가…… 다음 날 피투성이가 된 채 발견됐다. 식인 동물들은 덩치가 클 뿐만 아니라 인간들의 꾀를 간파하고 무력화시킬 만큼 지능이 있는 것으로 판단되었다. 하룻밤이 지날 때마다 희생자 수는 어김없이 늘어났다. 벌써 60명이 넘었지만 활개 치는 식인 동물들의 범행을 막을 방법은 없었다.

결국 인부들은 파업에 돌입했다. 그들은 차보가 저주받은 땅이기 때문에 이건 맹수가 아닌 악마의 소행이라고 믿고 있었다. 회사에서는 결국 군에 도움을 요청하기로 했다. 현장에 파견된 군인들이 거대한 함정을 파놓고 동물들을 유인하기 위해 우리에 들어가 있는 상태에서 주변에 저격수들이 배치됐다. 드디어 사자 두 마리가 모습을 드러냈다. 하지만 짐승들은 함정을 피해 지나가 우리를 박살 냈고, 군인들은 혼비백산해 달아났다. 이날 밤에도 두 명의 인부가 더 사라졌다. 공사 현장을 무단이탈하는 인부들이 속출하기 시작했다. 희생자 수가 금방 늘어나 몇 주 뒤에는 1백 명을 돌파했다.

영국 동아프리카 회사에서 파견된 존 헨리 패터슨 중령이 이 참극을 끝냈다. 그는 한밤중에 자신의 방에 난입한 식인 사자 한 마리를 총으로 쏴 죽인 다음 달아나는 나머지 한 마리를 추격하기 시작했다. 그런데 덤불에 숨어 있던 사자가 튀어나와 그를 덮치는 바람에 나무 위로 도망을 쳐야 했다. 중령은 결국 한참 후에야 나머지 한 마리를 사살할 수 있었다.

사체를 확인해 본 결과 죽은 짐승은 일반적인 사자와 달리 갈기가 없었으며, 몸길이가 2.6미터, 어깨까지의 높이가 1.2미터에 달했다. 두 식인 고양이가 먹이 저장고 겸 거처로 쓰던 장소에서 여러 구의 시체가 발견되었다. 평소 사냥을 즐겼던 미국의 시어도어 루스벨트 대통령은

이 사건에 특별한 관심을 보였다. 패터슨은 두 짐승의 사체를 미국으로 보냈고, 오늘날 우리들은 시카고 필드 박물관에서 그 모습을 눈으로 볼 수 있다.

『상대적이고 절대적인 지식의 백과사전』 제12권

39
한밤중의 외출

깊은 잠을 이루지 못하고 비몽사몽간에 몸을 뒤척이고 있는데 갑자기 바스락 소리가 들린다. 나는 실눈을 뜨고 주변을 둘러본다.

피타고라스도 나처럼 불면의 밤을 보내나 싶었는데 조용히 몸을 일으키더니 발소리를 죽이며 밖으로 나간다. 나는 잠시 기다렸다 거리를 유지한 채 그의 뒤를 쫓기 시작한다.

몽유병이라도 걸린 걸까?

샴고양이가 슬슬 속도를 내기 시작한다. 벽에 몸을 바짝 붙인 채 걷다가 기척이 느껴지면 재빨리 몸을 숨기는 게, 아무래도 들키지 않아야 하는 이유가 있는 것 같다.

나한테 무슨 비밀을 감추고 있는 거야, 피타고라스?

그가 주위를 살피고 나서 정육면체 모양의 흰색 건물

로 들어간다. 나는 모르는 뭔가를 봤거나 알고 있는 게 틀림없다. 그가 계단을 통해 지하로 내려가더니 드디어 걸음을 멈춘다.

나는 더 이상 참지 못하고 그의 앞에 모습을 드러낸다. 눈이 어둠에 익숙해지자 동물들이 들어 있는 케이지가 하나둘 보이기 시작한다. 족히 수십 개는 되겠어.

피타고라스가 몸을 돌려 나를 바라보면서 야옹거린다.

「바로 여기서 〈그 일〉이 일어났어.」

「〈그 일〉이라니?」

「여긴 동물 사육장이야. 내가 태어나고 자란 곳이지.」

「동물 사육장이 뭐 하는 데야?」

「인간들이 과학 실험을 위해 동물을 가둬 놓는 곳이야.」

피타고라스가 높은 곳으로 뛰어오르는 걸 보고 나도 따라 올라간다. 아래를 내려다보니 수십 개의 케이지 안에 고양이와 쥐, 원숭이는 물론 토끼와 개, 돼지도 있다. 나는 다시 뛰어내려 그들에게 가까이 다가갔다가 깜짝 놀라 뒤로 물러선다.

「다들…….」

피타고라스가 내 말을 끊는다.

「맞아, 바스테트. 바로 여기야, 인간들이 나를 대상으

로 실험을 한 곳이. 그들이 컴퓨터와 연결하려고 내 뇌에
구멍을 뚫었어.」

순간 천장에 불이 들어오더니 백발의 과학자 필리프
가 걸어 들어온다. 그가 우리를 향해 총을 겨누고 있다.

필리프가 우리 둘에게 번갈아 총구를 겨누더니 결국
긴 한숨을 내쉬며 총을 주머니에 집어넣는다. 대신 나탈
리가 쓰는 통역기를 꺼내 이어폰을 귀에 꽂더니 피타고
라스와 소통을 하기 시작한다. 피타고라스는 둘의 대화
내용을 실시간으로 내게도 전해 준다.

「나를 보는 순간 즉시 누군지 알았대. 첫 실험 대상이
었으니 당연히 그랬겠지. 그런 내가 자다 일어나 움직이
는 모습이 적외선 카메라에 포착돼 실험실까지 따라온
거래.」

학장이 다시 한숨을 내쉬더니 의자를 끌어다 앉는다.

피타고라스가 계속 그의 말을 전해 준다.

「나를 출발점으로 접속 가능한 동물들을 수없이 만들
어 냈대. 제3의 눈을 가진 고양이와 원숭이, 쥐, 토끼, 돼
지, 개, 말이 탄생했대.」

피타고라스가 말을 마치고 세게 머리를 턴다.

「그런데 실험에 문제가 생겼어. 인간 지식을 습득한
동물들이 혼란에 빠진 거지.」

「미쳐 버렸다는 거야?」

「실험동물이라는 조건을 더 이상 견디지 못하게 된 거야. 점차 공격적으로 변해 가더니 급기야 몇 마리가 탈출을 감행했대. 과학자들은 실험실의 보안을 강화할 필요를 느껴 더 굵은 창살에 단단한 잠금장치가 부착된 케이지에 동물들을 넣어 놨대.」

대화하는 소리를 듣고 동물들이 흥분해 날뛰기 시작한다. 여기저기서 울부짖고 포효하는 소리가 들린다. 혹시 우리 대화를 이해하는 걸까.

「티무르도 여기서 탈출했대?」

피타고라스가 내 질문을 전하자 과학자가 고개를 끄덕인다.

그래, 여기가 모든 것의 진원지였어. 인간이 실험을 위해 동물을 가둬 놓는 바로 이곳이.

나는 고통스러운 정보를 속으로 삼키느라 애를 쓴다. 오랫동안 나를 사로잡고 있던 생각이 불현듯 재채기처럼 목구멍을 빠져나온다.

「나도 제3의 눈을 가질 수 있을까?」

「농담이길 바라.」

「아니야, 난 아주 진지해. 필리프한테 내 머리에도 구멍을 뚫어 줄 수 있냐고 물어봐.」

324

피타고라스가 눈을 휘둥그렇게 뜨고 귀를 바짝 세운다.

「진담이야? 절대 평범하지 않은 경험이라는 걸 알아둬. 난 분명히 경고했어.」

「알아. 하지만 나도 너처럼 되고 싶어. 인간 지식에 접근하고 싶단 말이야. 그리고 우리 둘의 정신을 USB 케이블로 연결하면 서로를 훨씬 더 잘 이해하게 될지 어떻게 알아.」

피타고라스가 흰 가운을 입은 필리프에게 내 생각을 전하자 둘 사이에 치열한 토론이 벌어진다. 인간 과학자가 나를 쳐다보더니 고개를 까딱이며 한숨을 내뱉는다.

「원한다니까 해주긴 해주는데, 네가 나중에 자기를 원망하지 않는다는 약속을 받아 둬야겠대.」

하, 날 변덕쟁이로 아는 거야 뭐야? 내가 고양이에다 암컷이라고 즉흥적일 거라고 생각하는 모양인데, 천만의 말씀! 난 내가 원하는 걸 정확히 알고 있어. 내가 뭘 요구한다는 건 그것에 따른 책임까지 지겠다는 뜻이란 말이야.

내가 결연한 어조로 요청한다.

「난 제3의 눈을 가지고 싶어!」

다음 날 오후로 수술이 잡힌다.

필리프가 수술을 집도하고 로망이 옆에서 그를 거든 다. 나를 잘 아는 인간으로서 수술을 꼭 지켜봐야겠다고 우긴 나탈리도 수술실로 들어온다.

필리프 사르파티가 두 사람에게 기계 작동을 유심히 살펴보고 있다가 필요할 때 수술 도구를 건네 달라고 부탁한다. 그는 같은 수술을 수차례 집도한 경험이 있는 듯 익숙하고 절도 있는 손놀림을 보인다.

나는 플라스틱 받침대에 머리가 끼워진 채 코르크판 에 몸이 묶여 있다. 로망이 이발기를 들고 수술할 이마 부위의 털을 깎아 내기 시작한다. 잠시 후 필리프가 내 입속에 관을 하나 삽입하더니, 다리 안쪽 피부가 얇은 곳 에 큼지막한 쇠바늘을 찔러 넣는다. 꽤나 아프다.

긴장감과 흥분이 동시에 느껴진다.

드디어 나한테도 제3의 눈이 생기는 거야!

「침착해.」 피타고라스가 내 귀에 대고 속삭인다.

이런 말은 이상하게도 꼭 반대 효과를 초래한다.

갑자기 오른쪽 귀가 제멋대로 바르르 떨리기 시작하고 오른쪽 뒷다리가 경련을 일으킨다. 몸이 정신의 통제 를 벗어난 느낌이다.

피타고라스가 코맞춤을 하더니 이마를 다정하게 핥아 준다.

「인간들이 큰일을 앞두고 느끼는 이런 긴장 상태를 부르는 말이 있어. 〈무대 공포증〉이라는 표현인데, 지금에 딱 어울려.」

필리프가 어떤 병을 들고 뚜껑을 여는 순간 코를 찌르는 알코올 냄새가 풍겨 온다.

「난 그런 공포증 없어.」

이 말이 거짓말임을 입증해 주며 내 몸이 다시 경련을 일으킨다.

나탈리가 턱 밑의 털을 쓸어 올려 주지만 긴장감은 커질 뿐이다. 하지만 마음속 한편으로는 어서 빨리 정신이 열리는 순간이 오기를 기다린다.

「겁내지 마.」

피타고라스의 이 말이 도리어 긴장감을 부추긴다. 겁나지 않았는데 이상하게 갑자기 겁이 나네…….

〈겁내지 마〉가 얼마나 공포 유발 효과가 큰지 피타고라스는 알까.

필리프가 장갑을 끼더니 구멍을 내고 절단하는 데 필요한 각종 도구를 늘어놓는다.

피타고라스도 했는데 나라고 못 할 게 뭐야. 저 심약한 샴고양이도 해낸 걸 내가 왜 못 하겠어.

필리프가 주사기를 누르자 액체가 투명한 관을 타고

다리로 들어온다.

잘되고 있어. 아무 문제 없을 거야. 시작할 때 약간 불편하게 느껴질 뿐이야. 시간이 지나면 괜찮아질 거고, 내 삶은 이전과는 완전히 달라져 있을 거야.

나는 완성되지 않은 첨단 기술을 내 몸에 적용함으로써 과학 발전의 주춧돌 역할을 하고 있다는 자부심에 젖는다. 피타고라스보다는 늦었지만 나도 개척자다. 이런 내가 자랑스럽다. 조금만 있으면 나를 둘러싼 세상을 더 깊이 이해하게 되고 집사와 직접 소통할 수도 있을 것이다.

나는 로켓을 타고 우주로 날아갔던 고양이 펠리세트와 하나도 다르지 않아.

아니야, 다른 게 하나 있긴 하지. 이 실험은 돌이킬 수 없다는 사실. 서서히 의식을 잃게 될 줄 알았는데 마취제 용량이 잘못됐는지 필리프가 너무 서둘러서 그런지 나는 의식이 또렷한 가운데 머리를 향해 다가오는 드릴 소리를 듣는다.

피부에 금속이 와 닿는 순간 머리가 드르르 흔들리기 시작한다. 뼈가 타는지 매캐한 냄새가 난다. 나는 비명이 터져 나오려는 걸 이를 악물고 끝까지 참는다.

난 겁나지 않아. 나는 선구자야.

순간 엄마의 말이 떠오른다. 〈큰 위험 없이는 큰 성취
도 불가능하단다.〉

드디어 마취제가 듣는 모양이다. 의식이 가물가물해
지기 시작한다.

40

스스로 실험 대상이 된 과학자들

과학자라고 다 신중하거나 혜안을 가진 것은 아니다. 개중에는 무척 무모한 행동을 하는 이들도 있다. 고통을 감수할 용기 있는 사람을 구하기 힘들 때 그들은 자기 자신을 실험 대상으로 삼곤 했다. 그 몇 가지 사례를 들면 다음과 같다. 심장이 약한 분들은 주의하시길!

1672년, 만유인력의 법칙을 발견한 것으로 유명한 아이작 뉴턴은 인간의 눈이 어떻게 작동하는지 알고 싶었다. 그래서 자신의 눈에 가느다란 나무 꼬챙이를 찔러 안구 뒤쪽까지 밀어 넣은 다음 이쪽저쪽으로 쑤시듯이 움직였다. 그러자 색색의 원들을 볼 수 있었다.

1800년, 자외선을 발견한 독일의 물리학자 요한 빌헬름 리터는 전기가 몸에 어떻게 작용하는지 궁금해 직접 자신의 몸을 실험 대상으로 삼기로 했다. 혀에 전기를 홀려보내자 헛바닥에서 신맛이 났다. 눈에 전기를 흘려보내자 여러 색으로 눈앞이 뿌옇게 흐려졌다. 성기에 전기가 통하는 순간 쾌감을 느낀 그는 〈전지와 결혼하고 싶다〉라며 우스갯소리를 하기도 했다. 전류의 세기와 시간을 높여 가며 실험을 반복하던 그는 두통과 구토를 겪다 결국 사지가 마비되고 말았고, 서른셋의 나이로 요절했다.

1793년 미국 필라델피아에서만 5천 명이 황열병에 걸려 숨지는 일이 일어났다. 1802년, 당시 의과 대학생이었던 스터빈스 퍼스는 황열병이 전염병이 아님을 입증해 보이고 싶었다. 그는 자신의 팔을 절개한 다음 황열병 환자의 토사물을 주입하고 심지어는 그것을 코로 흡입하고 마시기까지 했다. 이 실험에서 살아남자 그는 자신의 주장이 옳다는 확신을 가지게 된다. 이 일이 있은 지 80년 뒤, 황열병은 모기가 옮기는 질병이라는 사실이 밝혀지게 된다.

1921년, 미국의 외과 의사 에번 오닐 케인은 자신의 맹장 수술을 직접 집도했다. 그는 국소 마취제를 투여하고 나서 경악한 조수들이 지켜보는 가운데 메스를 들고 자신의 배를 열었다. 그는 꺼냈던 내장을 제자리에 다시넣고 차분하게 수술을 마무리해 구경꾼들을 안심시켰다.

자가 수술로 유명해진 케인은 1932년, 70대의 나이에 다시 한번 과거의 영광을 재현하기로 결심한다. 이번에는 맹장 수술보다 까다롭고 위험한 서혜부 탈장 수술이었다. 하지만 그는 수술 내내 간호사들과 농담을 주고받는 여유를 과시했다. 그는 수술 후 3개월 뒤 폐렴으로 사망했다.

『상대적이고 절대적인 지식의 백과사전』 제12권

제2권에 계속

옮긴이 **전미연** 서울대학교 불어불문학과와 한국외국어대학교 통번역대학원 한불과를 졸업했다. 파리 제3대학 통번역대학원(ESIT) 번역 과정과 오타와 통번역대학원(STI) 번역학 박사 과정을 마쳤다. 한국외국어대학교 통번역대학원 겸임 교수를 지냈으며 현재 전문 번역가로 활동 중이다. 옮긴 책으로는 베르나르 베르베르의『심판』,『기억』,『죽음』,『고양이』,『잠』,『제3인류』(공역),『파피용』,『만화 타나토노트』, 엠마뉘엘 카레르의『리모노프』,『나 아닌 다른 삶』,『콧수염』,『겨울 아이』, 카롤 마르티네즈의『꿰맨 심장』, 아멜리 노통브의『두려움과 떨림』,『배고픔의 자서전』,『이토록 아름다운 세 살』, 기욤 뮈소의『당신, 거기 있어 줄래요?』,『사랑하기 때문에』,『그 후에』,『천사의 부름』,『종이 여자』, 발랭탕 뮈소의『완벽한 계획』, 다비드 카라의『새벽의 흔적』, 로맹 사르두의『최후의 알리바이』,『크리스마스 1초 전』,『크리스마스를 구해 줘』, 알렉시 제니 외의『22세기 세계』(공역) 등이 있다.〈작은 철학자 시리즈〉를 비롯한 어린이책도 여러 권 번역했다.

문명 1

발행일	2021년 5월 30일 초판 1쇄
	2021년 6월 15일 초판 15쇄

지은이	베르나르 베르베르
옮긴이	전미연
발행인	홍예빈 · 홍유진
발행처	주식회사 열린책들

경기도 파주시 문발로 253 파주출판도시
전화 031-955-4000 팩스 031-955-4004
www.openbooks.co.kr

ISBN 978-89-329-2103-7 04860
ISBN 978-89-329-2102-0 (세트)